I0686226

Le Siècle.

DE LA LANDELLE.

UNE HAINE A BORD

PARIS
BUREAUX DU SIÈCLE
RUE DU CROISSANT, 16.

A. VIALON. DEL.   J. GUILLAUME. SC.

On trouve encore dans les bureaux du Siècle:

HISTOIRE DES DEUX RESTAURATIONS (DE 1813 A 1830), par M. ACHILLE DE VAULABELLE.

Huit volumes in-8°. —Prix : 40 fr., et 20 fr. seulement pour les abonnés du journal le Siècle.

Ajouter 50 c. par volume pour recevoir l'ouvrage franco par la poste.

N. B. — Afin de faciliter aux abonnés l'acquisition de ce ouvrage important, il leur sera loisible de se le procurer par partie
de deux volumes chaque, au prix de 5 fr. pris au bureau, et de 6 fr. par la poste.

UNE HAINE À BORD

PREMIÈRE PARTIE.

L'AIGUILLETTE D'OR.

I

FISTAU ET VÉTÉRAN.

La promotion d'élèves de marine qui embarqua sur le vaisseau école l'*Orion*, à la fin de 1828, fut très nombreuse.

Nous n'étions pas moins de cent vingt, les uns provenant de l'école d'Angoulème, les autres du concours direct.

Pierremont était de ces derniers.

Il devait avoir passé un brillant examen, à en juger par le rang qu'occupait son nom sur la liste affichée dans la batterie basse, notre salle d'étude, notre réfectoire et notre dortoir, suivant les heures.

Les dix ou douze premiers jours s'écoulèrent sans que Pierremont eût paru à bord.

On était déjà en cours d'étude ; déjà nous commencions à prendre les habitudes d'une vie nouvelle ; nous nous amarinions. Il y avait eu du reste, comme bien on pense, des rivalités entre les anciens élèves d'Angoulème, qui se connaissaient tous entre eux, et leurs nouveaux camarades, qu'ils traitaient de *fistaux*.

En français du vieux temps, par parenthèse, il faudrait dire *fiston*, mais le barbarisme *fistau* est consacré par l'usage. Il équivaut, à l'école de marine, au terme de *conscrit* des écoles polytechnique et de Saint-Cyr.

Les prétendus *fistaux* n'avaient point accepté cette qualification de bonne grâce ; ils se savaient de tous points égaux à leurs collègues d'Angoulème, ils avaient satisfait au même examen et faisaient partie intégrante de la promotion.

De là les querelles et les rixes des premières récréations.

Ces discussions intestines prirent fin, où à peu près, avec un sévère ordre du jour, motivé par une violente scène entre Jules Renaud, Parisien fort alerte, et Émile Fargeolles, l'un des fier-à-bras de l'école préparatoire.

Jules Renaud l'emporta : ce fut d'un excellent effet. L'autorité punit en outre Fargeolles, qui sortait de prison au moment où un canot de louage accosta le vaisseau.

Une dame vêtue de noir, une petite fille de quatorze ans, et un jeune élève de marine portant au bras un crêpe noir, montèrent à bord. L'officier de garde les reçut à bord et ne tarda point à les faire introduire chez le commandant.

Nous étions alors, les bâbordais au cours de physique, les tribordais à celui de géométrie descriptive ; il était environ trois heures de l'après-midi. Fargeolles avait dû comparaître devant le capitaine de vaisseau, qui l'admonestait sévèrement, quand l'aide timonier de service annonça madame de Pierremont.

L'officier supérieur brusqua la péroraison de sa réprimande :

— Rappelez-vous bien, monsieur Fargeolles, dit-il, que je suis très mécontent de votre conduite... Ne troublez plus le bon ordre à l'avenir, ou je vous promets que vous vous en repentiriez... Allez... allez rejoindre vos camarades au cours de descriptive.

Ces dernières phrases furent nécessairement entendues par Charles de Pierremont, par sa mère et par sa petite cousine Eglé. Fargeolles en fut contrarié à l'excès. Il fronça les sourcils, et, d'un air insolent, il passa la tête haute, toisant tour à tour Charles, Eglé et madame de Pierremont, sans même retirer sa casquette.

Le commandant, élevant la voix, ajouta rudement :

— Saluez donc, monsieur Fargeolles.

L'élève se découvrit et descendit avec colère.

— Comme il a l'air méchant, ce monsieur Fargeolles ! murmura la petite Eglé à l'oreille de son cousin.

Charles n'entendit pas ; il était trop intimidé ou trop ému par la présence de son commandant.

Eglé continua de regarder avec une sorte de crainte l'élève qui descendait dans la batterie basse. Enfin ils disparut pour se rendre au cours de géométrie descriptive, où son entrée fut un véritable coup de théâtre.

Fargeolles avait eu les honneurs de la prison, il venait de passer trois jours au secret: c'était presque un héros. Un murmure d'admiration et de curiosité parcourut les rangs des tribordais, et notamment de ceux qui provenaient d'Angoulême.

Les *fistaux* mêmes oubliaient la cause de la punition, par un sentiment de sotte sympathie. Fargeolles posait, il était fier d'un succès qui le popularisait dans l'école, il sentait que son influence, déjà fort grande, venait de grandir encore.

Quant à Jules Renaud, il était sans rancune, et se réjouit de voir son adversaire rendu à la liberté.

D'abord, ce fut à qui serrerait la main du premier prisonnier, ensuite à qui le questionnerait sur la topographie et le régime du lieu de détention. Fargeolles fournissait des renseignemens du plus grand intérêt, qu'on se répétait de proche en proche.

L'adjudant de service commanda bien *silence*, à trois ou quatre reprises, tandis que le professeur impatienté interrompait ses démonstrations; l'adjudant y perdit sa peine; la ligne de terre X, Y, les plans horizontal et vertical, les projections, eurent tort; le silence ne se rétablit pas jusqu'à la fin de la leçon.

Fargeolles annonçait en outre l'arrivée de Pierremont le *fistau*, l'enfant gâté de l'état-major, le protégé des officiers, le phénix dont on parlait d'avance avec tant d'éloges.

— Un gamin fadasse, dit-il, un air de sainte n'y touche, une face de cafard, un monsieur favorisé, qui entrait à l'école sans gêne, quinze jours après tout le monde. Il était chez le commandant avec sa chère maman, une dame fort mal mise, et avec sa petite sœur Mimi.

Fargeolles avait pris Eglé pour la sœur de Charles.

C'est toujours un malheur d'être le dernier venu, et surtout d'avoir été annoncé par les chefs avec quelque bonté.

Charles se trouvait dans ce dernier cas; il était né à Brest, et fils d'un officier de mérite, mort à la mer quelques mois auparavant; tous les membres de l'état-major connaissaient, plus ou moins, sa famille; enfin son examen avait fait d'autant plus de bruit parmi les professeurs et les autorités du vaisseau, qu'il était de beaucoup le plus jeune de la promotion.

Charles avait dû solliciter une exemption d'âge pour être admis à l'école. On l'obtint aisément, eu égard à la mort honorable de son père, qui avait péri en portant secours à un bâtiment naufragé.

Depuis cette récente catastrophe, madame de Pierremont avait éprouvé coup sur coup de grands revers de fortune. Un incendie et une banqueroute frauduleuse la réduisaient à une position voisine de la misère. Cependant elle conservait auprès d'elle la petite Eglé, fille d'une cousine pauvre qu'elle avait recueillie chez elle en des temps plus heureux et qui lui avait légué son enfant.

La noble veuve fut reçue par le capitaine de vaisseau commandant avec tous les égards qui lui étaient dus. En alliant aux formes de la politesse une bienveillance cordiale, l'officier supérieur sut lui prouver qu'il connaissait toute la valeur de ses vertus modestes et résignées. Ensuite il interrogea paternellement le jeune Charles, qu'une indisposition assez grave avait empêché de se rendre plus tôt à bord.

— Vous paraissez bien faible encore, mon ami, lui dit-il; vous auriez mieux fait peut-être de me demander un petit congé de convalescence.

— Commandant, répondit Charles en rougissant, les cours sont ouverts, j'ai déjà peur d'être en retard sur mes camarades.

Madame de Pierremont ajouta aussitôt:

— Voilà ce qu'il n'a cessé de me répéter, monsieur le commandant. J'aurais voulu le retenir; il s'agitait, il s'attristait; j'ai craint que ses inquiétudes ne lui fussent plus nuisibles encore que le séjour du vaisseau.

Le commandant, s'adressant d'abord à Charles, lui dit qu'un élève admis dans un aussi bon rang que le sien n'avait rien à redouter:

— Intelligent et studieux comme vous l'êtes, vous aurez promptement rattrapé le temps perdu.

— Je l'espère, commandant, répondit le jeune élève un peu moins intimidé.

— Du reste, madame, ajouta l'officier supérieur, l'air de la mer lui fera du bien. Dans les débuts, les exercices n'ont rien de fatigant; enfin je vous promets de veiller sur lui d'une manière spéciale; je le recommanderai au chirurgien major et au capitaine de son escouade.

Madame de Pierremont, reconnaissante, remercia vivement le capitaine de vaisseau, et ne prolongea guère sa visite. Le moment des adieux arriva.

Eglé, jusqu'alors, avait examiné avec une curiosité enfantine toutes les merveilles qui l'environnaient. Les cuivres étincelans, les peintures brillantes, les sculptures des murailles, le pont, les tentes, les canons, les boussoles et la roue du gouvernail, jusqu'aux légers pennons de plume qui servaient de girouettes, tout avait distrait l'attention de la petite fille.

Charles, de son côté, avait eu besoin de concentrer sa volonté pour ne pas être trop timide en présence du commandant. Mais quand madame de Pierremont lui tendit les bras et le pressa maternellement contre son cœur, quand Eglé se prit tout à coup à fondre en larmes, le pauvre enfant faiblit à son tour; il ne put retenir ses pleurs.

Madame de Pierremont sut cependant se montrer ferme:

— Mon fils, lui dit-elle, votre père vous a toujours destiné à la marine; vous-même avez accepté avec empressement le choix de cette carrière. Maintenant notre position de fortune ne nous permet plus, ni à vous, ni à moi, de reculer...

— Ma mère, s'écria Charles, je ne veux pas reculer non plus!... Je suis trop heureux de pouvoir désormais me suffire à moi-même; mais, pour la première fois de ma vie, aujourd'hui je me sépare de vous...

— Nous habitons Brest, mon enfant: dans peu de jours, tu obtiendras la permission de venir nous revoir.

— Ces quelques jours, ma mère, seront un siècle pour votre fils!...

Eglé n'osait prendre la parole; elle embrassait son cousin en sanglotant.

Bientôt un roulement de tambour se fit entendre:

— Adieu... adieu... Charles... mon excellent fils! Je n'ai pas besoin de te recommander d'être obéissant, respectueux envers tes chefs, studieux et attaché à tes devoirs... Adieu!...

A ces mots, madame de Pierremont entraîna sa jeune nièce vers l'escalier; Charles les y suivit, les embrassa pour la dernière fois. Puis, avec une émotion extrême, il les vit s'éloigner. Il remarqua que sa mère avait abaissé son voile en s'asseyant dans le bateau de passage. Eglé lui faisait encore des signes fraternels.

Jusqu'au moment où le canot fut entré dans le port, la petite cousine de Charles ne cessa d'agiter son mouchoir blanc. Mais madame de Pierremont, immobile à l'angle du canot, ne tourna pas même la tête. Le sacrifice était accompli.

Elle avait donc obéi à la fatale nécessité en donnant à son fils la même carrière qui lui avait ravi son époux!... Elle se demandait avec amertume si l'éducation domestique de Charles, qui n'avait jamais été dans un collège, pas même comme externe, ne le rendrait point impropre au service de la marine:

— Hélas! il ne m'a jamais quittée!... En ai-je fait un homme?... Sa douceur, sa soumission extrêmes ne seront-elles pas un mal?...

Charles, en voyant fuir l'embarcation, se souvenait tour à tour des heureuses années de sa première enfance, et des jours de malheur qui venaient d'éprouver sa famille.

Charles soupira, mais il reprit courage en pensant qu'à l'avenir il ne serait plus une charge pour sa pauvre mère, déjà réduite, il faut le dire, à des extrémités pénibles.

N'ayant pour tout bien qu'une insuffisante pension de veuve, madame de Pierremont n'avait pas hésité à ouvrir un atelier de couture. Sa nièce et quelques jeunes filles partageaient ses travaux :

— Un jour viendra, je l'espère, pensait Charles, où ma mère et ma chère Eglé n'auront plus besoin de travailler pour vivre. Déjà je ne leur coûte plus rien. Oh ! quand je serai officier, tout ce que je gagnerai sera pour elles !...

En 1838, les élèves du vaisseau l'*Orion* étaient de petits nababs. C'était l'âge d'or des écoles flottantes de la marine, les temps homériques et fabuleux.

Nous avions le grade effectif d'élèves de deuxième classe ; nous portions, comme tels, l'aiguillette mi-partie bleu et or ; comme tels, nous avions droit à un traitement de table de trente francs par mois et à la ration ; nous recevions en outre une solde de quarante francs. Enfin nous ne passions qu'une seule année à l'école, et cette année comptait comme année de service pour les grades d'élève de première classe et d'enseigne de vaisseau.

Les règlemens sont bien changés ; tant d'avantages, supprimés successivement, se sont transformés en une pension que payent les familles des élèves durant deux années consécutives.

Charles comptait amasser ses quarante francs d'appointemens pour son trousseau de campagne au sortir du vaisseau ; il avait donc raison de dire qu'il cessait d'être une charge pour sa mère.

Aussitôt après le roulement qui avait mis fin aux adieux de madame de Pierremont à son fils, les bâbordais et les tribordais sortirent de leurs classes respectives, chacun ayant sous le bras son pliant et ses cahiers.

A bord du vaisseau, il n'y a pas de bancs ; chaque élève est responsable d'un siège numéroté qu'il porte avec lui de la classe à l'étude, du cours de dessin au cours d'anglais ou d'histoire.

Les rangs rompus, on se dispersa ; le nom de Fargeolles circula aussitôt de tribord à bâbord ; celui de Pierremont fut prononcé en même temps.

Le héros de la prison, le *vétéran*, d'une part ; le dernier venu, le *fistau*, de l'autre, fournissaient inévitablement les sujets de conversation.

Charles de Pierremont était le *fistau* de tout le monde. Fargeolles avait la qualité de *vétéran* à une année qu'il avait doublée à l'école d'Angoulême.

Pierremont n'avait pas quinze ans accomplis, Fargeolles allait en avoir vingt et un.

Le premier était petit, faible, convalescent, blond, un peu pâle, totalement étranger aux us et coutumes des écoles publiques ; le second, vieux routier de collège, grand, fort, robuste, était possesseur d'une paire de favoris naissans qui, à défaut d'autres mérites, lui eussent valu beaucoup de considération. Si l'on ajoute à cela qu'Emile Fargeolles était railleur, taquin, et convenablement dégrossi par la vie de marine, attendu qu'il avait passé sa première enfance à faire l'école buissonnière sur les quais du port de Brest, on plaindra l'infortuné Charles de Pierremont de s'être bien innocemment attiré l'animadversion d'une telle puissance.

Les élèves, tous en grossières vareuses de toile grise, conformément à la tenue du jour, se précipitèrent bientôt sur le pont.

Jules Renaud s'élança dans la grand'hune, son lieu de récréation favori.

Fargeolles, entouré d'une foule d'admirateurs complaisans, aborda Charles en tenue d'uniforme, et qui se trouvait encore à côté de l'escalier d'embarquement.

II

MADEMOISELLE.

Il n'y avait dans la grand'hune, avec Jules Renaud, que des élèves du concours direct, des *fistaux*, qui s'étaient plus ou moins liés entre eux durant les querelles des premiers jours.

Evidemment les cent vingt élèves de la promotion ne servaient pas tous de cortège au superbe Fargeolles. Ce serait calomnier nos chers condisciples que de le dire. Encore, parmi ceux qui suivaient le vétéran, les curieux inoffensifs étaient necessairement en majorité.

Mais, comme ailleurs, la minorité turbulente doit avoir le dessus, sinon toujours, au moins momentanément, sinon par force, au moins par surprise ; et jusqu'à ce que la majorité ait eu le temps de se reconnaître, de se compter, de se rallier ; mouvement long, qui s'opère avec mollesse, ne prévient jamais le mal, et a rarement le pouvoir de le réparer.

Jules Renaud était monté avec une agilité remarquable ; il brillait déjà parmi les plus audacieux. On l'avait vu se suspendre par une main au grand étai, puis se rattraper, puis monter et descendre du pont à la hune par ce cordage extrêmement incliné qui va de la tête du grand mât à l'avant du vaisseau.

Les gabiers eux-mêmes ne font pas d'exercice plus périlleux.

— J'ai toujours adoré la gymnastique, disait Renaud ; j'avais une réputation au collège. Aussi, je vous promets, mes amis, qu'aucun de nos prétendus anciens ne me gagnera en vitesse.

— Le fait est, ajouta un camarade, que Fargeolles lui-même n'est pas capable de t'imiter...

— Quoiqu'il se vante d'avoir été mousse avant Angoulême, dit un troisième fistau.

En réalité, Fargeolles n'avait jamais été mousse, mais il avait fait plusieurs petites traversées sur des bâtimens de commerce, commandés par des amis de son père, ancien corsaire mort, disait-on, sur les pontons anglais.

L'enfance d'Emile Fargeolles s'était écoulée d'une manière assez bizarre.

Quoique en apparence condamné à la misère, il n'avait jamais manqué de rien. Peu de temps après avoir appris la mort de son mari, madame Fargeolles reçut, par une voie mystérieuse, à titre de restitution, une somme qu'elle consacra à la première éducation de son fils. Le même fait se renouvela plusieurs fois. Ces secours inespérés s'étant trouvés insuffisans à l'époque où Emile était d'âge à entrer au collège, une bourse entière lui fut accordée pour lui, sans même que madame Fargeolles l'eût sollicitée.

Emile fut chassé du collège ; plusieurs capitaines au long cours se chargèrent tour à tour de lui ; mais son mauvais caractère le fit successivement renvoyer de leurs navires.

Madame Fargeolles mourut en recommandant son fils à un parent éloigné. Le tuteur, peu disposé à faire aucun sacrifice, allait décidément embarquer Emile sur un trois-mâts marchand, et cette fois bien positivement en qualité de mousse, quand un vieux lieutenant de vaisseau, appelé Labranche, se présenta chez lui.

Cet officier, qui disait avoir été très lié sur les pontons avec le père d'Emile, se proposa très chaudement pour diriger ses études.

— C'est un enfant insupportable, un mauvais petit drôle, monsieur, dit le tuteur. Je vous déclare d'avance que vous n'en ferez jamais rien de bon. Il ne manque pas d'intelligence, il a même une certaine aptitude pour les mathématiques, mais il est incorrigible.

— Je suis sévère, répondit monsieur Labranche.

— D'aussi sévères que vous, monsieur, ont renoncé à tirer parti de lui.

— Confiez-moi votre autorité de tuteur, je réponds de le faire entrer à l'école de marine.

— Vous acceptez une tâche difficile, monsieur Labranche, reprit le tuteur ; je vous la cède d'autant plus volontiers que j'allais le camper à bord du *Caïman*, sous le capitaine Rémond, le plus dur marin de ma connaissance. Cette ressource vous restera toujours quand vous serez las de le morigéner.

— Il m'obéira, je vous le jure, dit l'officier de marine d'un ton menaçant. Je sais comment on assouplit les natures rebelles.

Nous devons croire que monsieur Labranche n'exagérait en rien, et qu'il ne reculait pas devant l'emploi des moyens énergiques ; car, au bout de six mois, Émile satisfit très convenablement aux examens. Il entra dans un bon rang à l'école d'Angoulême, où il fut encore admis comme boursier ; mais il se vit condamné à doubler sa seconde année pour mauvaise conduite, et acquit ainsi le glorieux titre de *vétéran* dont il abusait à bord du vaisseau l'*Orion*.

Monsieur Labranche, se rendant de Brest à Toulon, avait une seule fois revu Fargeolles à Angoulême. Avec sa rudesse ordinaire, le vieil officier l'avait invité à se mieux comporter, sous peine d'être embarqué à son bord en qualité de novice.

— J'ai contracté d'immenses obligations envers votre père, dit-il ; je regarde comme un devoir de m'en acquitter en le remplaçant à votre égard...

— Vous n'êtes pourtant ni mon parent ni mon tuteur ! interrompit Émile.

— Je suis ton bienfaiteur, ingrat !... s'écria le lieutenant de vaisseau.

— Vous vous acharnez sur moi, continua Émile ; quel mal vous ai-je donc fait à vous ?...

Monsieur Labranche soupira, fronça les sourcils, et reprit avec une fermeté impérieuse :

— Je m'acharne sur toi !... Eh bien ! oui, et je continuerai... Je continuerai à te surveiller, à te garder, à t'empêcher de déchoir ; je continuerai à te rendre le bien pour le mal ; je donnerai un avenir dont tu es indigne. Par amitié pour ton infortuné père, je veux t'ouvrir une carrière honorable.

— Belle carrière ! riposta Fargeolles d'un ton insolent ; vous parliez de m'embarquer comme novice.

— Oui, malheureux, s'écria monsieur Labranche avec colère, oui, si tu te fais chasser d'ici comme du collège, comme des divers navires où t'avait placé ta mère ; oui, si tu t'obstines dans ta paresse et ta méchanceté, car je ne veux pas que le fils de Fargeolles finisse au bagne ou sur l'échafaud. — L'élève haussa les épaules. — Je ne suis ni ton parent ni ton tuteur, continua le vieil officier ; mais, quel que je sois, tu ne m'échapperas qu'en te conduisant bien. Sois renvoyé d'ici, tu tombes sous mon autorité directe, et prends-y garde, je te ferai périr sous la corde plutôt que de t'abandonner à tes instincts pervers. A la fin de cette année, tu seras sur l'*Orion* ou à mon bord. Choisis !.....

La menace produisit un effet excellent, au moins pour Fargeolles, qui se mit à travailler et s'éleva très vite des derniers aux premiers rangs. Bref, il était sorti d'Angoulême avec un bon numéro. A bord du vaisseau école, il comptait parmi les forts.

Quant à Jules Renaud, c'était tout autre chose. Il n'avait guère été reçu que sur la bonne mine, eu égard aux recommandations et aux notes du proviseur de Louis-le-Grand, et enfin grâce à quelques saillies qui déridèrent l'examinateur.

Du reste, son admission ne faisait tort à personne, attendu que le nombre des admissibles était illimité.

A cette époque, la restauration avait le projet d'agrandir les cadres de la marine ; on manquait d'officiers, au point qu'il avait fallu recourir à de nombreux auxiliaires pris parmi les capitaines de la marine marchande. Aussi l'examinateur accorda-t-il sans scrupules l'un des derniers rangs d'admission à Jules, qui avait montré peu de savoir à la vérité, mais beaucoup d'intelligence.

Sur la moitié des questions, Jules fut collé au tableau ; il ne se déconcerta point :

— Il n'avait pas encore eu le temps d'apprendre ce théorème, disait-il ; ce problème n'était pas encore bien gravé dans sa mémoire. Il n'avait entrepris l'étude des mathématiques que depuis quatre mois ; mais ce n'était pas difficile à comprendre.

Là-dessus, il cherchait, en présence même de l'examinateur, et plusieurs fois il eut le bonheur de trouver des solutions imprévues.

En latin, en français, en dessin, Jules ne laissait rien à désirer. Si, en quatre mois, il était parvenu à se tirer aussi passablement d'un examen pareil, évidemment il était apte à devenir élève du vaisseau école.

De moins capables que lui avaient été admis en foule.

Il n'est pas de profession qu'on embrasse plus légèrement que celle de la marine militaire ; il n'en est point qu'un prisme trompeur colore de teintes plus séduisantes. On s'y destine fort jeune sans en soupçonner les ennuis, et, plein de foi dans la poésie des ouragans et des combats, tantôt par esprit d'imitation, tantôt sous l'influence des premières lectures qui nous charment.

Dans les ports de guerre, l'enfant n'entend parler que des armements et des expéditions qui se préparent : il vit au milieu d'uniformes brillans et de spectacles bien faits pour aiguillonner sa curiosité, il subit l'influence et la contagion de l'exemple.

A l'éternelle question : « Eh bien ! mon petit ami, que voulez-vous être un jour ? » il répond sans balancer : « Capitaine de vaisseau. » Il ne trouve rien de plus gracieux que la casquette galonnée et l'aiguillette flottante d'un élève, rien de plus beau qu'un commandant chamarré de broderies, rien de plus amusant que d'aller en canot et de commander à des marins. Il joue au matelo comme ailleurs on joue au soldat ; ses poupées sont de petits navires qu'il fait manœuvrer dans un bassin ; il a été bercé au récit des campagnes périlleuses, et ne peut concevoir d'existence préférable à celle d'officier de marine.

D'ailleurs les parens n'ont guère le choix des carrières. Charles de Pierremont, Émille Fargeolles, tous deux pour des causes analogues, par une sorte de force majeure, avaient été poussés à bord de l'*Orion*.

Dans l'intérieur des terres, à Paris, par exemple, la vocation maritime naît de l'amour du merveilleux. Robinson commence à faire songer à la mer, Télémaque continue à inspirer le désir des grandes aventures ; mais, après Gulliver et Simbad des *Mille et une Nuits*, l'écolier n'y tient plus et déclare qu'il veut être marin. Qui n'a point caressé un semblable rêve au détriment du *de Viris* et des fables d'Ésope ? Après avoir lu la *Vie des marins célèbres*, qui n'a voulu se faire mousse pour devenir amiral, découvrir plusieurs nouveaux mondes, être tour à tour chevalier de Malte, corsaire et flibustier, ou pour le moins visiter tous les pays de la terre ? Qui ne s'est point figuré que sur la mer seulement se trouvait la gloire et le bonheur ? L'histoire des naufrages éveille un intérêt trop puissant pour laisser sous une impression de terreur ; on ne compte pas les victimes, mais on admire ceux qui échappèrent aux désastres, et l'on ose espérer tout bas d'être un jour acteur dans un de ces drames horribles dont l'Océan est le théâtre.

La *Méduse* et son radeau, le *Kent* incendié au milieu de la tempête, ont dû faire des prosélytes à la marine ; ils n'en ont jamais détourné personne. On prend le métier de la mer avec la perspective de catastrophes pareilles ; elles entrent dans les idées du candidat à l'école navale ; aucun marin n'a renoncé à sa carrière pour les avoir rencontrées. Ce que l'on ignore, c'est les petites misères intestines qui remplissent lentement le vase de dégoûts, et finissent quelquefois par le faire déborder.

Le jeune homme qui débute plein de romanesques illusions n'en conserve aucune lorsqu'il a passé quelques années sous le harnois ; il en fait bon marché avec l'âge, et, parvenu aux plus hauts grades, ne s'étonne pas de se voir administrateur ou diplomate, lui qui s'était destiné à devenir capitaine Sabord comme il n'en est guère qu'au Vaudeville. Mais il n'oublie jamais entièrement ses premières sensations, et les nobles causes qui l'ont déterminé à choisir son état ne sont point de celles qui le lui feront abandonner.

En disant de quelles chimères se repaît l'imagination du candidat à l'école navale, nous avons tout simplement conté l'histoire de Jules Renaud.

Son père, qui était riche, mais avait un grand nombre d'enfans, approuva sa détermination sans difficultés :

— Un gaillard leste et hardi comme toi, lui dit-il, fera un excellent marin.

Jules, qui était alors en rhétorique, abandonna aussitôt le grec, le latin et les discours français, pour la géométrie, l'algèbre, les trigonométries et la statique.

On sait comment il fut admis ; il avait de l'émulation, et se promettait bien de ne pas croupir aux derniers rangs.

Les fistaux assemblés dans la grand'hune se demandaient les uns aux autres les noms des cordages et des pièces de mâture qu'ils avaient sous les yeux. Jules avait retenu quelques termes de la nomenclature intéressante qu'il s'agissait de se classer dans la mémoire : étais, haubans, galhaubans, écoutes, marchepieds, enflechures, étaient autant de choses nouvelles dont on ne s'expliquait pas trop l'usage.

Il y avait là une foule de cordes qui étaient autant de problèmes. A quoi servaient-elles ?... D'où venaient-elles ? Où allaient-elles ?...

Chacun émettait son avis, et de terribles hérésies maritimes durent frapper les échos aériens en cette occasion.

Le canot qui conduisait à terre madame de Pierremont et sa jeune nièce attira aussi l'attention de Jules et de ses camarades ; mais tout à coup de bruyans éclats de rire retentirent sur le pont ; les cinq ou six fistaux se penchèrent tous à la fois du côté de tribord ; ils virent Pierremont en uniforme au milieu d'un groupe nombreux en vareuse et pantalon gris.

Fargeolles l'avait profondément salué en disant :

— N'est-ce pas à M. de Pierremont que j'ai l'honneur de parler ?

— Oui, monsieur, répondit Charles visiblement intimidé par la politesse exagérée de son interlocuteur et par le fou rire de la galerie.

— Croyez, monsieur de Pierremont, ajoutait Fargeolles, que l'école est très honorée de vous recevoir enfin dans son sein. Nous vous attendions tous avec une impatience sans égale. L'on nous a dit que vous étiez un *phénomène* ; l'on ne nous trompait pas !... N'est-ce point, messieurs, l'on ne nous trompait pas ?

Le ton et la pantomime de Fargeolles excitaient les risées niaises de la multitude. Charles essaya de s'y soustraire en regardant le milieu du pont.

— Vous nous fuyez, monsieur de Pierremont ? Oh ! c'est cruel !... ajoutait Fargeolles en le suivant. Vous nous privez... Vous nous refusez donc vos hommages ?...

— Messieurs, disait Charles, je ne fuis pas, mais je voudrais qu'on ne se moquât pas de moi...

— Tout ceci est très sérieux, monsieur de Pierremont, continuait Fargeolles en saluant de nouveau.

Ses bouffonneries avaient un succès prodigieux.

— Est-il donc amusant, ce Fargeolles ? Il n'a point son pareil pour faire poser un fistau.

— Je suis d'avis, ajouta le vétéran, de porter en triomphe le phénix de ces lieux.

— Messieurs, s'écria Charles, laissez-moi, je vous en conjure ! je ne suis ni un phénomène, ni un phénix...

Nouvelles explosions de rires moqueurs.

Je me demande encore pourquoi l'on riait. Qu'y avait-il donc de si comique dans les réclamations de ce malheureux enfant accueilli par les lazzi de mauvais goût ?

— Le fistau a raison, Fargeolles, interrompit un facétieux ancien. Tout phénix a des plumes, et je ne lui en vois point.

— C'est que tu as la berlue, reprit Fargeolles qui avait par hasard dans la poche une vieille plume, et la planta en guise de panache dans la ganse du chapeau de Charles.

Nous portions alors, en grande tenue, le chapeau rond avec la cocarde, et la casquette en petite tenue.

— Hourra pour le plumet !

— Un ban pour le plumet !...

— En triomphe le phénix !...

— Sur le pavois le roi des fistaux !

On essayait de mettre à exécution la motion du vétéran Fargeolles ; on soulevait Charles par les pieds.

— Messieurs, messieurs, laissez-moi, je vous en prie ! disait encore le malheureux adolescent qui avait peine à retenir ses larmes.

— Le fistau n'entend pas raillerie !... il a un mauvais caractère !... il se révolte !...

— *Mademoiselle*, reprit Fargeolles avec un sourire moqueur, nous ne voulons que vous prouver notre admiration profonde.

— Mademoiselle !... mademoiselle !... Vive mademoiselle !... répétait-on en riant.

Le sobriquet faisait fortune ; il avait de l'écho.

Charles se débattait ; il était littéralement accablé par le nombre ; on le tiraillait, on l'emportait malgré lui avec un acharnement brutal. Déjà il avait perdu son chapeau, qui fut foulé aux pieds, son paletot neuf avait reçu un accroc, son aiguillette pendait à demi arrachée.

Jules Renaud ne put être plus longtemps témoin d'un pareil spectacle sans perdre le sang-froid.

— Quand on devrait me mettre en prison à mon tour, dit-il, je porterai secours à ce pauvre garçon.

— Tu as raison, reprirent ses cinq ou six camarades ; allons !... lestement !...

Sitôt dit, sitôt fait ; Jules s'élance sur la grand'vergue, prend à bras-le-corps un cordage qui descendait sur le pont, et veut se laisser glisser.

Presque aussitôt un cri terrible retentit d'un bout à l'autre du vaisseau ; l'officier de service accourt.

— L'officier... gare !... dit Fargeolles.

Les persécuteurs de Charles se dispersèrent.

Tous les yeux restèrent fixés sur Charles Renaud, suspendu à mi-distance du pont au bout d'un cordage qui, en termes techniques, s'appelle cartahu.

L'intrépide Parisien avait cru rencontrer une manœuvre dormante ; il s'était accroché, par malheur, à une corde courante, qui glissa rapidement sous son poids ; il se raccrocha bien à une autre avec une extrême agilité, mais celle-ci n'était point assez longue.

Après quelques oscillations, il se trouvait au bout, ne se tenant que par les mains, à trente pieds environ au-dessus d'un panneau.

— Courage ! mon ami !... serrez ferme !... criait l'officier, tandis que deux gabiers d'élite s'empressaient de courir au secours de Jules.

— Vouloir s'affaler par un cartahu !... l'imbécile fistau !... murmura Emile Fargeolles en haussant les épaules avec dédain.

III

LA PREMIÈRE SÉPARATION.

Il est une parenté beaucoup plus réelle, beaucoup plus intime au moins, que celle qui tarife les droits de succession. Cette parenté naît de fréquentations, de relations, de rapports constans et de sympathies réciproques. Tel cousin germain vous est indifférent et inconnu, tel arrière-cousin est pour vous un frère.

Alexandre et Joseph de Pierremont étaient cousins au cinquième ou sixième degré; mais, nés dans la même ville, élevés ensemble, ils étaient avant tout amis dans l'acception vraie du mot.

Alexandre entra dans la marine militaire, Joseph dans le commissariat; ils naviguèrent souvent sur les mêmes navires; ils se marièrent vers la même époque avec deux jeunes filles déjà liées entre elles d'une vive amitié. Cette double union resserra encore l'attachement des femmes et celui des maris.

On sait que Joseph mourut pauvre; mais Alexandre, l'officier de marine, avait de la fortune; la mère d'Eglé ne connut jamais la détresse. Après elle, Eglé ne l'aurait jamais connue, si de nouveaux malheurs n'eussent assailli coup sur coup l'infortunée mère de Charles.

Entre le moment où Eglé devint orpheline et la fin tragique d'Alexandre de Pierremont, plusieurs années de calme, d'amour et de bonheur s'étaient écoulées pourtant.

Années de trêve aux souffrances de la vie, années rares dont on ne sait tout le prix qu'après leur perte, années dont le souvenir met des larmes aux yeux, des sourires aux lèvres, une sainte mélancolie au cœur, vous passâtes comme peu de jours; vous étiez trop belles!

Le temps avait cicatrisé les douleurs de la famille; Eglé restait pour rappeler à Alexandre son ami et cousin Joseph, à madame de Pierremont sa cousine et amie enlevée à la fleur de l'âge.

Eglé, blonde et rose enfant, héritait d'une double affection qui lui rendait un père et une mère; entre Charles et sa petite cousine, aucune différence n'était faite; les étrangers s'y trompaient, et, comme Fargeolles, ils les prenaient pour un frère et une sœur. Les personnes qui connaissaient un peu la famille ne se rappelaient pas qui, du petit garçon ou de la petite fille, était l'enfant d'adoption; les intimes eux-mêmes l'oubliaient quelquefois.

Charles avait deux ans de plus que sa cousine. Ils avaient grandi sous le même toit, avec les mêmes plaisirs, les mêmes récompenses, les mêmes fêtes.

En général, les petites filles sont plus précoces que les garçons; Charles et Eglé étaient donc en quelque sorte du même âge, et comme Eglé paraissait avoir un caractère plus ferme, ses jeux étaient toujours les jeux préférés.

D'un autre côté, monsieur de Pierremont embarquait et naviguait souvent; Charles demeurait alors sous la tutelle exclusive de sa mère.

C'est dire que sa première éducation fut un peu féminine.

Il y a toujours quelque chose de vrai dans les sobriquets les plus méchans; Fargeolles avait frappé juste en appelant Charles *Mademoiselle*.

Ce n'était pas un jeune gars vif, ardent, impétueux, volontaire, comme on l'est d'ordinaire à son âge. Il était intelligent, studieux, soumis, mais trop doux, trop naïf. Il n'avait rien du gamin de collége; il ignorait cet égoïsme vaniteux et cruel que développe si rapidement l'éducation publique.

Lafontaine a dit: « L'enfance est sans pitié; » Charles faisait mentir cet adage trop profondément vrai. Il manquait du tact indispensable qu'on appelle la connaissance des hommes et que donne la vie commune. Il était tout amour; s'il connaissait le malheur, il ignorait le mal.

Le mal est un des deux phares de la vie; il faut le voir pour savoir le craindre et le fuir.

L'enfance de Charles s'était passée sous les yeux d'une mère attentive et pieuse, qui éloignait de lui toute image du vice. Les Spartiates, voulant que leurs enfans fussent des hommes, faisaient enivrer des esclaves en leur présence.

Charles aimait Eglé d'une tendresse fraternelle qui avait toute la pureté des amours des anges. Quel est le lycéen qui aimerait ainsi une fraîche et gracieuse cousine, pleine d'abandon et de candeur? A quinze ans, un écolier de nos colléges est au moins roué s'il n'est blasé. Heureusement, hâtons-nous de le dire, les natures généreuses se guérissent vite de cette gangrène engendrée par le contact des natures corrompues et corruptrices.

Nous aurions l'air de faire une satire, si nous n'étions les premiers à plaindre Charles d'avoir été soustrait à la contagion. Il en est des maladies morales comme de certaines maladies physiques dont il importe de s'inoculer le germe. L'éducation publique peut être comparée à la vaccine.

L'éducation publique est une nécessité, surtout pour quiconque est appelé par sa carrière, ainsi qu'un militaire ou un marin, à vivre en communauté perpétuelle avec des indifférens, des étrangers, des ennemis;

Et Charles n'avait jamais quitté le toit maternel.

Du temps où madame de Pierremont était heureuse encore, on la voyait souvent sortir de chez elle, conduisant deux charmans enfans, élégamment habillés, souriants, joyeux, se tenant l'un l'autre par la main.

On s'arrêtait à les regarder. Du même regard on félicitait la jeune femme qui les tenait si propres, si gais, si dispos. On comprenait que les soins moraux devaient égaler les soins extérieurs.

Il y avait dans les yeux d'Eglé tant d'expansive franchise, dans ceux de Charles tant de douceur!

On aimait ces deux enfans, rien qu'à les voir. Qui les écoutait les aimait encore davantage, car leur babil avait un charme exquis; leur tendresse mutuelle y perçait à chaque mot.

Eglé prenait d'ordinaire la direction du jeu, à condition pourtant que le jeu fût du goût de Charles. Elle décidait toutes choses la première, mais si Charles montrait quelque répugnance, elle renonçait bien vite et sans regrets à sa volonté. Seulement il était rare que Charles hésitât à lui obéir.

S'ils se mêlaient à quelques groupes d'enfans de leur âge, c'était inévitablement à des groupes de petites filles, où Charles se trouvait admis grâce à Eglé.

Est-il un poète capable de cueillir une à une les fleurs bénies qui s'épanouissaient en leurs jeunes âmes?

Pour esquisser leurs amours enfantines qui s'ignoraient, un ange devrait arracher de ses ailes la plume la plus déliée et la tremper dans un cœur de mère.

Il faudrait unir un art divin à une exquise sensibilité pour dire l'histoire de chaque larme versée par Charles pour Eglé, de chaque sourire d'Eglé séchant une de ces larmes.

Ils s'aimaient sans efforts, sans timidité, sans contrainte, avec une expansion fraternelle et une prévenance de tous les instans.

Alors Eglé seule était pauvre; madame de Pierremont avait songé souvent à l'avenir que lui réservait la tendresse de Charles; les serrant tous deux à la fois entre ses bras, elle semblait leur dire:

— Toujours, toujours, aimez-vous ainsi!

Combien Eglé se montrait fière quand les maîtres de Charles lui donnaient de bonnes notes et venaient complimenter sa mère sur ses progrès, sur son zèle! Et combien

Charles était sensible aux louanges caressantes de sa chère Eglé.

— Mais si la petite fille avait été grondée pour quelque espièglerie, pour quelque négligence, vous auriez cru, à voir Charles, qu'il avait été puni. Pour rendre Eglé plus docile, madame de Pierremont n'avait plus qu'une menace à faire :

— Je vous mettrai en pénitence, mademoiselle, et vous serez cause que votre cousin pleurera.

S'il manquait à ces amours innocentes le cadre splendide de celles de Paul et Virginie, les vertes savanes, le ciel des tropiques, les arbres toujours chargés de fruits et de fleurs ; s'il leur manquait de l'air, de l'espace, du soleil, non, la poésie ne leur manquait pas.

La poésie, l'amour, sont dans le cœur.

Sous le ciel brumeux de l'Armorique naissent et chantent d'obscurs poètes qui ont beaucoup aimé. Partout où l'homme vit et souffre, partout où il aime et pleure, on rencontre de la poésie vraiment touchante.

Ils étaient charmans à contempler ces gracieux enfans, les bras enlacés, les têtes appuyées l'une contre l'autre, se regardant avec une douce confiance, aimant à se dire des mots que leur tendresse leur dictait, n'éprouvant l'un sans l'autre aucun plaisir.

S'il est un amour poétique, c'est l'amour de cet âge d'or, de cet âge d'innocence.

Oh ! ne riez pas, monsieur... je vous prie ; ce n'est pas pour vous que ces lignes sont écrites ; ou plutôt, riez, riez à votre aise, puisque vous ignorez quelle profonde volupté on ressent à répandre de douces larmes.

Mais le drame nous presse. Déjà les jours de l'enfance ne sont plus ; bonheurs éphémères, ils sont fanés.

Charles, Eglé, ces deux enfans qu'on aimait à voir se livrer à leurs ébats fraternels, viennent d'entrer dans l'adolescence ; ils ne sont plus sœur et frère et le savent déjà : une pudeur instinctive retient Eglé ; Charles baisse quelquefois les yeux devant son doux regard. Ils s'aiment avec une nuance nouvelle ; un trouble inconnu modère leurs mouvements de tendresse.

Quand Charles tomba malade après son brillant examen, Eglé devint languissante ; madame de Pierremont trembla pour ses deux enfans.

Eglé partageait alors les travaux de la noble veuve ; Eglé ne put seconder sa tante jusqu'à ce que Charles entrât en convalescence. Hélas ! l'amélioration de la santé du jeune élève fut le signal d'un dernier malheur.

Ils vont se séparer, ils se séparent ; leurs tristes cœurs sont déchirés par l'absence pour la première fois.

La séparation, l'absence, sont dans la vie les symboles de la mort.

Charles de Pierremont avait essuyé ses larmes en entendant le roulement de tambour qui allait amener sur le pont tous ses nouveaux camarades, mais Eglé, la pauvre enfant, laissait abondamment couler les siennes. Elle sanglotait tout en agitant son mouchoir, ses joues roses et blanches étaient baignées de larmes pures comme son amour.

— Mon Dieu ! pensait encore la pauvre veuve avec une sorte de pressentiment, cette fatale carrière va rendre Eglé aussi malheureuse que moi !...

Lorsque madame de Pierremont mit pied à terre, elle paraissait calme ; la jeune Eglé, un mouchoir sur les yeux, s'appuyait à son bras.

N'osant encore échanger une parole, celle-là de crainte de faiblir, celle-ci de peur de trahir en public sa trop vive douleur, elles gravissaient en silence un sentier à pic qui conduisait vers leur humble demeure.

Eglé, singulièrement développée pour son âge, avait déjà, il faut le dire, l'apparence d'une petite jeune personne. Elle n'avait pas tout à fait quatorze ans, on lui en donnait quinze.

Joyeuse d'abord, quand elle avait vu Charles guéri revêtir enfin son uniforme d'élève, puis distraite un instant par le brillant spectacle d'un intérieur de vaisseau, elle

avait obéi aux instincts naturels de son âge ; mais à présent ses sentiments affectueux avaient repris le dessus ; elle était brisée par le chagrin.

En entrant, quand la porte fut fermée, elle ne poussa qu'un cri :

— Charles !... Charles !... où est Charles ?...

Et ses sanglots, un moment contenus, redoublèrent avec vivacité.

Madame de Pierremont n'essaya pas de la calmer. La veille elle avait reçu quelques commandes de travaux de lingerie.

— Allons, mon enfant, dit-elle avec douceur, ceci est pressé, mettons-nous à l'ouvrage.

Eglé entendit, Eglé voulut obéir ; elle se leva.

Madame de Pierremont mesurait une pièce de toile, Eglé s'avança pour l'aider ; leurs mains et leurs yeux se rencontrèrent, leurs bras s'ouvrirent.

— Charles ! Charles !... mon pauvre fils !... s'écriait à son tour madame de Pierremont.

La tante et la nièce ne travaillèrent pas de la soirée.

— Mon Dieu ! mon Dieu !... s'écria Eglé, quel malheur qu'il soit dans la marine !...

Cette triste exclamation retentit cruellement dans l'âme de la veuve d'Alexandre. Elle répondait à ses plus secrètes pensées :

La marine... l'absence... la séparation... les dangers de la mer... les dangers de la vie commune !...

Charles, en ce moment même, était en butte aux vexations de Fargeolles et aux rires stupides d'une masse d'enfans... Oh ! cet âge est sans pitié !...

Jules, il est vrai, le brave Jules Renaud s'élançait au secours du fistau inconnu ; mais trop de précipitation l'exposait à être victime de sa générosité.

Les gabiers eurent beau courir, ils n'arrivèrent pas à temps. Jules tomba et se cassa le bras sur l'hiloire du grand panneau.

Le tambour battait pour le repas de cinq heures du soir.

Tandis que le chirurgien major mettait un premier appareil sur la fracture, les élèves descendirent dans la batterie basse.

Charles de Pierremont était de la même escouade, de la même table, du même bureau que Fargeolles ; il était son voisin d'étude, son voisin de hamac.

Son bon numéro d'admission en était cause, car il occupait sur la liste des fistaux le même rang que Fargeolles sur celle d'Angoulême, et l'on avait fondu les deux listes en une pour le classement à bord de l'Orion.

C'était une chance malheureuse, un hasard funeste dont les conséquences devaient durer un an.

Pour un an tout entier, Fargeolles avait ainsi sous la main, la nuit, le jour, à toute heure, une victime faible à torturer pour son plaisir. Fargeolles trouva le hasard très récréatif et s'en mordit les lèvres en riant :

— Mademoiselle est sous ma coupe, ce sera drôle !... pensa-t-il.

Quant à Jules Renaud, il fut emporté à l'hôpital de la marine.

Charles, accablé par ses émotions, découragé par l'accueil de ses camarades, bouleversé par l'affreux accident dont il venait d'être le témoin (on avait cru que Jules se tuerait sur le coup), Charles s'assit à la place que lui désigna l'adjudant de service. Il ne put manger.

— Mademoiselle n'a pas d'appétit, dit Fargeolles. On regrette sa petite Mimi et sa petite maman... Oh ! c'est attendrissant parole d'honneur la plus sucrée !... Passez-moi la salade que je l'assaisonne avec mes larmes...

IV

FORCE ET FAIBLESSE.

Combien de larmes le pauvre Charles avait répandues en cachette, le soir, dans des coins sombres ; le jour dans les parties les plus élevées de la mâture, toutes les fois qu'il avait pu donner à sa mélancolie un instant de solitude !... Heureux lorsqu'il lui était permis de pleurer !

A diverses reprises, il avait essayé d'épancher son cœur en écrivant à sa mère, mais toujours, hélas ! toujours Fargeolles était à ses côtés ; Fargeolles l'épiait et le troublait. Avec un acharnement infatigable, Fargeolles lui faisait cette misérable guerre d'escarmouches qui lasse les plus patiens, qui abat les plus forts.

Il s'agissait de former le caractère du petit fistan, d'éduquer *Mademoiselle* ! c'était drôle !... Bien drôle, sans contredit, car il se trouvait à point nommé de niais bons enfans pour devenir les bénévoles complices du persécuteur.

Simples farces ! pures plaisanteries !...

On cachait les plumes de Charles, son encre ou son papier, on lui enlevait son pliant. On lui faisait toutes sortes d'aimables niches d'un goût aussi délicat.

S'il est un monstre plus odieux que le vampire, un être plus exécrable que l'assassin de profession, c'est le farceur !... Dans une république sagement ordonnée, tout farceur devrait être mis hors de loi et traqué comme une bête fauve. Le farceur est un pestiféré dont le mal devient promptement contagieux. Il désapprend à ses stupides admirateurs la pitié l'humanité, l'honnêteté, tout, jusqu'à la gaieté franche et au rire de bon cœur. La passion du farceur est un égoïsme brutal qui prend plaisir aux douleurs d'autrui ; c'est la méchanceté poussée à la dernière puissance par la bêtise.

Pour faire une bonne farce, quelque farceur mettra l'univers en cendres.

Le farceur a causé cent duels, autant de faillites, la perte des emplois les plus nécessaires, la ruine de vingt familles. Tout cela parce qu'il a indiqué une fausse adresse au lieu d'une bonne, une heure fausse au lieu d'une vraie... Farce !

Votre fortune, votre salut tiennent à une démarche, tout retard doit entraîner une catastrophe... cet homme se sera brûlé la cervelle, cette femme sera morte de misère et de faim, quand vous arriverez, un facétieux mauvais plaisant vous égare, vous retarde ; il vous fait un drôle de mensonge qui entraînera une querelle, une brouille, un meurtre... Farces !... Farces !...

Il sait que vous attendez impatiemment une lettre ; pourquoi ?... il l'ignore absolument ; ça lui est bien égal, pourvu qu'il puisse faire une bonne farce. Il la soustrait au passage, et vous la renvoie deux jours après servant d'enveloppe à un bocal de cornichons... Comme c'est amusant !... comme c'est fin et joli !... Mais faute d'être allé au rendez-vous qu'assignait cette lettre, vous n'obtiendrez pas la place qui eût donné du pain à vos enfans...

Eh, mon Dieu !... il n'en savait rien, lui, le farceur !... il n'y a pas mis de méchantes intentions... on ne devine pas de choses comme celles-là !... Une lettre de trois sous par la petite poste retardée de quarante-huit heures, voyez donc le grand crime !... Farce !

Et l'on bat des mains aux faits et gestes des farceurs.

Fargeolles avait du succès comme farceur fini... Fargeolles poussa un jour la facétie jusqu'à s'emparer adroitement d'une lettre commencée par Charles, et, rassemblant aussitôt cinq ou six de ses rieurs attitrés, il en donna lecture à haute voix :

« Ma chère maman, ma bonne petite sœur... »

Fargeolles avait pris le fausset, il larmoyait dramatiquement, il gesticulait, il mettait la main à ses yeux, il faisait semblant de pleurer.

« Je ne vous dirai pas que je suis heureux à bord de l'*Orion*, puis-je être heureux loin de vous !... »

— Ah !... je m'évanouis !... comme c'est attendrissant !... Fabien, soutiens-moi !...

Charles survint, il reconnut sa lettre et s'élança sur le vétéran avec impétuosité ; mais messieurs les rieurs le retinrent. Fargeolles alla jusqu'au bout, déclamant, ricanant toujours... Farce d'école !...

A la fin on lâcha Pierremont qui trépignait ; il atteignit sa lettre, il l'arracha brusquement des mains de Fargeolles, la lettre se déchira.

— Ce n'est pas ma faute mademoiselle Fistau !... dit l'inimitable farceur avec un accent inimitable. Quel dommage pourtant, messieurs... tant de jolis sentimens en morceaux ! Ah ! Mademoiselle, vous les maltraitez par trop vos trop jolis sentimens !... C'est mal... très mal !...

L'adjudant de service passa en disant :

— A vos places, messieurs !... Silence !...

Fargeolles s'assit, repassa la leçon de navigation et fit son calcul avec un sang-froid parfait. Charles bouleversé attendait la récréation pour se réfugier sur les barres du cacatois ; il comptait sans Fargeolles. Fargeolles l'y suivit. Il redescendit, Fargeolles l'imita, toujours gouaillant avec le joyeux esprit qu'on lui sait.

L'heure de la classe vint, Charles fut interrogé, il répondit mal et eut un mauvais point.

Lettre de famille, étude, récréation, Émile Fargeolles avait tout empoisonné.

Et cela durait ainsi depuis le lever jusqu'au coucher, la nuit même, quand Fargeolles ne dormait pas ; le matin s'il s'éveillait le premier. Les farces du dortoir succédaient aux farces du réfectoire, de classe ou d'exercice.

Charles fut amarré et transfilé dans son hamac : plusieurs fois on lui barbouilla la figure pendant son sommeil, ou encore on détacha la corde du côté des pieds et on le fit tomber violemment et brutalement tandis qu'il dormait.

Farces sur farces !

Quelques jours après, enfin, Fargeolles se trouvait par bonheur à l'autre extrémité de la batterie ; Charles profita d'une occasion si rare. Il put achever, fermer et expédier sa première lettre.

« Il m'est impossible, ma bonne mère, écrivait-il, de vous dire que je suis heureux loin de vous et de ma chère Églé ; mais l'espérance de contribuer à votre bonheur soutient mon courage. Je travaille, je fais tous mes efforts pour suivre vos excellens conseils et me montrer digne de votre tendresse. En travaillant, je tâche de ne point trop penser à vous, car c'est votre pensée qui fait ma faiblesse comme elle fait ma force, ma tristesse comme ma joie. Puisque je dois être marin, il faut que je sache vaincre mon pauvre cœur, il faut que j'apprenne à ne trouver qu'une véritable énergie dans les sentimens que vous m'inspirez, ma mère, dans l'affection fraternelle que j'ai pour toi, ma douce Églé.

» Oh ! qu'il m'est difficile de vous aimer sans faiblesse, de ne penser qu'aux devoirs de l'avenir, de ne pas regretter le bonheur perdu.

» Pendant les récréations, mon plaisir est de monter au haut de la mâture pour apercevoir le toit que vous habitez. « Elles sont là, ma mère, ma sœur !... Elles sont là me » dis-je, celles qui m'aiment et qui prient pour moi !... » Les yeux fixés sur Brest, je songe aux heureux temps de ma vie écoulés entre vous. Je me rappelle aussi que mon tour est venu de travailler pour votre bonheur. Alors, je redescends fort ; mais plus souvent, je l'avoue, je redescends triste et faible.

» Je me priverai, ma mère ; je n'irai plus chaque jour sur les barres du cacatois. Je me refuserai ces émotions, trop vives parce qu'elles amollissent mon cœur. Mais, une fois par semaine, ma bonne Églé, le dimanche à l'heure où vous revenez de la messe, je monterai là-haut comme l'oiseau qui vole vers le ciel, et si j'aperçois à la pointe un mouchoir blanc qui s'agite, je dirai : C'est elle ! ce sont elles ! Une fois chaque semaine seulement, ce ne sera pas trop, n'est-ce pas... chère mère ? Le dimanche, il n'y a pas de cours ; je ne risquerai pas en descendant d'être distrait et de ne pas bien écouter les démonstrations des professeurs. »

Charles de Pierremont entrait ensuite dans quelques détails sur sa vie matérielle à bord, mais il ne parlait ni de Fargeolles ni de ses persécuteurs ordinaires. Il ne se plaignait de rien, il se louait du commandant et des officiers ; enfin il annonçait que le jeudi suivant serait son jour de sortie.

Cette lettre était un acte de courage ; son dévouement filial lui donna la force de la terminer sans se trahir, sans avouer combien il souffrait.

Cette lettre attira de douces larmes dans les yeux de madame de Pierremont.

— Il est moins malheureux que je ne le craignais, dit-elle en embrassant Églé ; brave enfant !

— Jeudi, s'écriait la jeune fille, nous le verrons ! Il viendra jeudi.

Églé compta les heures, Charles aussi les trouvait bien lentes ; elles s'écoulèrent pourtant au gré de leurs vœux.

Le jeudi, au point du jour, les douze élèves de la table où mangeait Charles descendirent au vestiaire dans l'entre-pont, s'habillèrent en grande tenue, répondirent à l'appel, et embarquèrent sous la surveillance de l'adjudant de service.

Dans la chaloupe, Fargeolles tint un discours homérique et mémorable à tous égards. Le style, les grâces et la pensée s'y disputaient la palme du bon goût. Le vétéran déclara, dès son exorde, que celui-là serait réputé mauvais camarade, capon et cuistre, qui refuserait d'aller déjeuner chez Coquinot.

Coquinot était alors le restaurateur en vogue parmi les élèves de marine ; à bord de l'*Orion* l'on ne jurait que par Coquinot et Jeanneton, la plus accorte des filles du restaurant.

Si le mot *fraternité* eût été de mode en 1828, nul doute que Fargeolles n'eût préconisé son banquet au nom de la fraternité, mais nous ne ferons pas d'anachronisme pour si peu. Fargeolles s'en tint au mot **camaraderie**, parla de champagne, vanta la salade d'anchois, et déclama l'éloge des pâtés aux truffes.

— Saperlotte ! poursuivit-il, nous sommes douze, c'est historique, mathématique et physique ; à 20 fr. par tête, nous pouvons faire un festin de monarque, ceci est arithmétique... et je vous certifie que nous nous amuserons comme trente-six !... Je m'en charge ! D'abord je déclare à madame Coquinot que nous voulons être exclusivement servis par Jeanneton, une bonne enfant qui entend la plaisanterie comme un cheval de trompette. Ensuite nous irons au café Laplanche prendre la demi-tasse, le pousse-café, le contre-pousse-café, la liqueur, etc..., sans compter les cigares. Après, nous louons des chevaux, et nous allons collationner à Guipavas. Laissez-moi gouverner, mes amis ; je vous ferai passer une journée maritime un peu *suivée* !... Voyons voir, qui en est ?...

— Moi !... moi !... moi !...

Dix élèves, tous étrangers à Brest, approuvèrent les projets de l'orateur. Il leur sembla tout naturel de fêter largement la première sortie et de dépenser un mois d'appointemens, d'autant mieux que la deuxième sortie n'aurait lieu que six semaines après.

— Et mademoiselle Fistauline de Saint-Fistau ? ajouta Fargeolles. Mademoiselle n'a rien répondu, je crois ?...

Charles garda le silence.

— Eh bien ! Pierremont ? demanda Sergette, un de ces bons enfans insignifians qui n'ont d'autre mérite que leur nullité.

— Vous disposez de la journée entière, répondit en-

fin Charles ; à quelle heure irais-je donc voir ma famille ?

— Au fait, interrompit un camarade assez bienveillant, aucun de nous n'est de Brest.

— Excepté moi, pourtant ! s'écria Fargeolles. J'y ai ma famille aussi, moi, mais je sais être bon garçon d'abord.

On se rappelle que la prétendue famille de Fargeolles se réduisait à la personne d'un tuteur parfaitement mal disposé à son égard.

— Allons, Pierremont, reprit Sergette, déjeune toujours avec nous ! nous te lâcherons après déjeuner.

— C'est impossible ; ma mère et ma sœur sont pressées de me revoir.

— Petit pingre ! s'écria Fargeolles ; il pleure ses fichus vingt francs, voilà le fait ! Mademoiselle Fistaulotte est économe...

Charles rougit.

Fistauline, Fistaulotte, de Saint-Fistau, ces sobriquets toujours nouveaux avaient un succès de rire, et puis Fargeolles était si farceur !... Dès qu'un farceur est bien et dûment posé, il fait rire en disant bonjour.

On riait donc, et à ces rires se mêlaient des railleries contre l'avarice inqualifiable de Charles.

Heureusement, la chaloupe aborda.

Madame de Pierremont et Églé attendaient sur le quai, le jeune élève se jeta dans leurs bras avec transport.

Dix de ses camarades saluèrent en passant.

Fargeolles garda résolûment son chapeau sur la tête, et dit assez haut pour être entendu par Charles :

— Tiens ! tiens !... elle n'est pas mal, la petite Mimi de Saint-Fistaupin. Je la préférerais presque à Jeanneton, si elle avait une robe sans pièces, un fichu moins antique et un chapeau plus moderne. Quel attirail solennel !...

Comparer Églé à une servante d'auberge, tourner en ridicule la pauvreté de sa mère, et cela au moment même où on l'accusait, lui Charles, d'être pingre, de ne pas vouloir dépenser un mois d'appointemens en folies, en orgies !

Madame de Pierremont trouva Charles un peu changé ; mais on se rappelle qu'il était convalescent en embarquant à bord de l'*Orion ;* elle ne s'inquiéta pas. D'ailleurs, malgré les propos blessans de Fargeolles, Charles était sous une telle impression de bonheur, que sa tristesse disparaissait.

Sa mère lui prit le bras, Églé l'autre main.

Déjà Fargeolles et ses dix commensaux mettaient tout sens dessus dessous dans la maison Coquinot et faisaient perdre la tête à l'infortunée Jeanneton, lorsque Charles vivement ému rentra dans la modeste demeure de sa mère.

Trois bols de faïence d'une propreté recherchée, un petit pot au lait et un gros morceau de beurre étaient disposés sur la table.

— Mon bon Charles, mon bon petit Charles, ne bouge pas, dit Églé, je te le défends aujourd'hui ! Laissez donc, monsieur, restez avec maman !... Non... Charles, ne te dérange pas, je t'en prie, je veux te servir !...

Églé avec une joie enfantine apporta bientôt trois petits pains et quelques morceaux de sucre.

— Du sucre blanc et des petits pains dorés ! s'écria-t-elle. Je te ménageais cette surprise...

Charles eut envie de pleurer.

Il embrassa encore une fois sa mère et puis sa chère petite cousine.

En ce moment l'audacieux Fargeolles remplissait des éclats de sa voix la grande salle du restaurant Coquinot.

— Et les anchois, Jeanneton ! les anchois ! criait-il. Si dans deux minutes nous n'avons pas notre salade d'anchois, jeune beauté, je vous retire l'estime et les adorations de l'école de marine.

— Je m'en fiche pas mal de votre estime, gros laid ! riposta l'intéressante Jeanneton. Tenez, voilà vos huîtres.

— Sublime réponse ! s'écria Fargeolles ; messieurs, un ban pour Jeanneton !

Fargeolles donna l'exemple et le signal ; ses dix camarades frappèrent en cadence dans leurs mains.

Jeanneton courait à la cuisine.

Un lieutenant-colonel d'infanterie qui déjeunait dans le petit salon se tourna vers la maîtresse de l'établissement :

— Que diable y a-t-il donc chez vous ce matin ? demanda-t-il.

— Rien, colonel, répondit madame Coquinot. C'est jour de sortie des élèves de l'*Orion* ; ils s'amusent, ces enfans ; ils agacent un petit peu Jeanneton, en buvant du sauterne et mangeant des huîtres.

. . . .

Églé faisait avec délices les honneurs du frugal repas qu'elle avait préparé elle-même. C'était sur ses modiques épargnes qu'elle avait acheté le sucre blanc, les petits pains et même le café.

Depuis longtemps, dans l'intérieur de madame de Pierremont, n'avait régné une joie si cordiale et si franche.

Cependant, dès que le déjeuner fut fini, Charles prit son chapeau pour sortir :

— Quoi, déjà ! s'écria Églé.

— Oh ! je serai bientôt de retour, chère sœur, dit le jeune élève.

— Mais où vas-tu donc si vite ? demanda madame de Pierremont :

— A l'hôpital de la marine, rendre visite à un de nos camarades.

— Très bien, mon enfant ; va donc, et ne nous fais pas trop attendre ; tes momens nous appartiennent.

— Oh ! soyez tranquille, ma mère, je suis avare de mes instans de bonheur ; mais la visite que j'ai à faire est un devoir...

Églé se demandait quel pouvait être cet ami que Charles montrait tant d'empressement à aller visiter ; elle suivit son cousin dans l'antichambre :

— Qui est-ce que ton malade ? dit-elle.

— Il s'appelle Renaud, répondit Charles.

— Tu l'aimes donc bien !... Et s'il est ton ami, pourquoi ne nous en as-tu rien dit dans ta lettre ? Nous aurions été si contentes de te savoir lié avec un digne camarade.

— Mon Dieu ! répondit Charles en hésitant, je ne puis dire qu'il soit mon ami, je ne le connais même pas...

Charles laissa Églé fort surprise d'une pareille réponse.

— Comme il paraissait embarrassé ! pensa la jeune fille. Charles ne ment jamais ; que signifie ce qu'il m'a dit ? Il nous cache quelque chose, bien sûr !... si c'est un chagrin, je veux le connaître pour le partager avec lui.

V

CONFIDENCES.

Charles n'avait pas longtemps ignoré la cause première de l'accident de Jules Renaud, dont les fistaux parlaient chaque jour. Charles avait eu la douleur d'apprendre que c'était pour lui que l'alerte Parisien s'était exposé avec une témérité si généreuse. Il se promit dès ce moment d'aller lui rendre visite aussitôt qu'il descendrait à terre.

Jules, le bras gauche en écharpe, et du reste ayant fort bonne mine, se promenait dans le jardin quand Charles l'aborda.

Jules reconnut au premier coup d'œil son jeune collègue, et lui tendit la main droite :

— C'est bien à vous, lui dit-il, d'être venu me voir ; merci, mille foi merci...

— C'est moi qui viens vous remercier et vous exprimer tout le chagrin que j'éprouve...

Jules interrompit :

— La faute en est à Fargeolles d'abord, à moi ensuite ; j'aurais dû m'affaler par les haubans ou les galhaubans.

La connaissance était faite. Charles répondit à toutes les questions de Jules, se chargea de ses commissions, et se plaignit un peu de la tyrannie de Fargeolles.

— Je ne suis pas rancuneux, dit Jules, mais s'il recommence en ma présence, je vous promets de le mettre à la raison... Plût à Dieu, ajouta Jules en soupirant, que monsieur Fargeolles fût mon plus gros souci !...

— Qu'avez-vous donc, demanda Charles, votre bras vous fait-il beaucoup souffrir ?

— Mon bras ? pas du tout !... La fracture était simple, le chirurgien est sans inquiétude ; question de patience !... Mais je perds mon temps, voilà ce qui me désespère... Figurez-vous bien que je ne savais pas même ce qu'il aurait fallu savoir sur le bout du doigt pour entrer à l'école. Nul n'a autant besoin que moi de tous ses instans ; je serai refusé à l'examen de sortie.

— Oh ! par exemple !... s'écria Charles.

— Me voici à l'hôpital pour quarante ou cinquante jours, après une première quinzaine d'études qui ne m'ont nullement profité. Pour un autre, ce serait deux mois de retard ; pour moi, ces deux mois en valent six.

— Avez-vous vos livres ici ? demanda Charles.

— Non.

— Je vous les enverrai demain ; repassez bien votre cours d'entrée, et je vous réponds du reste. Dès que vous serez à bord, je vous remettrai au courant pendant les récréations.

— Mon cher ami, repartit Jules avec enthousiasme, faites cela, vous me rendrez le plus heureux élève dès temps passés et à venir.

— Je le ferai... Je serais un ingrat si je ne me mettais tout à votre service.

— Ma foi !... vous ne me devez rien jusqu'ici, reprit Jules. Si je vous avais épargné quelques vexations, passe !... mais laissez-moi revenir avec le bras guéri, monsieur Fargeolles me payera l'arriéré à la première rencontre.

— Gardez-vous-en bien, vous seriez puni.

— Tant pis ! l'on ne meurt pas d'une punition, et l'on a tout à gagner en se débarrassant d'un taquin ; l'on travaille mieux après.

La visite ne se prolongea pas ; Charles dit qu'il avait hâte d'aller rejoindre sa mère et sa sœur ; Jules fut le premier à le presser de ne pas tarder davantage.

— Nous causerons à bord tout à notre aise ; allez, mon ami, comptez sur moi, je compte sur vous.

Églé regardait à chaque instant par la fenêtre ; enfin Charles reparut, il revenait presque en courant. Quelques affaires pressantes ayant obligé madame de Pierremont à sortir, Églé put faire subir à Charles un long interrogatoire.

Il fallut bien alors qu'il avouât la vérité, qu'il expliquât pourquoi Jules s'était cassé le bras, qu'il parlât de Fargeolles.

— Fargeolles ! dit Églé. Oh ! je le connais !... sa vue m'a fait éprouver un sentiment de répulsion inimaginable. Qu'il a bien l'air méchant !... Mais, s'il te persécute, pourquoi ne te plains-tu pas aux officiers, au commandant du vaisseau ?

— Je passerais pour rapporteur ; je serais en butte à l'inimitié de tous mes camarades.

— Comment ! tu es le plus faible et tu n'as pas le droit de demander protection ?

— Non, Églé, non !... il faut que je souffre avec patience et courage.

— Rapporteur !... répéta Églé. Je conçois que si monsieur Fargeolles fait quelque chose de contraire aux réglemens, ce ne soit pas à toi de le dénoncer : tu fermes les yeux, tu ne dis mot. Mais s'il t'attaque, s'il te tourmente nuit et jour, il t'empêche même de travailler ; il abuse de sa force, il te fait une guerre abominable, et tu ne dois pas t'en plaindre !

— C'est absurde, j'en conviens ; mais c'est comme cela ! Eglé se fit raconter une à une toutes les tortures de Charles. Eglé pleurait à chaudes larmes ; Charles s'efforçait de la consoler :

— Mais tu es plus malheureux qu'un esclave, mon pauvre Charles !... Ils t'assassinent à coups d'épingles, ils te font mourir à petit feu.

— Bonne sœur, tu m'as arraché mon secret ; mais ne dis rien à maman, je t'en prie. Tu lui ferais de la peine. Laisse-lui croire que je vis en repos à bord. Il faut que je sois martyr, je veux l'être ! J'aurai de la résignation et du courage ; j'attends le brave Renaud, il sera mon protecteur. Non, vois-tu, ces vexations ne dureront pas toujours.

— Charles !... pauvre ami ! disait Eglé en sanglotant, je ne répéterai pas les confidences à ma tante, mais ne me cache rien à moi, ne me cache rien...

Et Charles, qui avait besoin d'ouvrir son âme, ne lui tut que la dernière insulte de Fargeolles, le matin, sur le quai de débarquement.

Les larmes étaient essuyées pourtant, des pensées consolantes avaient rasséréné les traits de Charles et d'Eglé, quand madame de Pierremont rentra. Elle consacra le reste de la journée à son fils, s'efforçant par de tendres et nobles conseils de lui raffermir le moral. Elle ignorait combien ces sages conseils étaient inutiles, elle ignorait quelle force de dévouement Charles déployait en ne parlant pas de ses douleurs.

Enfin, après un dîner plus que modeste, et bien moins joyeux que le premier repas, car l'heure de la séparation approchait, Charles fut reconduit par sa mère et sa cousine vers la cale où attendait la chaloupe.

Il y arriva le premier.

Ses camarades ne furent en retard que de dix minutes ; l'adjudant d'Emile Fargeolles gronda un peu, ce fut tout.

Ces messieurs s'étaient littéralement conformés au programme d'Emile Fargeolles. Déjeuner, courses à cheval, collation à Guipavaz, séances au café Laplanche, dîner chez Coquinot, punch, cigares, ils n'avaient rien passé. Ils revenaient les poches pleines de tabac et de fioles de liqueur.

Fargeolles était passablement ivre, quatre ou cinq l'étaient tout autant.

Eglé reconnut le persécuteur de Charles et frissonna.

— Sois discrète, rappelle-toi ta promesse, murmura le jeune élève en lui donnant le baiser d'adieu.

Madame de Pierremont le pressa entre ses bras une dernière fois.

Emile Fargeolles n'avait pas manqué de faire quelques observations grossières, qui cette fois du moins ne furent pas entendues de la jeune élève.

Charles était pensif, les yeux tournés vers sa mère et sa cousine, qu'il suivit du regard jusqu'au moment où l'on fut hors du port.

La mer était dure, le trajet de la chaloupe dura trois quarts d'heure ; il faisait nuit avant qu'on eût accosté le vaisseau.

— Bon ! murmura Fargeolles, nous avons de la chance. Il s'agissait d'introduire en contrebande les cigares et la liqueur. Le vétéran avait ses poches trop bourrées.

— Allons ! Mademoiselle, dit-il à Charles de Pierremont, charge-toi de ceci !

— Non ! c'est défendu, je ne veux pas...

— Tu ne veux pas, gamin !... Entendez-vous, messieurs ? il refuse un service de camarade.

Les trois ou quatre élèves les plus ivres s'indignèrent de la résistance du fistau. Bon gré mal gré, on lui remplit les poches.

Charles fut obligé de monter le premier à bord.

Un adjudant était aposté sur le pont avec ordre de fouiller les permissionnaires ; il trouva les cigares et les confisqua.

Fargeolles montait le second ; il vit que Charles était pris en flagrant délit, et dit à demi-voix :

— Gare !... on fouille !...

En même temps, il essayait de jeter toute sa contrebande à la mer.

Il n'en eut pas le temps. Les autres élèves furent plus heureux.

Par les ordres de l'officier de service, Charles et Fargeolles durent être immédiatement conduits à la salle de police pour y passer la nuit.

Quel affreux contraste ! après une journée de tendres épanchemens et de douces émotions, rentrer à bord pour être enfermé dans une étroite cellule, avec son acharné persécuteur ; être puni quand il s'était tant promis de ne s'exposer à aucune punition.

Charles pâlit ; toute sa résolution l'abandonna ; il éprouva le sentiment d'horreur du condamné qu'on livre aux bêtes du cirque.

Seul avec Fargeolles, pendant une nuit entière !

Eglé, en ce moment, priait pour Charles ; les vœux de son âme innocente montaient vers le ciel comme un parfum. Et madame de Pierremont priait aussi pour son fils.

Charles, pâle et tremblant, s'attendait à voir retomber sur lui le courroux de son cruel camarade. Il n'en fut rien.

Fargeolles était ivre, et venait de se jeter sur le lit de camp. Après avoir proféré quelques blasphèmes impurs, quelques propos cyniques, quelques lâches sarcasmes, il s'endormit d'un sommeil de plomb.

A huit heures du matin, Fargeolles ronflait encore, lorsque le commandant, surpris de trouver le nom de Charles sur la liste des punitions, fit comparaître le jeune élève.

Charles se justifia en déclarant la vérité. Il préférait encourir la colère générale à risquer d'être de nouveau enfermé en tête à tête avec Fargeolles. Le commandant leva sa punition en prolongeant celle du facétieux vétéran.

Les anciens d'Angoulême crièrent à l'injustice. Mademoiselle Fistau était outrageusement protégée, à les en croire.

Personne cependant n'attaqua Charles ; il eut le bonheur de vivre deux jours entiers hors des atteintes de son voisin. Il se trouvait comparativement heureux.

Mais Eglé ne cessait de penser à son affreuse situation.

Le malheur développe rapidement l'intelligence, toutes les fois qu'il ne parvient pas à l'anéantir. Soutenue par l'exemple de sa noble tante, Eglé avait profité des leçons de l'infortune. Son esprit, son cœur, sa raison, n'étaient pas moins précoces que ses grâces de jeune fille.

Enfant par l'âge, si elle cédait souvent à ses instincts d'enfant, elle savait souffrir, ressentir une pitié profonde, s'émouvoir en toute connaissance de cause ; la douleur lui avait donné cette science si rare parmi les heureuses jeunes femmes et jeunes filles de sa classe, dont les plus sincères émotions sont presque toujours superficielles. Elle savait aimer surtout, aimer avec délicatesse et dévouement.

Eglé avait promis de ne rien dire à sa tante, elle tint sa promesse ; mais elle cherchait un moyen de secourir Charles ; elle priait les anges de lui inspirer une démarche utile à son infortuné cousin.

Elle songea d'abord à écrire directement au commandant du vaisseau école ; à la réflexion elle n'osa point, de crainte que Charles interrogé ne fût mis à l'index comme dénonciateur, et ensuite plus malheureux que jamais.

Eglé eut l'idée de s'adresser à Jules Renaud. « S'il écrivait à ses meilleurs camarades de s'unir pour protéger Charles, pensait-elle, de se liguer contre Fargeolles, ils le feraient certainement. » Mais comment demander à Jules un pareil service ? Sans sa tante elle ne pouvait aller le visiter à l'hôpital ; elle ne le connaissait même pas ; et enfin pouvait-elle se permettre de lui écrire sans blesser toutes les convenances ?

Eglé priait encore, cherchant toujours.

Une circonstance inespérée se présenta : un des officiers de l'Orion vint faire visite à madame de Pierremont pendant qu'elle était sortie. Eglé le pria d'entrer et le reçut avec un empressement extraordinaire.

C'était le secours providentiel qu'elle avait tant imploré, pensait-elle, la récompense de son ardente foi.

— Ma tante n'y est pas, dit la jeune fille, mais entrez, monsieur, je vous en supplie, car j'ai à vous demander le plus grand des services.

Le lieutenant de vaisseau à qui elle s'adressait était un vieil officier, père de famille, sensible, bien fait pour la comprendre. Il fut touché par le récit naïf d'Eglé, par ses recommandations pleines de sens et de tact, par ses larmes et ses élans du cœur :

— Ce n'est pas un secours direct que je vous demande, disait-elle ; il faudrait par quelque moyen naturel, à l'insu des élèves, à l'insu même du commandant s'il se pouvait, faire changer Charles de division. Il n'aurait plus pour voisin ce méchant Fargeolles, et au moins il lui échapperait aux heures d'études, des repas et du sommeil. Mais pas de plaintes officielles au commandant, pas de punitions inutiles qui ne feraient qu'irriter Fargeolles et dont Charles recevrait le contre-coup.

Le vieil officier s'étonnait d'entendre la jeune fille parler ainsi.

— Depuis huit jours que je médite et que je prie, poursuivit-elle , j'ai deviné bien des choses inconnues. Charles en quelques mots m'a mise sur la voie, et moi j'ai senti ce qu'il y aurait à faire.

— Ce sera fait, mademoiselle, répondit l'officier. J'obtiendrai du commandant de faire passer votre jeune frère dans ma division, qui n'a rien de commun avec celle de ce monsieur Fargeolles.

Le lieutenant réussit à souhait ; Charles de Pierremont alla occuper précisément la place laissée vacante par Jules Renaud.

— Mais, mon Dieu !... pensa-t-il, quand Renaud sortira de l'hôpital, il se trouvera voisin de Fargeolles. A son tour il souffrira ce que j'ai souffert !

Sans cette généreuse réflexion, Charles eût été trop satisfait. Ses nouveaux camarades se montraient accommodans, il vivait très bien parmi eux. Et enfin, pour comble de bonheur, son jour de sortie fut, par suite de la permutation, avancé de trois semaines.

Comme la première fois il alla voir Jules ; il lui confessa ses scrupules en se défendant d'avoir sollicité sa place.

— L'auriez-vous sollicitée, répondit le brave Parisien, je ne vous en voudrais pas le moins du monde. S'il n'y a que ce changement pour vous chagriner, tranquillisez-vous... Maître Fargeolles n'a qu'à se bien garer ; je l'attends de pied ferme. Bien que nous nous soyons battus une première fois, bien que je me sois blessé par sa faute, je ne commencerai pas... je patienterai même, jusqu'à ce que mon bras gauche ait recouvré toute sa force... mais alors... tant pis pour lui, rira bien qui rira le dernier !

VI

SORTIE DE L'ÉCOLE NAVALE.

Je n'ai jamais connu de meilleur garçon que Jules Renaud. Vif et doux en même temps, il s'animait souvent ; il ne s'emportait pas, à moins d'être poussé à bout. Heureux caractère, bon cœur, sans fiel, sans arrière-pensée, tel était notre camarade Renaud. A bord de l'*Orion* et durant nos premières années de mer, je le jugeais incapable de garder rancune ; et le fait est que je l'ai vu pardonner des griefs impardonnables avec une véritable magnanimité.

Quand Jules revint à bord, il fut nécessairement le voisin de Fargeolles ; il prenait le poste de Charles et n'en paraissait aucunement affecté ; il ne témoigna ni par un mot ni par un geste qu'il en voulût au facétieux vétéran.

Dès le premier repas, Fargeolles lui décocha quelques railleries assez mordantes ; Jules répliqua sans aigreur, avec esprit, et mit parfois les rieurs de son côté. Fargeolles revint à la charge, Jules n'en perdit pas un coup de fourchette, et riposta de sens rassis. Le souper se termina paisiblement ; après quoi Jules alla rejoindre Charles ; ils avaient tant de choses à se dire.

— Eh bien ! Fargeolles te laisse-t-il en repos maintenant ? demanda Jules Renaud.

— A peu près, répondit Charles ; nous nous rencontrons à peine ; je crois vraiment qu'il m'a oublié.

Emile Fargeolles, ceci paraîtra singulier peut-être ou même paradoxal, n'était pas rancuneux non plus. Toujours sa force physique l'avait rendu redoutable à ses condisciples, soit au collège, soit à Angoulême ; il était un de ces petits despotes d'école qui s'attaquent indistinctement à tous les plus faibles qu'eux, et les vexent uniquement pour le plaisir de vexer, parce que leur passion est de voir souffrir et de faire souffrir. A bord, il obéissait aux mêmes instincts. Les traits de son esprit acrimonieux et mordant remplaçaient, pour son usage, les coups de pied et les coups de poing du collège ; pour être moins brutal, il n'en était pas moins taquin ; ses farces lui faisaient des ennemis, mais il ne les haïssait pas.

Les gens de la trempe de Fargeolles n'aiment ni ne détestent personne ; ils manquent absolument de sensibilité. Ce sont des bourreaux de vocation. Que leur victime leur échappe, ils en choisissent une autre, et oublient la première en torturant la seconde. Ils ne comprennent pas la *vendetta* corse ; ils sont méchans et voilà tout.

Jules était incapable de haine, pour la cause diamétralement opposée ; il ne pouvait conserver de rancunes vivaces, parce qu'il était foncièrement bon. Ses antipathies mouraient d'inanition, si elles ne cessaient ouvertement par une réconciliation cordiale.

Mais la patience n'était pas sa vertu naturelle ; avant que son bras gauche eût repris toutes ses forces, la patience lui manqua.

C'était à l'étude du soir.

On entendit tout à coup un vacarme affreux à tribord derrière, à la hauteur du cinquième bureau. Deux élèves en étaient aux prises.

Avec une seule main, le plus mince tenait l'autre en respect par le collet de sa vareuse.

— Mon bon ami, disait-il, vous finissez par m'ennuyer... A nous deux, donc... à nous deux !...

Fargeolles lança de toutes ses forces un gros volume de logarithmes au beau milieu du visage de Jules. Le coup mit en sang le nez et la bouche du Parisien, qui lâcha prise. Fargeolles s'arma d'un pliant et recula.

Jules revint bientôt à la charge, il l'atteignit au bas d'une échelle. Alors Fargeolles, acculé, lui jeta un tabouret dans les jambes. Jules évita le tabouret en criant :

— Les bouquins et les tabourets en sont donc aujourd'hui ! Eh bien ! tant mieux !... la partie redevient égale.

De la main gauche il saisit un pliant.

Fargeolles, adossé à l'escalier, réduit à l'immobilité par le bras droit, les genoux et les jambes de Jules, qui s'était entortillé autour de son corps comme un serpent, eut reçu cinq à six violens coups de tabouret avant que les adjudans fussent accourus.

Tous les élèves avaient quitté leurs places ; nous faisions cercle autour des combattans.

— Dites que vous ne recommencerez pas ! s'écriait Jules.

— Non ! répondit Fargeolles.

— Eh bien ! sept ! fit Jules Renaud en tapant une septième fois.

— Non !... hurla Fargeolles.

— Huit ! dit Jules, nous verrons qui se fatiguera le premier.

Anciens ou fistaux, les trois quarts des spectateurs se prirent à rire.

Fargeolles, pourpre de rage, répéta non !

— Neuf ! soit ! continua Jules, et, pour la dernière fois, déclarez que vous ne me ferez plus de farces !...

— Non ! non ! non !

— C'est en plein visage que je vous enverrai le coup de grâce, songez-y !

— Renaud a raison, dit un élève.

— Au fait, Fargeolles est assommant avec ses farces, ajouta un second spectateur.

Dix autres firent chorus.

Personne n'alla porter secours au glorieux vétéran de l'école d'Angoulême.

— Eh bien !... est-ce toujours non ?... demanda Jules.

— Il est encore bon enfant de le ménager, tout de même, reprit le premier élève.

Fargeolles hésitait à répondre.

— Je veux un *oui*... Parlez !... fit Jules.

Le bras levé, il allait frapper enfin ; les adjudans, fendant la foule, s'interposèrent et lui arrachèrent le pliant.

Par un juste retour des choses de ce bas monde, le vétéran, tout contusionné, était la risée de l'école.

Jules alla se laver la figure à la fontaine commune installée au pied du grand mât ; il fut interrogé sur-le-champ par l'officier de service qu'on venait de prévenir.

Cet officier était précisément le même qui avait si adroitement fait changer de division au jeune Charles ; de son ton le plus sévère, il s'informait de l'origine de la querelle.

— Il y a que Fargeolles est un taquin fieffé, répondit Jules ; il lui faut toujours une victime. Il s'est attaqué d'abord à Pierremont, ensuite à Montaix, qui est entré à l'hôpital quand j'en sortais ; maintenant c'est mon tour sans doute... il cherche toujours les plus faibles. Comme il me savait un bras malade, il n'a cessé de me harceler jusqu'à tant que m'ait manqué la patience. S'il n'était pas plus sot encore que méchant, il n'aurait pas pris le premier un bouquin et un tabouret ; moi, je risquais fort dans ce cas d'être battu... mais il a commencé, capitaine, et, sans les adjudans, ma foi ! j'aurais fini...

Des murmures en sens divers accueillirent ce rapport ; quelques anciens prétendirent que Jules n'aurait pas dû accuser Fargeolles avec cet acharnement, que les affaires Pierremont et Montaix ne le regardaient pas, qu'il y avait eu véritable dénonciation.

Mais, les avis étant fort partagés, on laissa Jules d'autant plus tranquille qu'il venait de faire preuve d'une rare vigueur.

— S'il avait eu les deux bras également solides, disaient quelques juges du camp simples amateurs du pugilat, que serait donc devenu le fier vétéran d'Angoulême ?

Du reste, après le rapport des adjudans, Fargeolles ayant été sommairement entendu, l'officier ne punit point Jules, mit son adversaire au cachot, et adressa une plainte par écrit au commandant de l'*Orion*.

Si Charles avait osé se jeter dans les bras de son ami, il n'y aurait pas manqué, mais le respect humain l'en empêcha, il ne put que lui serrer la main. A l'heure de la récréation, il le félicita de tout son cœur.

— On a été juste, au moins cette fois, dit-il ; je tremblais qu'on ne vous eût mis en prison ensemble.

— Pour le coup ça risquait de mal tourner, dit Jules ; mais la leçon suffira, j'espère, il ne se frottera plus à nous !... je connais ces taquins-là, mon cher : l'on n'a qu'à montrer les dents fort et ferme, ils rentrent les ongles.

— Oui, dit Charles, mais ils tâchent ensuite de vous égratigner en dessous...

— Oh !... qu'il égratigne, je mordrai ! répliqua Jules en riant.

La leçon fut plus sévère et plus complète que les deux élèves ne s'y attendaient. Le commandant menaça Fargeolles de le faire échouer à la première rixe, le mit au cachot pendant dix jours, et le priva de sortie pour six mois.

Et monsieur Labranche arriva à Brest.

Sa visite à bord de l'*Orion* fut la seconde édition de sa visite à Angoulême.

Fargeolles, humilié, dépopularisé, vaincu, se voyant réduit à l'impuissance, sentit qu'il fallait à tout prix se rattraper.

Quatre mois après il était élève d'élite.

Comme tel, il portait une ancre brodée au collet de son paletot de grande tenue ; il avait conquis la bienveillance des professeurs, qui lui donnèrent les meilleures notes. Le commandant lui fit grâce des deux mois de consigne auxquels il était encore condamné.

En mathématiques, calcul et dessin, il l'emportait sur Pierremont ; en manœuvre, il ne le cédait guère qu'à Jules Renaud.

Dans les écoles spéciales, vers le milieu de l'année d'études, s'opère toujours un mouvement funeste aux laborieux piocheurs, c'est lorsque les paresseux se mettent enfin à l'ouvrage et tâchent de rattraper le temps perdu.

Une sérieuse émulation s'établit ; chacun prépare l'examen de sortie, et bientôt les distances relatives des *concurrens* changent à vue d'œil. Les simples travailleurs qui durant les premiers mois ont constamment souffert de la turbulence des faiseurs de farces, des flâneurs, des amateurs de jeu, se voient avec découragement dépassés par une grande partie de leurs remuans voisins.

La facilité supplée au travail, et l'emporte trop fréquemment. Une nouvelle classification s'ensuit. L'intelligence presque seule établit les positions respectives : les premiers rangs se partagent entre les meilleurs sujets et les pires tracassiers ; les piocheurs proprement dits tiennent le milieu ; les paresseux peu intelligens traînent à la queue de la promotion. Enfin, parmi les derniers, on remarque encore quelques enragés de plaisir, esprits ardens et ouverts, distraits, manquant de ténacité, ou comptant trop sur leurs moyens naturels. Ces traînards ne s'y prennent jamais assez tôt pour se rattraper.

Mais Fargeolles s'y prit à temps ; il avait l'expérience de sa première année d'Angoulême ; il sentait le besoin de refaire sa popularité ; enfin les menaces du capitaine Labranche lui tenaient à cœur.

Il était sans contredit l'un des dix plus forts en mathématiques et en manœuvre.

Monsieur Labranche ayant reçu, vers cette époque, un ordre d'embarquement, vint voir son pupille d'adoption, et, avec une émotion paternelle, le félicita de son excellente conduite.

— Enfin, mon cher Émile, lui dit-il d'un ton sérieux et tendre à la fois, enfin tu deviens sage, tu te ranges à mes conseils ; je suis heureux de voir que tu seras un jour un brave officier comme ton père.

Fargeolles se montra presque affectueux envers son rude mentor, qui l'encouragea chaudement à persévérer, et ne partit pas sans l'avoir recommandé à plusieurs de ses collègues de vaisseau.

Charles de Pierremont tenait fidèlement sa promesse. Pendant les récréations, il refaisait l'éducation mathématique de Jules Renaud. Sa tâche fut plus pénible, plus longue surtout qu'ils ne s'y attendaient l'un et l'autre.

Jules, tout intelligent qu'il était, se trouvait par trop en arrière de ses camarades. Tels d'entre eux avaient déjà quatre ou cinq ans d'études mathématiques, Jules ne réunissait pas plus de onze mois quand approcha le moment des examens.

Son jeune répétiteur redoubla de zèle, mais perdit bien des heures précieuses à lui inculquer des leçons élémentaires. A l'examen, il s'en ressentit.

Plus de vingt élèves, entr'autres Fargeolles, eurent des numéros d'admission supérieurs au sien.

— Sans toi, lui dit Jules, j'aurais été refusé ; mais sans moi tu serais le premier de notre promotion.

— Sans toi, lui répondit Charles, je serais mort à la peine sous la persécution de Fargeolles.

Ce dialogue avait lieu sur le champ de Bataille de Brest,

le soir du jour où la liste d'admission fut rendue publique.

Charles était enfin rentré dans sa famille, où il présenta Jules comme son meilleur ami. Mais les relations du jeune Parisien avec madame et mademoiselle de Pierremont se bornèrent à un très petit nombre de courtes visites; car il obtint d'aller passer quelques jours auprès de ses parens.

La plupart des élèves, moins heureux, étaient retenus à bord du vaisseau, en attendant que la frégate l'*Aurore* fût prête à les conduire dans la Méditerranée. Une cinquantaine seulement avaient reçu des congés comme Jules Renaud, ou devaient être placés par la majorité du port de Brest sur des bâtimens en partance.

Charles sollicita d'être embarqué sur la corvette l'*Embuscade*, montée par un des amis de son père.

Fargeolles, traité d'après la règle commune, allait partir avec l'*Aurore*.

Églé s'en applaudissait.

La certitude que Charles ne risquerait plus de se trouver en contact avec son persécuteur de l'*Orion* apportait quelque soulagement aux chagrins causés par la séparation prochaine.

Enfin l'*Embuscade* s'équipait avec une certaine lenteur; Charles et sa cousine espéraient que Jules serait de retour à Paris avant la fin de l'armement.

— Si vous pouviez naviguer ensemble, disait la jeune fille, j'éprouverais moins de chagrin en me séparant de toi.

— Si je pouvais être embarqué avec Jules Renaud, répondit Charles, je ne perdrais point tout en vous quittant. J'aurais un ami à qui je pourrais parler de vous.

— Tu nous écriras souvent, Charles.

— Ce sera mon plus doux passe-temps, et, si je dois partir sans Renaud, ma seule consolation.

L'on apprit que Jules venait d'être emmené à Rochefort, par un capitaine à qui ses parens l'avaient recommandé.

Le même jour l'*Aurore* appareilla.

Charles la vit s'engager dans le goulet de Brest avec une brise favorable et revint moins triste chez sa mère.

— Enfin !... enfin !... ma chère Églé, dit-il, l'*Aurore* est sous voiles, emportant Fargeolles et la promotion.

Églé, qui avait toujours présentes à la mémoire les souffrances de Charles durant les premiers mois de séjour à l'école, attacha à ce plus grand prix à cette nouvelle. Mais, trois heures après, elle vit de ses propres yeux Émile Fargeolles passer avec un groupe nombreux d'élèves sous les fenêtres de la maison.

— Ah ! mon Dieu !... s'écria-t-elle ; lui, encore lui !... par quelle fatalité ?...

VII

LE LOUP DE MER.

« Ne jugez pas le contenu par le contenant ; il ne faut pas se fier à l'étiquette du sac, » dit la sagesse des nations.

Mais, malgré tous les aphorismes et tous les proverbes, combien de gens font grand cas d'un livre qui n'en connaissent que le titre et le nom de l'auteur ; combien d'autres le déprécient sans en avoir seulement parcouru la table des matières ? Autant vaudrait, selon nous, prononcer d'après la couleur de la reliure. Nous croyons humblement qu'il serait à la fois juste et plus sensé de lire l'ouvrage d'un bout à l'autre, afin d'asseoir son opinion avec connaissance de cause. Il n'en sera jamais rien cependant, et l'aveugle voudra toujours donner son avis sur les couleurs, et le public jugera toujours le contenu par

le contenant, l'âme par le corps le sac par l'étiquette, l'œuvre par son titre ; aussi, maint lecteur est déjà tenté de passer outre, en se disant que le loup de mer est un vieux personnage de comédie et de roman, une vieille tradition menteuse, un type démodé, bon à reléguer aux oubliettes avec les oncles d'Amérique, les tuteurs jaloux et les baillis de village. Il nous semble entendre certains de nos amis s'écrier avec dédain :

— Loup de mer !... connu, rococo ! je sais à l'avance tout ce qu'il va me conter. Il s'agit d'un vieux grognard, brave comme un sabre, marin comme l'écoute du grand foc, franc et brutal ; vrai bourru bienfaisant ; il s'agira d'un dur-à-cuire modèle, batailleur, fumeur et buveur... connu, connu ! encore une fois, serinette, conte bleu ! la race en est perdue.

— Eh bien ! non, mille fois non, vous n'y êtes pas ; il n'est question ici d'aucun héros d'opéra-comique. Notre titre ne s'applique pas plus au classique capitaine Sabord, dont il a été tant écrit en prose et en vers, qu'à loups de mer décrits par monsieur Valmont de Bomare, dans son *Dictionnaire d'histoire naturelle*.

Le sujet de nos observations pourra devenir amphibie, mais à coup sûr il n'a pas encore les pattes onglées, et n'est que très légèrement velu. Sa définition ne rappellera aucun des caractères qui conviennent au phocas, au lupus marinus piscis, ou au labrax, toutes espèces qui appartiennent à la science et à la mer, mais qui n'en seraient pas moins déplacées dans la présente étude maritime.

Le loup de mer dont nous nous occupons a le museau frais et rosé, la joue vermeille, l'œil ardent, la langue prompte, la cervelle pétillante, la main leste et le pied léger. Il existe bien réellement en France, il est notre contemporain et notre compatriote, il abonde surtout par 48° 24' 14" de latitude nord et 6° 49' de longitude ouest ; c'est-à-dire à Brest, département du Finistère ; enfin, il a beaucoup plus longtemps séjourné sur la terre ferme que sur l'eau salée.

Qui osera dire après cela que nous récrépissons un vieux conte ?

Selon les époques et les ministères, l'intéressant animal marin qui comparaît devant nous, se trouve en plus ou moins grande quantité. La raison en est dans son essence même : il ne multiplie qu'en vertu d'une ordonnance qui, comme la chaleur du soleil, fait éclore un plus ou moins grand nombre d'œufs, appelés candidats par les naturels du pays.

Notre loup de mer est donc ovipare, ce qui le distingue suffisamment de toutes les autres espèces de loups.

Les œufs ou candidats, après avoir été laissés en serre chaude entre un *Gradus ad Parnassum* et une table de logarithmes, jusqu'à la quatorzième ou quinzième année qui suit la ponte, sont examinés par des naturalistes émérites, lesquels sont seuls aptes à décider s'il convient ou non de les placer sous les rayons de l'ordonnance fécondante. Le mois suivant, la coque des œufs se brise sous la signature ministérielle, et le loup de mer se dirige aussitôt, grâce au mode ingénieux de circulation des messageries générales, sur la ville et le port de Brest. Une fois là, il ne tarde pas à subir une transformation qui l'enchante : il revêt un paletot bleu à boutons ancrés, et une casquette d'uniforme ; il s'empresse d'aller voir la mer et le vaisseau école, achète et fume un cigare, jure trois fois par tribord, bâbord et sabord, puis, se saisissant du bras d'un confrère connu ou inconnu, il se rend au café de la Marine, dont sa jeune voix fait retentir les échos durant trois jours consécutifs.

Le quatrième jour, le farouche carnivore, dans lequel on a reconnu notre élève de l'*Orion*, reçoit son ordre d'embarquement et disparaît de la terre brestoise.

Alors commencent ses études maritimes : chaque jour il retient quelques termes nouveaux de cette langue qu'il brûle de savoir et qu'il aime à estropier. Larguer, carguer, border, amarrer, ralinguer, voilà des verbes dont il use et abuse à toute heure ; il les emploie à chaque instant, en attendant qu'il les comprenne.

Parmi les noms, il y en a trois qu'il affectionne particulièrement, savoir : ceux de câble, hauban et drisse, qui résument pour lui, durant les premières semaines, toute la science du maître d'équipage. Il est reconnu, d'un commun accord, que tout cordage d'une grosseur extraordinaire est un câble, toute échelle de corde un hauban, toute manœuvre courante une drisse. Ces notions préliminaires sont heureuses et ravissantes pour le loup de mer. Bientôt il est capable de distinguer l'arrière de l'avant, et n'ignore plus le nom des mâts. Un mois encore, il sera assez savant pour citer, sans trop se tromper, tous ceux des vergues et des voiles.

Sur les entrefaites, il apprend à faire le point et à calculer un angle horaire ; mais qu'il sache le binome, qu'il apprenne le plan incliné, peu nous importe ! suivons-le dans ses progrès en pratique navale.

Il passe ses récréations dans les hunes et sur les barres de perroquet et cacatois, il s'affale par les galhaubans et les écoutes de huniers, il voltige de corde en corde, il est acrobate et funambule, il court dans la mâture et se suspend par les pieds et par les mains, et risque cent fois par jour de se rompre le col. Dès qu'une vergue d'exercice est garnie, gréée et installée à quelques mètres au-dessus du filet casse-tête, dès qu'il apprend à serrer une voile et à prendre un ris, il est heureux et fier. Plus tard, le maniement de l'aviron a pour lui des charmes, la barre du gouvernail est l'objet de son ambition. Six mois de réclusion à bord l'ont presque amariné ; qu'on le lâche à terre maintenant, ce ne sera plus le fistau récemment sorti de l'œuf que nous avons vu tout à l'heure débarquant de Laffitte et Caillard avec le vocabulaire des marics de Paris ; il n'a déjà plus le mal de mer ; il est habile aujourd'hui, et n'appelle plus indistinctement vaisseau, un brig, une corvette ou une gabare. Il sait, de par Willaumez, que *parisien* est une injure et *fahiggs* un terme de mépris.

Mais franchissons d'un trait les deux années qu'il passe, en vertu des réglemens actuels, sur le vaisseau école ; examinons-le à son apogée, récemment décoré d'une aiguillette mi-partie soie et or, d'une casquette galonnée et d'un sabre gigantesque auquel il est amarré, et réciproquement, il vient d'être nommé élève de deuxième classe, il a satisfait aux interrogatoires du jury de sortie. Soixante, quatre-vingts, cent de ses camarades battent comme lui les pavés de la ville.

Comme il fait beau les voir et les entendre ! quelle allure chicarde et débraillée ! quel aplomb, quelle assurance ! Dès le second jour, ils ont admirablement compris qu'une aiguillette d'élève de marine ne doit point être agrafée et arrangée comme celle d'un gendarme, avec une symétrie militaire, mais bien en faubert, en paquet, négligemment, à la pendrille, en valdrague voilà le sublime de la fashion ; le *nec plus ultrà* du genre : un beau désordre est un effet de l'art.

Celui-ci est ceint d'une large banderolle rouge ;

Celui-là, coiffé d'un chapeau ciré à longs rubans ;

Cet autre a jugé à propos d'orner ses bottes d'éperons monstres, qu'il appelle ses amures de basses voiles.

Un quatrième a acheté une pipe culottée avec laquelle il se promène en fumant du caporal.

Mais l'on nous taxe déjà d'exagération, les noms de préfet maritime, de major-général et de major de la marine, frappent nos oreilles ; on nous accuse d'outrer les couleurs, de faire de l'histoire naturelle fantastique. Disons-le donc sans plus tarder : bien souvent les élans du loup de mer se trouvent contenus par la police diurne du port ; mais le soir, mais dans les quartiers tortueux où ils se réfugient par bandes chantantes à l'heure où les nuances de l'arc-en-ciel se confondent dans une teinte blafarde, alors toutes les folies sont possibles ; il les exécute, et quoi que nous puissions dire, nous sommes sûr de rester au-dessous de la vérité.

Abandonnons après cela aux critiques le costume et la robe de chambre proverbiale de nos héros ; entrons au café de la Marine, toutes les tables sont envahies :

— Garçon ! du punch aux œufs, un poulet marengo et des meringues !

— Garçon ! dix bavaroises au chocolat, de la galantine et du champagne !

— Garçon ! du rhum et des pots de crème !

On ne se fait pas une idée des consommations étranges demandées dans une même soirée, qui se prolonge souvent jusqu'au jour.

Nous avons entendu, vers minuit, de jeunes loups de mer, qui achevaient de prendre du café au lait, commander le menu suivant :

— De la pâte de jujubes, un civet de lièvre, de la gelée de coings et de l'ale.

Une heure après ils se firent servir :

— Une soupe à l'oignon, du kirsch et des pralines.

Les loups de mer sont des animaux très voraces.

Il est inutile de dire que leur bande hurlante fait irruption au spectacle, siffle la première chanteuse, qui a le tort d'avoir vingt-neuf ans ; jette des couronnes à la dugazon, qui, à défaut de voix, possède une paire de beaux yeux ; lance des marrons glacés à la tête du père noble, et brise une douzaine de quinquets en fuyant précipitamment de la salle, parce que l'officier major et le commissaire ont jugé à propos d'intervenir.

Enfin chacun reçoit une destination ; les uns sont expédiés au Sénégal ou au Brésil, les autres à Terre-Neuve ou aux Antilles. La masse est embarquée sur un navire qui part pour Toulon.

En 1829, ce fut la frégate l'*Aurore* qui reçut cette destination ; elle emportait presque toute la promotion de mes camarades.

Les habitans de Brest n'ont pas oublié qu'elle talonna sur la fameuse roche Mengam, s'y fit de graves avaries, et fut obligée de rentrer immédiatement au port. L'écueil pardonna, contrairement à tous les exemples antérieurs, et à la grande surprise des vieux pilotes.

Nous perdons ici une occasion excellente de peindre une fausse manœuvre après une saute de vent, les effets du courant, du contre-courant et du remous, et enfin une scène de désordre mémorable à mille égards. A bord se trouvaient plus de cent élèves, provenant du vaisseau l'*Orion* ou de la corvette d'instruction la *Bayadère*, étrangers aux usages maritimes, embarrassant les matelots, les maîtres et les officiers, débutant fort mal, comme on voit, dans la navigation côtière.

Encore dix ans après, les élèves devenus officiers ne se rencontreraient guère sans causer en riant de la triste équipée de l'*Aurore*, dont je ne fus pas témoin, pour ma part, mais que j'ai entendu raconter si souvent que je pourrais, au besoin, entrer dans les plus minutieux détails.

Je faisais partie alors d'une petite escouade qui mériterait bien un chapitre spécial ; ce chapitre sera réduit à peu de lignes :

Nous étions huit embarqués sur le brig l'*Aigrette*, pour la station du Brésil. En arrivant à Rio-de-Janeiro, dix duels au moins étaient arrêtés et convenus entre nous. Cinq ou six se vidèrent dans toutes les règles, au sabre, à l'épée, au pistolet.

Charles de Pierremont n'eût pas gagné grand'chose à être de notre bande, car ils les plus pacifiques payèrent tribut au point d'honneur. Par bonheur, du reste, les combattans en furent quittes pour de légères égratignures. Pierremont envia cependant notre sort, en se voyant réuni au gros de la promotion par l'ajournement officiel de l'expédition de la corvette l'*Embuscade*.

Eglé sentit renaître toutes ses angoisses.

L'*Aurore* achevait de se réparer, elle allait repartir ; Charles y serait encore avec Fargeolles et sans son ami Jules Renaud !...

Madame de Pierremont, qui avait toujours ignoré les sévices exercés contre son fils par le vétéran d'Angoulême, ne fut que médiocrement contrariée du changement de destination. Sa douleur était de se séparer enfin de son pauvre enfant, et, bien qu'elle eût cruellement prévu cette nécessité, bien qu'elle eût essayé de s'y préparer depuis longtemps, elle faiblissait à mesure qu'approchait l'heure du départ.

Charles maintenant se montrait le plus ferme.

C'était lui qui soutenait le courage et la résolution de sa mère; c'était lui qui consolait la malheureuse Églé poursuivie par l'image de Fargeolles comme par un cauchemar affreux :

— Ne crains rien, ma sœur, disait-il à sa compagne d'enfance, qu'il avait accoutumé d'appeler ainsi; ma bonne Églé, ne crains rien !... Je ne suis plus un écolier, un fistau; je suis véritablement élève de marine, l'égal et le collègue de tous mes camarades.

— Le plus jeune et le plus faible toujours !... murmurait Églé.

— L'âge et la force physique ne sont plus rien désormais. Je sais me conduire, sois tranquille !... On me respectera, ne te chagrine pas, je t'en prie.

— Mon Dieu! comment ne serais-je pas au désespoir, mon cher Charles? tu vas nous laisser seules! Quand reviendras-tu de cette Méditerranée d'où les marins de Brest ont tant de peine à sortir?

— Églé, je t'en conjure, ne pleure plus ainsi ! ne faut-il pas que j'accomplisse mes quatre ans de navigation pour passer enseigne! Quand je serai officier, vois-tu, vous n'aurez plus besoin de travailler... cette espérance me rend si heureux et si fier !...

— Je voudrais travailler toute ma vie, dit la jeune fille, et ne te quitter jamais !

— Un jour nous ne nous quitterons plus; un jour rien ne pourra nous désunir, murmura Charles en rougissant.

Églé le regarda et le vit trembler auprès d'elle. Églé rougit à son tour.

Madame de Pierremont entra dans ce moment; elle surprit sur leurs traits les pensées qui les agitaient tous deux. A leurs attitudes, elle devina le sens de leurs dernières paroles.

Un sourire maternel effleura ses lèvres, de douces larmes baignèrent ses paupières, et, leur prenant une main à chacun :

— Aimez-vous fidèlement, aimez-vous chrétiennement, dit-elle. Tous trois nous n'avons qu'un désir et qu'un vœu. Unissons nos espérances, notre amour et nos prières, mes enfans, car le jour des épreuves approche. Soyez bénis par votre mère pour que Dieu vous conserve la pureté du cœur.

Églé donna à Charles un anneau d'or qui avait appartenu à ses parens, Charles lui donna la bague d'alliance de son père.

Ensuite ils n'osèrent plus s'appeler frère et sœur, ni se regarder sans rougir encore.

— Oui, mon Dieu!... murmura madame de Pierremont; pour une raison de plus, il faut que Charles s'éloigne, je le sens, mais son absence me déchire l'âme... Que le sacrifice s'accomplisse pourtant, mon Dieu! car leur bonheur est à ce prix!

Tandis que dans le modeste intérieur de madame de Pierremont ces fiançailles touchantes faisaient battre trois nobles cœurs, dans les estaminets, les cafés de bas étage, les ruelles, les guinguettes et les bals publics, messieurs les élèves échappés au quasi-naufrage de l'*Aurore* se livraient à tous les excès possibles.

Le restaurateur Coquinot et le Petit-Jardin firent des recettes fabuleuses.

Tous les locatis de Brest furent mis sur les dents; les tirs au pistolet ne désemplissaient point; on livrerait une bataille navale avec la poudre que consommèrent ces amiraux en herbe.

Les jeunes loups de mer ne se refusaient rien, et s'accordaient même des plaisirs fort extraordinaires. Ils essayaient de réaliser leurs rêveries du vaisseau école, de

mettre en action toutes les fantasques chimères qu'ils avaient imaginées durant les récréations passées.

Le grade définitif d'élève de deuxième classe n'était pas seulement à leurs yeux une position : dans le monde, de vœu commun à tous les adolescens, c'était la liberté, le commencement d'une existence incomparable; avec lui allait se réaliser un avenir riche d'épisodes *enivrans*.

L'épithète est ici fort à sa place et ne devra pas être tout à fait prise au figuré.

La teinture des notions pratiques acquises à l'école de marine est loin de diminuer la haute opinion que les élèves débutans se forment de leur métier; la moindre manœuvre leur semble admirable; la moindre manœuvre leur offre le plus vif attrait.

Par un heureux mélange des premières connaissances nautiques et des préjugés répandus en terre ferme sur le compte des marins, l'élève de seconde classe qui sort enfin du vaisseau école est seul réellement digne, comme on le comprend, du formidable nom de *loup de mer*.

Il bourre ses phrases de jurons et de termes marins, *roule* en marchant, parle haut dans les lieux publics, affecte d'y paraître brusque et généreux, fume par genre, et prend pour modèle l'apocryphe Jean-Bart des anas populaires.

Faut-il donner un échantillon du langage des loups de mer en gaieté?

Tout le vocabulaire maritime est mis à contribution, suivant des formules inintelligibles, même pour des hommes du métier, car elles sont rarement exactes. Malgré leur noviciat en rade de Brest, ils sont encore loin de posséder une parfaite connaissance de cet idiome pittoresque qui a tant d'attraits pour eux. Chaque promotion a donc son argot, qui varie annuellement suivant l'inspiration des meneurs.

L'élève de seconde classe ne dit point à son camarade : « Où allez-vous? » il demande : « De quel bord amurez-vous? » L'autre répond : « Je cours la bordée de tribord, » mais il a soin de montrer à sa droite la porte du café, sans quoi la phrase serait aussi peu comprise de son camarade que de l'homme le plus ou le moins marin du monde.

A l'époque où se passe notre scène, un poignard à manche de nacre faisait les délices de l'élève de deuxième classe, qui avait aussi le droit de porter l'épée pour varier ses plaisirs; depuis quelques années il est attaché à un long sabre traînant avec fracas, et dont il est aussi fier que du bâton de maréchal.

La république a rendu aux élèves de la marine le nom d'*aspirans* qu'ils portaient sous l'empire; la restauration leur avait rendu celui d'élève, qui remonte à l'ordonnance de 1786, avant laquelle on les désignait sous les noms de gardes du pavillon amiral et de gardes de la marine, encore usités dans les nations du Midi. En Angleterre et aux Etats-Unis, l'élève porte comme on sait le nom de *midshipman*, pour indiquer sa position mitoyenne entre l'état-major et l'équipage.

En leur rendant le titre d'*aspirans*, qui les dépeint d'un trait, la république a bien mérité des élèves. Elle les a débarrassés d'un nom de grade mal sonnant à leurs oreilles, qui se rapproche par trop du mot écolier.

Ecolier! Il n'est pas pour l'élève de plus sanglante injure; écolier, lui!... A seize ou dix-huit ans, n'a-t-on pas la science infuse !

En 1843, me trouvant à Brest, je faillis être lapidé par une division de l'école navale, pour avoir écrit quelque part sur le *loup de mer* ce que je répète ici.

Au risque de courir les mêmes dangers, je dirai ce que nous étions et ce que seront toujours, je le crois bien, les *aspirans* au grade d'enseigne de vaisseau.

L'aspirant de seconde classe se croit à une telle distance du collège, qu'il hausse les épaules quand on le lui rappelle, et grossit sa voix d'un ton de menace au seul nom de maître d'étude. « Je voudrais bien, dit-il, en voir venir un maintenant pour lui faire *tour mort et demi-clef sur la barre du cou.* »

S'il n'était dans la marine, il serait en rhétorique ou en philosophie. Il entretient une correspondance suivie avec des condisciples qui donnent lecture publique de sa prose d'outre-mer dans la salle des récréations; son nom fait encore retentir les échos classiques pendant trois révolutions scolaires; dans la cour des petits, il est vénéré comme un héros antique; les grands s'honorent d'avoir été ses camarades; cependant le seul mot d'écolier l'offense profondément.

Eh bien! malgré cela, qu'est-il réellement? écolier, rien de plus; écolier, il le faut dire, et par son apprentissage, et par les roueries nombreuses auxquelles il s'applique pour esquiver une corvée comme jadis une classe. Il en est toujours à faire l'école buissonnière, descend à terre en contrebande, se cache pour dormir pendant son quart, et tient constamment en réserve quelque hardi mensonge tout prêt à conter à l'officier de service, comme autrefois à son professeur.

Écolier, non-seulement à bord du vaisseau école, mais encore à bord du navire de guerre, où il fait le service d'aspirant. Ainsi, par exemple, un seul des élèves, à tour de rôle, broche le calcul astronomique, tous les autres le copient avec quelques minutes de différence, et vont le remettre au commandant en second.

Malgré le prestige dont l'officier de marine leur paraissait entouré d'abord, les aspirans ne tardent pas à se mettre en état d'hostilité permanente contre toutes les épaulettes du navire. Le lieutenant chargé du détail est surtout l'objet de leur animosité: c'est le censeur impitoyable, le vampire ennemi de leur repos. A les entendre, il n'accorde jamais la permission d'aller à terre, et son dernier mot est toujours *la fosse aux lions*, c'est-à-dire les arrêts dans un réduit obscur où l'on souvent il est défendu au prisonnier de garder de la lumière, et où il n'est pas permis à ses collègues de venir le visiter. L'infortuné Daniel n'a pas même la ressource de long en large faute d'espace, et n'ose se fumer la pipe, car ce serait un crime de lèse consigne au premier chef.

L'accident de l'*Aurore* livrait le pavé de Brest à mes anciens camarades; on ne rencontrait qu'aiguillettes mi-partie bleu et or, que poignards à manche de nacre, que casquettes à la Robin-des-Bois, genre de coiffure qui a complétement disparu après avoir fait fureur, contemporainement aux gants bleus.

Fargeolles imaginait chaque jour quelques bonnes farces nouvelles ou anciennes.

Combien d'enseignes de marchands furent déplacées et changées pendant la nuit; combien de facétieux quiproquos résultèrent de ces permutations; combien de paisibles propriétaires furent brusquement réveillés par les questions les plus impertinentes; quelles étranges visites se permirent souvent les mauvais plaisans de l'école!... Ils s'attaquaient à tout le monde; ils devenaient l'effroi des commères de tous les quartiers. La salle de spectacle fut envahie; le tumulte augmentait chaque soir.

Nous ne parlons pas des festins, des punchs, des concerts, des charivaris, des banquets auxquels prirent part les élèves en chirurgie et les surnuméraires de l'administration.

La turbulente légion se recrutait ainsi, son audace allait croissant.

Les choses en vinrent au point que des réclamations sans nombre assaillirent l'autorité. Brest se plaignit de la promotion d'élèves comme d'une huitième plaie d'Égypte.

Au grand regret des propriétaires du Petit-Jardin et du restaurateur Coquinot, le préfet de marine décida que ces messieurs seraient recasernés à bord du vaisseau, en attendant la fin des réparations de l'*Aurore*.

Fargeolles jeta feu et flammes, Fargeolles se permit d'être insolent envers les adjudans de l'*Orion*; il goûta pour la dernière fois les charmes du cachot.

Il y était entré le premier, il en sortit le dernier, ayant reconquis par ses exploits à terre toute la popularité dont il avait joui comme vétéran des vétérans.

Charles ne connut pas les rigueurs du second embarquement, qui fut d'assez courte durée, car l'*Aurore* se trouva prête cinq ou six jours après.

L'instant des adieux arriva enfin.

La dernière chaloupe attendait au quai.

Charles, cette fois, n'y fut pas reconduit par sa mère et sa cousine; elles n'en eurent point la force, ou peut-être craignirent-elles de laisser déborder publiquement une douleur trop peu comprise dans les ports pour n'y être pas ridicule.

L'habitude des longues séparations fait que les parens eux-mêmes voient partir leurs enfans avec une sorte d'insouciance au moins apparent. Madame de Pierremont ne voulut pas se faire remarquer.

Ce fut donc dans l'intérieur de la maison que Charles reçut la dernière bénédiction et le dernier baiser de sa mère, qu'il pressa pour la dernière fois entre ses bras sa compagne d'enfance, désormais sa fiancée.

Leur avenir d'amour et de bonheur était voilé par leurs larmes, assombri par leurs craintes. Les plus tristes jours de leur passé leur paraissaient à jamais regrettables.

Charles partait, il partait en pleurant, pour aller se mêler à la cohue indifférente de ces joyeux tapageurs auxquels il ressemblait si peu.

Madame de Pierremont sentit renaître tous ses cruels pressentimens:

— Plût à Dieu, dit-elle alors, qu'il ne fût pas dans la marine!

Elle se souvenait, hélas! du moment où elle avait reçu les derniers adieux du père de Charles. Son cœur saignait. L'accent de ses paroles fut amer.

Églé tressaillit et ferma les yeux.

L'heure sonna; le coup de canon de partance retentit:

— Adieu, ma mère, adieu Églé...! murmura Charles d'une voix étouffée.

Puis il disparut en courant.

La triste veuve et sa fille d'adoption se jetèrent à genoux.

Elles récitèrent en sanglotant la prière des voyageurs.

Moins d'une heure après, elles virent la frégate l'*Aurore* s'élancer dans le goulet de Brest. Elles la suivirent d'un regard attentif, jusqu'au moment où une pointe de terre la leur cacha tout à fait.

Muettes, immobiles, la main dans la main, elles s'essuyaient les yeux sans oser rompre le silence.

A la fin, madame de Pierremont dit d'une voix entrecoupée:

— Charles!... Charles!... mon Dieu! reverrai-je jamais mon fils Charles?...

Églé, frappée par le sens sinistre de ces paroles, poussa un cri déchirant et s'évanouit. . . . .

Au même moment, le plus jeune des élèves de la promotion perdait de vue sa ville natale, et retenait ses pleurs de crainte d'être raillé par un groupe de farceurs qui riaient aux plaisans propos d'Emile Fargeolles le vétéran:

— C'est à Toulon, les amis, que nous ferons nos farces tout à notre aise, disait-il. Foin pour Brest! On vous y traite en collégiens! Merci!... A-t-on jamais remettre à bord de l'*Orion* une promotion d'élèves de deuxième, définitivement admis par dépêche ministérielle!... Si j'avais tenu le préfet maritime dans un petit coin, incognito, comme par exemple dans l'impasse des Sept-Saints, il aurait dansé une sarabande sans musique, un peu distinguée.

— Le préfet! interrompit Sergette, l'un des auditeurs.

— Naïf jouvencel, reprit Fargeolles, j'ai dit *incognito*; traduction libre: sans papa, sans maman, sans chandelles,

3

dans un trou noir comme un four éteint. Parlons de Toulon !... Je vais en faire voir de toutes les couleurs à ces chers *mocos* de Mocotie : « *Hé ! moco ! qué vou diraye.* »

Fargeolles grasseyait, lâchait quelques mots de patois, gesticulait, en fumant un cigare à paille avec le chic d'un vétéran accompli.

Tout cela était fort drôle, en vérité !...

Mais le cœur de Charles disait encore :

— Adieu ma mère ! Ma bonne et tendre Églé, adieu !... Adieu celles que j'aime !... L'absence a commencé, et, avec l'absence, mon malheur. La terre s'efface, adieu !...

VIII

LETTRES MARITIMES ET COLONIALES.

La traversée de Brest à Toulon ne fut marquée par aucun incident de quelque importance. Fargeolles taquinait bien de temps à autre Charles de Pierremont, mais non avec l'horrible persévérance qu'il y avait mise pendant les premiers mois de séjour à bord du vaisseau école.

A Brest, le vétéran s'étant trouvé en antagonisme avec divers farceurs jaloux de ses succès ; il s'en prenait maintenant à ses rivaux, et avait fort à faite pour conserver le premier rang. Ses bouffonneries, rarement inoffensives, lui attirèrent des querelles sans nombre.

Charles dut à ces misérables circonstances le bonheur d'être laissé en paix. Il retrouvait du reste, sur l'*Aurore*, la coterie bienveillante de Jules Renaud, et l'appui moral de certains élèves de la *Bayadère*, prompts à le protéger par inimitié pour Fargeolles, leur ancien camarade d'Angoulême.

Bref, on arriva enfin à Toulon,

Et aussitôt les passagers de l'*Aurore* furent répartis sur les bâtimens de l'escadre.

La plupart des élèves expédièrent à leurs familles des lettres surchargées de termes techniques et louablement inintelligibles.

On peut établir un rapport de plus entre l'élève de seconde classe et l'écolier, en comparant leur style épistolaire, également pédantesque de part et d'autre. Une prodigalité étudiée de termes maritimes remplace l'abus des fleurs de rhétorique, une locution du gaillard d'avant est substituée à une citation d'Horace, et si la date du rhétoricien est agréablement traduite en ides et calendes, celle de l'aspirant a l'avantage de préciser les degrés et minutes de longitude et latitude par lesquels il a écrit sa première lettre. Un dictionnaire de marine à la main, on aura mille peines à interpréter le sens de sa prose.

Une famille parisienne doit éprouver de bien douces émotions, et surtout être bien fixée sur les aventures d'un fils parti de Brest pour Toulon, lorsqu'elle lit :

A bord de la frégate l'*Aurore*, le 20 octobre 1839 ; en mer, par le 42° 35' de latitude nord et 5° 13' de longitude est.

« Mes chers parens,

» Nous avons largué notre corps mort en rade de Brest, par une brise d'amont carabinée qui n'a pas démarré de huit jours ; aussi avons-nous embraqué une fameuse touée de route en commençant ; mais quand il a fallu mettre le cap sur le détroit, la frégate avait beau courir bord sur bord, elle ne faisait que tanguer et canarder. Alors, on a pris la cape, qui fort heureusement n'a duré que deux fois vingt-quatre heures. Hier, nous portions bonnettes et ca-

taçois, et filions lestement vers Toulon, où j'aurais déjà pris mes relèvemens, sans la rencontre d'un vapeur de l'État qui nous a hélé de mettre en panne et a stopé en même temps. Il vient de remettre des plis secrets au commandant : quelle allure allons-nous prendre maintenant, comment éventerons-nous ? Je suis fâché de ne pouvoir vous en instruire ; vous comprendrez sans peine que j'ignore de quelle manière nous courrons quand on aura fait servir. Je profite de l'occasion de ce bâtiment, qui demain sera bord à quai, et vous écrirai plus longuement dès que nous aurons jeté un pied d'ancre n'importe où.

» En attendant, veuillez dire à Louis que je suis toujours son matelot de bâbord, et à Charlotte que je n'oublie pas ma promesse ; je saurai gouverner de manière à lui rapporter de l'essence de rose, pourvu seulement que nous allions dans le Levant.

» Recevez, etc... »

La mère du jeune aspirant, fort inquiète d'un semblable cataclysme de mots inconnus, court en demander la traduction au bureau de la *France maritime* ; nous croyons bien faire en y adressant nous-mêmes nos lecteurs. (*Affranchir.*)

Charles ne puisa pas ses inspirations dans le vocabulaire nautique.

« Ma chère maman, ma chère Églé, je ne veux pas perdre un instant pour dissiper vos inquiétudes, écrivait-il. Notre voyage a été moins pénible que je ne le craignais. Je n'ai presque pas souffert d'un gros temps qui nous a assaillis à la hauteur du détroit de Gibraltar. Mais, si je n'ai pas été trop éprouvé par la mer, je l'ai été bien cruellement par l'absence et la séparation. Je voudrais bien, mais je ne puis, vous le cacher : mon cœur a besoin de s'ouvrir à celles qui m'aiment. Il est des instans, ma mère, où j'ai peur de n'être pas fait comme les autres hommes. Je tremble, je rougis en me comparant à mes camarades. Je m'attriste au spectacle de leur insouciante gaieté. Ils ont pourtant des mères et des sœurs : ils les aiment sans doute, ils sont aimés aussi. Où puisent-ils donc cet oubli joyeux qui les berce, cette folle impétuosité qui les distrait sans cesse ?... Voilà ce qui m'effraye et me décourage. La dureté de cœur est-elle donc nécessaire au marin ? Dois-je regretter de vous aimer comme je vous aime ?... Oh non, jamais ! S'il était possible de vous aimer davantage, je ne craindrais pas d'augmenter ma douleur pourvu que mon amour pour vous augmentât avec elle.

» Mais je réfléchis ensuite qu'aucun d'eux n'a une mère aussi tendre que la mienne, une sœur aussi dévouée ; et je conçois leur indifférence alors, je l'excuse même, en bénissant le ciel qui m'a donné la meilleure des mères, la plus aimante des amies d'enfance.

» Églé, chère Églé, ma compagne dans le passé, mon espoir de bonheur pour l'avenir, aucun de ces heureux garçons n'a dans le cœur un amour comme celui qui fait tour à tour mes tourmens et mes délices.

» Oh non ! mille fois non ! je ne voudrais pas pour tous les biens du monde échanger contre leur légèreté satisfaite cette mélancolie suave qui m'inonde l'âme toutes les fois que ma pensée décrit le cercle du temps. Notre vie, ma douce Églé, a été marquée par de terribles jours de deuil, par d'amères douleurs, et maintenant encore nous sommes dans une période cruelle : le labeur ingrat pour vous, l'exil pour moi, la séparation pour nous tous ; mais aussi combien de beaux jours nous avons passés ensemble et quelles radieuses espérances brillent sur notre avenir !

» Je suis triste, ma chère mère ; Églé, ma douce Églé, je suis triste ; mais je chéris ma tristesse, je ne suis pas malheureux.

» A bord de l'*Aurore*, au moment où mon isolement dans la foule indifférente m'accablait le plus, je n'avais qu'à me rappeler le but sacré de mes travaux, la récompense que me réservent vos cœurs, pour recouvrer mon énergie. Il me semblait aussitôt, ma mère, que j'étais le plus brave et le plus fort.

» Je veux pour toujours présents à la mémoire vos paroles affectueuses, vos sages conseils et vos leçons, toujours ton doux et timide regard d'adieu, mon Églé, ma fiancée !...

» C'est ainsi que j'allégerai ma peine en augmentant ma force et mon amour.

» Et puis je sais que vous priez pour moi chaque jour, ô ma bonne mère, ô ma fiancée !...

» Fiancée !... avec quelle joie j'écris ce joli mot que mes lèvres n'osaient prononcer à Brest. Tu le liras, Églé ; tu ne l'as pas entendu dans ma bouche ; je voulais bien t'appeler ainsi, mais j'étais devenu timide auprès de toi. A peine avais-je l'audace de lever les yeux sur tes yeux.

» Moi, Charles, hier encore pauvre écolier, avoir une fiancée ! Avoir pour fiancée, toi, ma chère Églé ! Vous concevez, ma bonne mère, que je ne parle à personne de ce bonheur qui ressemble à un rêve.

» Si Jules Renaud était avec moi... il saurait tout. Mais il n'y a qu'un Jules Renaud. Il est en mer sans doute avec la *Brillante* ; moi, j'arrive à Toulon et suis déjà placé sur la frégate la *Thétis*.

» Ce matin, avant toutes choses, je me suis rendu à bord, où j'ai fait la connaissance des nouveaux camarades, la plupart anciens élèves de première classe qui recevront bientôt leurs nominations d'enseignes. Ils ne me déplaisent pas.

» Notre promotion n'a fourni que trois élèves à la frégate, Montaix, Sergette et moi."

» Montaix et Sergette sont d'assez bons enfans, avec qui je vivais en parfaite intelligence à l'école de marine.

» Quant à nos autres compagnons de l'*Aurore*, ils sont dispersés sur les autres bâtimens de l'escadre, fort nombreuse en ce moment. »

. . . .

— Enfin, pensa Églé avec joie, lorsque cette lettre fut lue à Brest ; enfin il n'est plus avec Fargeolles !

La plus cruelle appréhension de la jeune fille se dissipait, elle semblait reprendre vie et courage. Jusque-là, elle était restée languissante sous l'impression d'une indicible tristesse ; souvent son état avait alarmé madame de Pierremont, mais en apprenant que Charles était enfin délivré de son ennemi, Églé recouvra l'espérance.

Bientôt elle se remit à l'ouvrage avec une ardeur extraordinaire. Jamais elle n'avait été si avare des moindres instans ; à peine prenait-elle le temps nécessaire au repos. Levée avant le jour, elle prolongeait sa tâche bien longtemps après l'heure du sommeil.

Jamais l'ouvrage ne manquait chez madame de Pierremont, qui avait la clientèle de presque tous les vieux officiers de marine. Églé ne voulait plus que sa tante refusât aucune commande.

— Tu te fatigues trop, mon enfant, lui dit un soir la mère de Charles.

— Me suis-je jamais mieux portée ? répondit la jeune lingère en souriant.

Elle était rose et fraîche, la trace des larmes avait disparu, elle était heureuse de presser son aiguille qui accomplissait des miracles de vitesse. Églé apportait à son travail une attention scrupuleuse ; jamais une fâcheuse distraction ne l'obligeait de recommencer. C'était merveille, en vérité, de la voir à l'œuvre.

— Ta santé est bonne, j'en conviens, reprit madame de Pierremont, mais j'ai peur de tes excès de zèle.

— Ils n'auront qu'un temps, ma chère tante, murmura Églé en rougissant. Puis, laissant son ouvrage, elle alla passer ses bras autour du cou de la noble veuve : — C'est que j'ai un petit secret, dit-elle tout bas.

— Un secret, pour moi ! répondit madame de Pierremont en lui donnant un baiser maternel.

— Pour vous, ma tante, pas tout à fait... mais pour lui ! Promettez-moi de ne pas le lui écrire.

— Je te devine, Églé, il s'agit d'une surprise.

— Je veux lui donner son aiguillette d'or. Je veux la gagner par mon travail comme il l'aura gagnée par sa bonne conduite. Nous n'avons qu'une pensée nous n'avons qu'un cœur, n'est-ce pas ?... Le jour qu'il sera nommé élève de première classe ; je veux qu'il reçoive l'aiguillette d'or que je lui enverrai... mais gardez-m'en le secret, au moins !

Madame de Pierremont était émue, et ce fut en essuyant une douce larme qu'elle dit à demi-voix :

— Petite méchante, vous voulez avoir ce plaisir-là toute seule !

— Toute seule, ma tante, je vous en prie ! Toute seule, permettez-le moi.

— Pourvu que tu ne te fatigues pas trop, ma chère enfant.

Chaque semaine, dans une jolie bourse de perles que Charles lui avait donnée autrefois, Églé mettait le modeste fruit de ses épargnes ; chaque semaine elle voyait grossir son petit trésor avec une joie qui charmait madame de Pierremont.

La mère de Charles se sentait moins triste en admirant la constance de ses efforts ; Églé paraissait si contente et trouvait le temps si court ! c'est qu'en moins de dix mois il fallait économiser la somme énorme de soixante ou quatre-vingts francs.

Le travail nous a été imposé comme un châtiment, mais Dieu a voulu qu'il portât sa consolation avec lui. Aussi, malheur à quiconque s'affranchit de la dure loi du travail. Ses plaisirs seront sans saveur, ses peines seront plus amères, l'ennui le dévorera, la gangrène du vice s'attachera bientôt à la plaie ouverte par l'oisiveté. Riche, il succombera sous le fardeau et marchera de la débauche au suicide ; pauvre, il deviendra la proie de la misère, de l'envie et de la haine, compagnes obligées de la paresse ; il tombera dans l'égout du crime, et si le bagne ne le recueille pas, il vivra pour la terreur de ses concitoyens.

La paresse est l'origine de toutes nos révolutions, la cause unique de tous nos malheurs. S'il pouvait être permis de construire des barricades à la condition expresse de reconstruire tous les jours, tous les jours, nos concitoyens barricadeurs trouveraient le métier si pénible qu'ils n'en voudraient faire jamais. Malheureusement, on vit six mois sans travail aux frais et dépens d'autrui, après chaque triomphe de barricades ; pour tels loisirs, on peut bien se donner la peine de remuer quelques pavés.

Le travail rendait à Églé la paix de l'âme, le travail et le doux espoir qu'il faisait naître dans son cœur, les heures de l'absence lui eussent paru trop longues : elle les trouvait trop courtes, grâce au travail.

Elle n'abandonnait l'ouvrage avec empressement que pour ajouter au bas des lettres de madame de Pierremont un petit nombre de lignes destinées à être couvertes de baisers et de larmes par son jeune fiancé :

« Sans cesse celle qui t'aime pense à toi en travaillant. Nous sommes heureuses, nous, pauvres femmes, d'avoir des travaux qui ne nous empêchent jamais d'écouter ce que nous dit le cœur. »

. . . .

Une autre fois, Églé écrivait :

« Ton amour, mon bon Charles, ravit d'espoir ta fiancée. Ta fiancée !... Merci pour ce nom charmant que tu me donnes. A ton retour, mon Charles, si tu n'oses pas encore me le faire entendre tout haut, tu me le diras à l'oreille... Et puis je suis la plus hardie, moi ; je te donnerai l'exemple, sois tranquille, mon fiancé !... »

Un jour qu'Églé devait fermer et cacheter la lettre, elle profita de l'occasion pour écrire :

« Mon bon Charles,

» Quand tu partis avec l'*Aurore*, je me mourais à songer que tu étais sans ami, sur le même navire que ton persécuteur d'autrefois. Du jour où j'appris que vous n'étiez plus ensemble, je fus sauvée ; j'ai retrouvé aussitôt la force d'espérer avec amour, c'est-à-dire de vivre pour toi ! Adieu !... adieu !... »

Lorsque la lettre qui se terminait ainsi fut remise au jeune élève, la *Thétis* était de retour à Toulon, après une assez longue croisière dans la Méditerranée.

— Églé se mourait, mon Dieu ! à la seule pensée de me savoir à bord de l'*Aurore* avec Fargeolles !... murmura Charles en tremblant. Malheureuse Églé... Oh ! désormais, je serai forcé de lui cacher ce qui me menace ici ; elle souffrirait trop si elle connaissait la vérité.

Charles était violemment ému ; cependant, au bout de quelques instans, il rompit le cachet d'une seconde lettre dont le ton faisait contraste au style grave de madame de Pierremont, aux élans de sensibilité de la jeune fille. Ce n'est pas pourtant que le cœur y manquât (la lettre était du brave Jules Renaud), mais la gaieté y dominait.

Jules racontait en riant les grandes navigations, aventures et traverses de la corvette la *Brillante*, partie de Rochefort, vers la fin de 1829, pour les Antilles françaises. Il entrait dans une foule de détails sur le capitaine, les officiers et les élèves de son bord, et ne négligeait pas le lieutenant de vaisseau Labranche, protecteur avéré d'Emile Fargeolles :

« Bizarre original , disait Jules , auprès de qui Jérémie serait un loustic de caserne. Figure-toi, mon cher Pierremont , un homme qui ne sourit et ne se déride jamais, qui ne cause pas, ne parle guère , et ne s'occupe absolument que de son service. Voilà mon chef de quart. J'ai eu, ma foi ! une peur du diable, en me voyant placé sous les ordres directs et permanens d'un pareil père Sournois. Mais, tout compte fait, je ne me plains pas de lui. Malgré sa rudesse, il est même assez indulgent. On le redoute à cause de sa mine rébarbative : on le prendrait vraiment pour un scélérat, on jurerait qu'il a dû commettre quelque crime, et cependant on est forcé de l'estimer, tant il est scrupuleux à remplir ses devoirs. Notre Fargeolles, son cher pupille, ne lui ressemblait guère.

» Hâte-toi de m'écrire, mon excellent ami ; un mot de toi me ravira en extase sur un Lamentin quelconque. Tu sais ou tu ne sais pas que le Lamentin est le Sinaï de la Martinique. Il nous envoie régulièrement chaque jour cinq ou six grains avec accompagnement de rafraîchissemens aquatiques. Vive la limonade !...

» Voyons ! que fabriquez-vous dans la Méditerranée ? Tous les matins , mon cher Pierremont , il me prend des envies de me pendre ! Comment ! on arme une escadre pour aller punir Alger, et moi, Jules Renaud, je n'en suis pas ! Je mangerai tranquillement des avocats, des bananes et des goyaves dans l'île aux Maringoins ; je me coloniserai de plus en plus ; je passerai maître en l'art de *paghler* sans *r* et de *baghaouiner cghéole!*... un nouveau Duquesne mettra les Algériens à croix ou pile , et moi, ton ami, je boirai du sangris chez maman Titine, fille de grand'maman Lolotte et mère de Calypso ! Cette pensée m'humilie et me désespère. Je maudis la *Brillante*, et voudrais pour un empire être tout bonnement parti avec l'*Aurore*.

» *Nota bene.* Maman Titine est notre blanchisseuse, une vieille mulâtresse dont la lèvre inférieure pèse bien trois hectogrammes ; grand'maman Lolotte, un peu plus foncée en couleur, blanchissait, il y a vingt ans, nos commandans et amiraux actuels ; Calypso, une bonne dondon, décrasse nos chemises à grands coups de cailloux, et les déchire par la même occasion. La Martinique est le tombeau des cois et chemisettes. Calypso fabrique les cigares avec un talent supérieur ; ce cumul n'est pas défendu. Nous avons dans la station dix contre-maîtres qui, si elle n'était un dragon de vertu exclusivement fidèle à mademoiselle Emma Desgalets, sa fille de lait, se disputeraient la main de l'enchanteresse... j'allais écrire sa blanche main ; mais je me suis retenu à temps ; tout le savon de Marseille n'a

pu ôter à ses paumes la couleur du cigare, *vulgariter* bout de nègre, qu'elle confectionne avec tant de chic.

» Chez maman Titine on rit beaucoup, et l'on s'amuse à la bonne franquette ; nous sommes en outre fort bien accueillis par plusieurs familles très aimables. En dépit de l'expédition d'Alger, je remets donc chaque jour au lendemain mes sombres projets de désespoir. De lendemain en lendemain, j'espère bien finir par me pendre à ton cou, mon cher Pierremont. Et, provisoirement, je te serre fraternellement la main.

» JULES RENAUD. »

Le bâtiment qui porta cette lettre en Europe en portait une aussi pour Fargeolles, qui la reçut à Toulon au moment où il présidait à un punch d'aspirans. Il l'ouvrit, la parcourut des yeux, et s'écria aussitôt :

— Ecoutez, messieurs ! voici pour quarante sous de plaisir, timbre de la poste, valeur reçue comptant, pays d'outre-mer !... Je suis trop bon camarade pour ne pas vous en faire part.

IX

FARCES SUR FARCES.

Trois litres d'eau-de-vie flambaient dans une vaste terrine fournie par l'estimable mère Barbe Barbachu, l'hôtesse d'Emile Fargeolles.

L'ex-vétéran d'Angoulême fêtait , ce soir-là, ses anciens et nouveaux camarades , parmi lesquels figuraient entre autres Montaix et Sergette, de la frégate la *Thétis*.

Nous ne décrirons ni la chambre garnie qui servait de salle de réception , ni l'atmosphère nuageuse de cette chambre, ni les coupes des bruyans chevaliers de la table ronde, ni les sièges assez rares sur lesquels ils avaient le loisir de s'entasser ; l'imagination du lecteur suppléera facilement à cette lacune. Nous nous bornerons à dire que madame Barbe Barbachu, de gracieuse mémoire, toussa pendant une heure trente-cinq minutes, pour avoir eu l'imprudence de porter elle-même à Fargeolles l'épître qui faisait maintenant les délices des invités, en concurrence avec le punch, et les pipes de rigueur, et les chansons de circonstance.

Fargeolles, il est vrai, avait contraint la mère Barbachu à accepter une tasse du liquide fumant, si bien qu'elle se brûla, avala de travers, et crut avoir le feu dans le corps.

A la lueur de la flamme bleuâtre, le vétéran déclama ces mots :

« Mon cher Emile, te voici donc enfin élève de marine !... »

— Cher Emile ! ajouta Fargeolles, c'est touchant ! Je suis le cher Emile de ce *monsieur*, à ce qu'il paraît. Parole d'honneur, je ne m'en doutais guère !

— Mais de qui parles-tu donc ? s'écrièrent plusieurs des invités.

— De qui, quoi, qu'est-ce ? reprit l'amphitryon Fargeolles. Et qui pourrait m'appeler son cher Emile, et me féliciter d'être *enfin*..... l'*enfin* est joli ! élève de marine de seconde espèce ?... Qui, dis-je, si ce n'est Branchu de la Branche Brancharde Branchon Branchette des Branchonnières Brancheuses ?... *Mossieu* Labranche, lieutenant des vaisseaux du roi, *mossieu* Labranche, qui s'imagine de me mentoriser ? Je lui ficherai du Télémaque ; il n'a qu'à venir me tutoyer de près.

— Il me semblait, dit Montaix, que ce monsieur Labranche était ton parent.

— Montaix, tout le monde sait que tu es un *espoir* de la marine ; mais ceci ne prouve pas que je tienne par le moindre rameau aux branches de l'arbre généalogique de messire Branchet de la Branche Branchue. Je ne suis pas plus son parent que celui du Grand-Mogol. Aussi, je veux m'amuser pour les quarante sous que me coûte sa chienne de lettre.

— Continue Fargeolles, on t'écoute.

— «Elève de marine!» reprit Fargeolles. Beau grade, ma foi! Quarante francs d'appointement, moins le trois pour cent... Et l'on ne dira pas que je fais des folies si je paye m'ame Barbachu sur mes économies!...

Le chœur répéta, en hurlant, sur l'air de la *Dame-Blanche*:

— Quarante francs d'appointemens! etc...

— Holà! hé!... interrompit tout à coup l'éloquent Émile Fargeolles, écoutez donc, messieurs, madame Barbe Barbachu qui tousse comme une machine à vapeur...

L'infortunée logeuse descendait l'escalier en se déchirant la gorge; elle en pleurait.

— Le punch serait-il contraire à la santé des Barbachu en général, ou de la mère Barbachu en particulier? Voilà la question!

— Doucement, Fargeolles, s'écria Sergette, nous en sommes toujours à la lettre de ton *mossieu* Labranchotte.

— Labranchotte me plaît; j'adopte Labranchotte, ça rime avec crotte, culotte et carotte; aussi bien sa lettre m'est arrivée à propos de hotte!... mais écoutez donc madame Barbachu, on l'entend du rez-de-chaussée! Messieurs, un verre de punch à la santé de m'amour Barbachu.

On trinqua, on but, et, sur la proposition de Bertaut, l'un des anciens du vétéran d'Angoulême, la mère Barbe Barbachu fut chantée à l'unanimité, sinon à l'unisson, sur un air de carnaval fort connu.

Le début de haut style fut modifié en cette circonstance par le spirituel Fargeolles, qui entonna:

 Mère Barbe Barbachu,
 Croiriez-vous donc avoir bu
  Du plomb fondu?
  Vous toussez si dru,
  Que si ça continue
  Il vous faudra du
  Baume de coq'-cigrue,
  J'en suis ému!
   Hu! hu!
  La Barbachu!

Et le chorus d'applaudir en répétant:

   Hu! hu!
  La Barbachu!

La colère qu'éprouvait la malheureuse hôtesse en s'entendant chansonner ne contribuait pas à calmer sa toux:

— Mes amis, dit Fargeolles, le premier couplet n'ayant pas suffisamment opéré, je passe au second.

— Approuvé! fit la galerie.

 Quand la mère Barbachu
 Va voir son fils Barbachu
  Chez Barbachu,
  Maison Barbachu,
 Au coin de la grand'rue,
 Tant de Barbachu
 Vous donnent la berlue,
  Qu'on est ému!
   Hu! hu!
  La Barbachu!...

— Troisième couplet, suite du précédent:

 Tant en tortus qu'en bossus,
 Tant en pelés qu'en tondus,
  Ces Barbachus

  Remplis de vertus
  Forment une cohue
  De beaux malotrus
 Qui vous troublent la vue.
  On n'y tient plus!...
   Hu! hu!
  Les Barbachus!

—Mais elle tousse toujours, cette pauvre chère *m'ame* Barbachu; son carlin s'en mêle, son chat miaule, son perroquet siffle. Messieurs, ces accords m'attendrissent Passons du grave au doux, de la musique à la saine littérature, du Barbachu au Labranchu.

Au milieu du plus affreux vacarme, Fargeolles rouvrit la lettre de son sévère mentor.

« J'ai appris avec une bien vive émotion que tu as subi un excellent examen, et que tu es l'un des dix premiers. »

Le silence s'était rétabli; Fargeolles lisait en ricanant. La lettre de monsieur Labranche paraissait le comble du ridicule, tant le lecteur mettait d'emphase dans son débit.

« Tu ne peux ignorer, mon enfant, que je te porte une affection paternelle; continue, je t'en conjure, à t'en rendre digne par tes travaux, ton zèle, ta conduite régulière, et ton obéissance surtout!... »

— Eh bien! comment trouvez-vous mon ours pédant?... Que c'est agréable de donner deux francs pour un tel chef-d'œuvre?... J'ouvre une souscription, mes amis; vous me dédommagerez de cette dépense affreuse. Sur quarante francs d'appointemens, donnez donc quarante sous au facteur qui vous apporte de si belle prose...

« Ne te range plus parmi les frondeurs, mon cher Emile. Evite les querelles!... » On sera un agneau à la poulette, père Branchu!... Eh! mais, il me semble que la mère Barbachu tousse toujours.

— Finissons-en avec ta lettre, Fargeolles.

— J'achève!... « Abandonne le genre taquin, railleur, gouailleur et farceur... » Il est fort sur les synonymes, monsieur de Labranchienne!... « qui me faisait craindre autrefois, continua Fargeolles en ton de fausset, de ne jamais pouvoir venir à bout de ton caractère!... » Merci! mais le punch s'éteint et messire Labranchune devient monotone. J'avais envie de mettre mon autographe en loterie!... Bah! j'y renonce; qu'il rallume le punch!... Et quatrième strophe... toujours les Barbachus!...

Tandis que la lettre du lieutenant Labranche rallumait l'eau-de-vie, le tintamarre allait croissant; Fargeolles, affectant de faire sonner les *s* comme en latin, chanta le couplet suivant:

  Je voudrais être Phébus
  Pour chanter de plus en plus
   Mes biscornus
   Et chers Barbachus
   A têtes de morue,
   A chignons crépus,
   A ventre de tortue,
   A nez camus!...
    Hu! hu!
   Les Barbachus!...

— Je renverrai de chez moi cet affreux scélérat d'aspirant, pensait la mère Barbachu tout en toussant à perdre haleine. Chavirer ma maison, me chansonner moi et ma famille au moment où il fait du punch dans ma propre terrine, qu'ils m'ébrècheront, qu'ils me fendront..... Dieu sait! Ne me débiter que des sottises et ne payer seulement pas ses ports de lettres. J'en suis encore pour mes quarante sous, ce soir!... Tout à crédit, loyer, éclairage, blanchissage, bois et le reste, sans compter le sucre et l'eau-de vie!... Sa note monte déjà à trente écus!... Il agace mon chat, il tourmente mon chien, il apprend mille vilenies à mon perroquet!... Je lui donnerai son congé dès demain!... Si ses mauvais sujets de camarades ne fumaient pas tant, comme j'irais bien les mettre à la porte tout de suite. C'est qu'ils sont capables de rester jusqu'à minuit passé !...

Ces réflexions lamentables, inspirées à madame Barbe Barbachu par une légitime colère, étaient accompagnées, et par sa maudite toux qui ne discontinuait pas, et par les cinquième, sixième, septième et vingtième couplets de l'interminable complainte charivarique des élèves de marine.

Ces modèles de poésie peu châtiée ne s'étaient pas succédé, comme on pense, sans de nombreuses interruptions, digressions et facéties. Les commentaires valaient le texte, les mots les plus hasardés étaient les mieux venus.

Fargeolles se distinguait. D'aventure on nomma Charles de Pierremont. De quel ton de mépris Fargeolles parla de ce petit Montyon visant au prix de vertu, de ce Caton en herbe, de ce morfondu jouvenceau qui faisait bande à part et ne se mêlait jamais aux farces des camarades ; de quel air de suprême dédain Fargeolles le traita en haussant les épaules, c'est ce que nous ne tenterons pas de rendre.

Le couvre-feu avait sonné depuis une grande demi-heure ; le langage de ces messieurs se décolletait de pis en pis.

Montaix, garçon d'une nature assez faible, qui dans son temps avait été l'une des victimes de Fargeolles, riait le plus fort qu'il pouvait. Il y avait assurément, dans ce rire si bruyant, une part due au punch, à la gaieté, à la folie, à part de la jeunesse et de l'entrain ; mais il y en avait une autre aussi qu'il faut attribuer au désir de complaire à très haut et très puissant farceur Emile Fargeolles, l'ex-vétéran. Nous n'essayerons pas de décomposer analytiquement les éclats de rire de Montaix, quoiqu'un véritable intérêt physiologique soit toujours attaché à pareille opération. Nous dirons que Sergette, le bon enfant par excellence, autre type d'une vulgarité fatigante, riait uniquement parce qu'il était bon enfant.

— Si je pouvais dormir et ne plus les entendre ! murmura l'infortunée mère Barbachu, qui habitait le rez-de-chaussée. Si mes enragés braillards pouvaient s'en aller ou se taire !...

De guerre lasse, après trois verres de sirop et un lait de poule, l'excellente hôtesse s'était couchée. Tout à coup le bruit cessa, quelques conversations confuses y succédèrent. La commère s'assoupit. Elle était encore dans un état de demi-sommeil, quand Fargeolles reconduisit ses invités jusqu'à la porte de la rue, leur souhaita le bonsoir et remonta l'escalier.

— Ah ! je dormirai donc, je vais dormir, je dors, pensa la logeuse d'Emile Fargeolles.

Elle s'endormit profondément.

Mais une clarté sinistre la réveilla en sursaut ; une épaisse fumée remplissait le corridor, une grande flamme rouge illuminait le rez-de-chaussée !

— Au feu !... au feu !... cria la pauvre femme.

Elle sauta hors de son lit, courut au couloir, et reçut presqu'au même instant dix potées d'eau glaciale sur le corps.

— Ce n'est rien, m'ame Barbachu, dit Fargeolles, ce n'est rien !... Je vous souhaite bien le bonsoir.

La porte de la rue se rouvrit bruyamment à ces mots, et une dizaine d'élèves, éclatant de rire, se dispersèrent en répétant :

Hu ! hu !
M'am' Barbachu !
M'am' Barbachu !

C'était une farce, une invention de Fargeolles, jaloux de profiter, comme on voit, des conseils de monsieur Labranche, son bienfaiteur. Les élèves avaient feint de sortir, brûlé deux bottes de paille dans le couloir, noirci tous les murs, empesté la maison, éveillé les voisins, terrifié et arrosé madame Barbachu.

Tous les locataires accoururent.

Pendant qu'ils interrogeaient la malheureuse hôtesse, elle fut saisie par le froid ; une fluxion de poitrine en résulta. Huit jours après elle était morte. Simple farce !...

Les fils Barbachu, connaissant la vérité, guettèrent Fargeolles, le rouèrent de coups de bâton et le laissèrent sur le carreau. Par malheur, des gardiens de nuit accoururent, relevèrent le vétéran des élèves, et le transportèrent à l'hôpital de la marine.

Son bâtiment partit sur les entrefaites.

Sur les entrefaites aussi, dix plaintes furent portées au préfet maritime contre l'aspirant.

Deux ou trois jours après la mort de madame Barbachu, Fargeolles avait imaginé de décharger, à la faveur d'une belle nuit, une voiture de roulier toute prête à partir au point du jour, de la transporter ensuite sur un amas de décombres haut de trente pieds, de l'y recharger comme elle l'était dans la rue, et d'attendre, dans un cabaret voisin, les résultats d'une si belle équipée. Avec la collaboration d'une dizaine d'élèves, il exécuta son projet.

Au lever du soleil, le roulier arrive, cherche sa charrette, et l'aperçoit enfin à la hauteur d'un premier étage. Il jure et tempête d'abord. C'était fort récréatif !...

Mais ensuite quelques grosses larmes mouillèrent les yeux du pauvre homme. Il y allait de sa place de commissionnaire de confiance dans une grande entreprise de roulage ; il y allait du gagne-pain de ses enfans. Ces marchandises, attendues pour le lendemain à Marseille, mettraient la maison de roulage en défaut. On lui reprocherait de n'avoir point veillé à sa voiture, on le chasserait sans doute.

— Oh ! oh !... Ça tourne au sentimental, dit Fargeolles ; nous avons assez ri, allons nous coucher !

L'ex-vétéran du vaisseau école eut l'imprudence de raconter sa superbe farce en plein café de la marine. Le lendemain il fut cité en police correctionnelle ; mais il n'y comparut pas, car ce fut le soir, au sortir du café, que les fils Barbachu l'assommèrent à peu de chose près.

Le préfet maritime jugea nécessaire d'embarquer immédiatement Fargeolles sur le premier navire venu, et de l'y consigner à bord.

A sa sortie de l'hôpital, le fameux aspirant fut placé sur la *Thétis*, où de récentes nominations d'enseignes laissaient six ou sept places vacantes. Plusieurs des complices ordinaires de ses bonnes ou mauvaises plaisanteries reçurent la même destination.

Et voilà pourquoi Charles de Pierremont murmurait avec une si profonde douleur :

« Églé, malheureuse Églé ! il faudra donc que je lui cache la vérité maintenant, elle en mourrait !... »

X

LE POSTE DES ENSEIGNES.

Le logement commun ou poste des élèves, réduit enfumé, grand tout au plus comme deux cabines d'officier, est généralement situé à tribord dans l'entrepont, entre le carré de l'état-major et l'espace réservé au vestiaire de l'équipage.

Les cabines étant plus ou moins étroites suivant le rang du navire, la grandeur des postes ne peut être évaluée que par comparaison. Celui de la *Thétis*, frégate de soixante bouches à feu, avait douze pieds de long, cinq de haut, huit de large et dix habitans.

Une ouverture circulaire, d'un pied de diamètre au plus, y répandait une clarté douteuse ; une table de chêne en occupait le centre ; des armoires d'attache en faisaient le tour. Quelques pliants en toile à voiles, un buffet de sapin et des caissons grossiers en étaient les meubles,

En l'an de grâce 1830, le poste de la *Thétis* se distinguait par son comfortable.

J'étais alors, moi douzième, l'un des élèves de la *Dryade*, dont le poste, absolument dénué d'armoires, était constamment encombré par nos douze grosses malles juxtaposées. Chacun de nous ne jurait que par sa malle, qui lui servait tour à tour d'armoire, de commode, de causeuse et de lit de repos.

J'ai expérimenté alors qu'on dort on ne peut mieux sur le dos convexe d'une malle dont les traverses vous meurtrissent les reins. Il suffit pour cela d'avoir fait un quart de nuit, de s'être levé à quatre ou cinq heures du matin pour assister au lavage, d'avoir passé le reste de la matinée en corvée à fond de cale, dans la chaloupe ou dans la hune, et de s'être trouvé à quelques exercices.

Il est vrai que j'ai connu aussi des élèves qui, sans être somnambules, dormaient en marchant.

L'antre obscur que nous venons de décrire est l'unique domicile et lieu de refuge des élèves. Ils y prennent leurs repas; ils y font leurs calculs nautiques; ils y reçoivent leurs visiteurs; ils y couchent, bien entendu.

La nuit, on y pend des hamacs, qui sont décrochés avant le lever du soleil; la lampe est, en vertu du règlement, éteinte dès huit heures du soir; rien de cela n'est précisément agréable, mais, à l'âge des élèves, on ne songe guère au bien-être matériel. D'ailleurs l'on savait bien que la plus belle des professions avait un rude noviciat, et l'on s'est laissé conter tant de choses étonnantes des gardes-marines d'autrefois et des aspirans de l'empire qu'on ne ressent qu'un désir, celui de marcher sur leurs traces.

Heureux temps, oserons-nous dire, malgré la peinture que nous avons entreprise, malgré les douleurs de Charles de Pierremont et les farces d'Émile Fargeolles, heureux temps!

La vie maritime est encore toute rose, on attend avec impatience sa première tempête, on croit apercevoir un pirate dans chaque voile qui paraît à l'horizon, et l'on fait ses premiers quarts en songeant à l'épaulette étoilée de vice-amiral. On rit encore de tout, excepté d'être traité en petit garçon; aussi l'on trouve toujours que les officiers manquent d'égards envers vous: l'amour-propre reçoit ainsi la première blessure.

En somme, l'existence est fort tolérable, pourvu qu'on vive en bonne intelligence.

C'était assez notre habitude à bord de la *Dryade*, où j'oubliai bien vite les dissensions intestines de l'*Aigrette*.

C'était aussi la règle à bord de la *Brillante*, où Jules Renaud se trouvait fort heureux, malgré ses regrets de ne point faire partie de l'expédition d'Alger.

Pendant les premiers mois que Charles avait passés sur la *Thétis*, il n'avait pas eu à se plaindre. Les anciens du poste, élèves de première classe sur le point d'être nommés enseignes, traitaient avec bonté leurs jeunes camarades. L'on sait déjà que Montaix et Sergette n'étaient pas d'humeur désagréable. Ils aimaient à s'amuser. La mélancolie sentimentale de Charles ne les attirait pas; ils préféraient la compagnie des lurons fieffés, des viveurs. Ils avaient le travers de leur âge, et, d'honneur! nous ne saurions leur reprocher sérieusement. Enfin, s'ils trouvaient gentil de faire des farces, ils n'en faisaient pour leur part que de très inoffensives.

Jamais ils n'auraient imaginé des tours pendables comme ceux du facétieux Émile Fargeolles.

Sergette fut désolé d'apprendre la mort de la mère Barbachu, encore qu'il n'eût été que simple spectateur des exploits du vétéran. Montaix lui-même se reprocha très vivement d'avoir lancé une potée d'eau à la défunte hôtesse.

Mais le personnel du poste de la *Thétis* venait de se renouveler presque entièrement. Émile Fargeolles et de ses compères et compagnons, parmi lesquels nous citerons Bertaut, leur ancien à tous, remplaçaient les élèves de première classe promus au grade d'enseigne.

Or, les nouveaux embarqués, impliqués pour la plupart dans l'affaire du roulier, ou dans celle des Barbachu, ou encore dans d'autres assez méchantes aventures que l'on n'aurait pu raconter qu'en latin:

« Le latin, dans les mots, brave l'honnêteté. »

Ces messieurs, disons-nous, étaient rigoureusement consignés à bord pour tout le temps que la frégate passerait à Toulon.

L'amiral préfet maritime l'avait ainsi ordonné, par mesure de prudence, et pour mettre un terme à des scandales sans cesse renaissans.

Du reste, à défaut de cette consigne, une seconde force majeure eût retenu à bord Fargeolles et ses compagnons; leurs créanciers avaient fait mettre arrêt sur leurs appointemens; plus d'argent, plus de crédit, impossibilité complète de louer une chambre garnie. L'histoire tragique de Barbe Barbachu avait mis en émoi toutes les logeuses de la ville, qui en profitèrent pour augmenter le prix de leurs loyers.

Alors, suivant l'usage, une foule d'innocens pâtirent pour les coupables. Aucun élève de marine ne put parvenir de fort longtemps à se loger à un prix abordable. L'affluence des étrangers qu'attirait à Toulon l'expédition d'Afrique rendit toutes les hôtesses intraitables envers les aiguillettes maritimes. Autre conséquence des farces d'Émile Fargeolles.

Il fallait donc absolument vivre à bord; il fallait aussi trouver le moyen de s'y amuser; et comment vivre ou s'amuser sans farces?

Montaix, jusque-là si pacifique, attacha le grelot; il avait tellement peur de redevenir le plastron de Fargeolles, qu'il se hâta d'attaquer Pierremont. Il évoqua tous les odieux souvenirs des plus mauvais jours du vaisseau école.

Et alors, dans le poste de la *Thétis*, dans ce quadrilatère de douze pieds sur huit, commença la persécution.

Mademoiselle Fistau, monsieur Sensible, le petit Caton, Charles le Pudique, Charles le Langoureux, le tendre Charles, le frère à Mimi, le petit à maman, etc., etc., chacune de ces dénominations indique le texte d'une phrase, d'une tirade, d'une apostrophe, d'une conversation entière.

Charles fuyait sur le pont, s'occupait activement de son service, tâchait de rester insensible en apparence à ces provocations continuelles.

Son calme, son sang-froid, sa douceur ne désarmaient point Fargeolles.

Ses réparties souvent fines, toujours sensées, ne déridaient ni ne persuadaient personne.

L'ironie, du reste, n'était pas dans la tournure de son esprit. Quiconque manie trop bien cette arme cruelle qu'on appelle l'ironie ne saurait être complètement bon. Il arrive toujours un moment où le moqueur habile sacrifie son meilleur ami au plaisir de lancer un trait. L'ironie est l'injure déguisée sous une forme plus ou moins attique, elle n'est forte que par la pointe, et blesse d'autant plus profondément:

Le moqueur, variété particulière du farceur, ne vaut pas mieux que lui.

A chaque repas, Charles était le but inévitable d'un assaut de railleries; à propos de rien, à propos de tout, quelque lardon déchirant tombait sur Charles.

Montaix était le premier à faire chorus.

Sergette, l'excellent garçon que l'on sait, riait débonnairement. Ne se rappelait-il donc plus, ce gros joufflu natif de Saint-Pol-de-Léon, qu'il riait aussi, qu'il riait de même au moment où, à travers un nuage de fumée, ses camarades lançaient des cuvettes d'eau froide sur la mère Barbachu sortant du lit et encore en transpiration? Avait-il donc oublié si vite qu'il riait en chantant comme les autres, et que pourtant la pauvre hôtesse en était morte?

Non, il ne l'avait pas oublié. Le souvenir de la mère

Barbachu l'attristait encore ; il pensait que Fargeolles avait eu le plus grand tort en inventant son atroce farce. Eh bien ! il assistait chaque jour, en riant de son même rire, à l'affreux supplice de Charles de Pierremont, et à sa lente torture, qu'il ne comprenait même pas.

Il ne s'expliquait pas le motif qui le mettait à l'abri de toute raillerie, lui si lourd, si grossièrement niais. Il croyait devoir sa tranquillité à son bon caractère, à ses qualités de bon enfant. Il ne rendait pas justice au mérite de ses deux poings de bas Breton ; car, on aura beau dire, la force physique, la force brutale, inspire, toujours et partout, un profond respect aux mauvais plaisants, parce qu'ils redoutent le premier mouvement de colère.

Pour sa part, jamais Sergette ne dit un mot blessant à Charles ; mais, à chaque sobriquet nouveau, à chaque lazzi, comme il riait... comme il riait !...

Montaix avait pitié de Charles, lui, car Montaix n'était ni sot, ni méchant ; mais, tranchons le mot, il était lâche : il attisait le feu. Fargeolles assouvissait un instinct de cruauté. Les autres laissaient faire par égoïsme, ou par goût pour les farces ; ils aidaient le farceur en titre par esprit d'imitation, ou même par habitude.

Les Sergette et les Montaix peuplent ce bas-monde. Sans un Fargeolles, ces gens-là sont parfaits, on les estime, on les aime, on les quitte à regret ; mais donnez-leur un meneur de la trempe du vétéran d'Angoulême, ils remplissent aussitôt le rôle du zéro dans la numération, ils décuplent l'unité du mal.

Il nous serait difficile de dire ce qui vexait le plus l'infortuné Charles, des pointes aigres-douces de Montaix ou du gros rire stupide de Sergette.

— Mon Dieu ! que faire ? pensait Charles dont le marasme augmentait sans cesse. Montrer un bon caractère ? Mais qui supporterait avec plus de patience tant de railleries et de mauvais procédés ? Déployer de la fermeté ? Ah ! Dieu sait combien j'en dépense à soutenir cette lutte, à subir cette persécution sans trop laisser paraître ma douleur ! Se fâcher ? Mais à quoi bon ? Les rires redoubleraient. Se plaindre aux officiers, au commandant ? Le commandant lui-même, qu'y peut-il ? Il ferait tout au plus appeler le chef de poste Bertaut, qui ne vaut pas mieux que les autres, et je me serais donné pour rien un mauvais vernis, même auprès des officiers. User de violence ? Mais la force physique me manque. Je ne suis pas homme à m'armer d'un couteau ou d'une épée comme un assassin. Et ma mère, et ma chère Eglé seraient si malheureuse en apprenant que j'aurais commis une faute grave ; car, enfin, tout le monde me donnerait tort si je portais le premier coup. Débarquer de la *Thétis*, voilà l'unique ressource.

Charles essaya de passer sur un autre navire ; il ne put obtenir son changement.

Un moyen lui restait encore : entrer à l'hôpital et attendre pour en sortir que la *Thétis* fût sous voiles. Mais il s'agissait d'une expédition de guerre, Charles sentit qu'il aurait l'air de reculer ; un sentiment d'honneur le retint à bord jusqu'au moment où la frégate, détachée de l'escadre, reçut une destination particulière pour l'île de Minorque.

La *Thétis* appareilla emportant Charles toujours en butte aux farces incessantes, aux railleries perpétuelles de Fargeolles et consorts, aux niches de Montaix, aux gros rires de Sergette.

Il n'avait de répit que si ses disputaient entr'eux ; mais alors le poste cessait d'être tenable, et Charles était encore obligé de se réfugier sur le pont.

Nous n'avons pas dessein de passer sous silence les plaisirs, les folies, l'intrépidité, la bouillante ardeur, l'enthousiaste juvénile de l'élève de marine ; ses douleurs intimes ne doivent pas non plus être oubliées.

Ce tableau est triste sans doute et d'un intérêt poignant, mais il est généralement vrai et constitue l'une des études sérieuses qui doivent entrer dans le cadre de notre galerie maritime.

Il en est des postes d'élèves, des carrés d'officiers de marine et des chambrées militaires comme de toutes les réunions d'hommes, comme des intérieurs de famille comme des ménages ; il y en a beaucoup plus de mauvais que de bons.

Par bonheur cependant il y en a quelques bons. Ainsi à bord de la *Brillante*, c'était une franche gaieté qui régnait parmi les compagnons et collègues de Jules Renaud. Le seul chagrin de ces joyeux lurons était la sévérité du lieutenant en pied de la corvette, qu'ils avaient surnommé le *Sanguinaire*.

Le lieutenant exigeait du silence, dans le poste on adorait le tintamarre ; de là toutes les catastrophes. Ainsi, bien souvent, au lieu d'aller passer leur soirée à l'hôtel de M. Desgaslets l'ordonnateur, ou chez maman Titine la blanchisseuse, sur la savane, ou même à l'hôtel du gouvernement, Ferragus, Arthur Davis, Edmond le chef du poste Jules Renaud lui-même, étaient mis à la fosse aux lions, c'est-à-dire aux arrêts dans le magasin général de la corvette.

La vie des élèves à bord doit nécessairement être oisive. Comment travailler au milieu de grands enfants qui chantent à tue-tête, se bousculent, masquent perpétuellement le jour, jouent de la flûte ou boivent du vin chaud ? il est bien plus naturel de les imiter et de contracter l'habitude d'une paresse raisonnée. On boit, on mange, on dort, on fait son service, et quelquefois on lit des romans. Vous trouverez inévitablement dans tous les postes ; au bas d'une armoire destinée aux octans et aux tables de Callet, plusieurs volumes des *Amours du chevalier de Faublas*, le *Compère Mathieu*, les *OEuvres de Piron*, concurremment avec celles de Bezout, et les *Chansons de Béranger*. Il est difficile de se faire l'idée d'un désordre plus complet et moins apparent que celui d'un poste d'élèves. Ils sont forcés par l'autorité du bord à avoir l'air rangé, mais n'ouvrez aucun caisson sous peine de reculer d'horreur. Aussi, quel coup de théâtre, surtout dans les pays chauds, quand le pilotin vient appeler l'aspirant de corvée de la part de l'officier de service ! ils se rassemblent dans leur fournaise, et vêtus de ce simple appareil auquel l'usage a conservé le nom déjà cité de robe de chambre des gardes-marines.

— « Mousse ! s'écrie le malheureux surpris dans un pareil négligé, mousse ! un pantalon, des bottes, une veste, un sabre, vite, vite ! allons, *patine-toi* ! »

Le mousse plonge dans un des bahuts, et rapporte à diverses reprises chacune des parties du costume exigé ; les chaussures sont trop longues, le paletot trop étroit, le pantalon descend jusqu'à la cheville exclusivement : qu'importe ! en une minute l'élève est sur le pont, aux ordres du lieutenant de quart :

— Monsieur, vous allez embarquer immédiatement dans le grand canot ; vous vous rendrez à terre et remettrez cette lettre en mains propres à monsieur l'ambassadeur de France...

— Mais, monsieur, accordez-moi deux minutes, je vous en prie, dit l'élève honteux de son accoutrement, en jetant un triste regard sur une casquette qu'il tient à la main faute de pouvoir l'assujettir sur sa tête.

— Bah ! vous êtes bien comme cela ; partez, vous dis-je. Un aspirant, parbleu ! on sait bien ce que c'est. De mon temps, ajoute l'officier facétieux, c'était bien autre chose, nous avions toujours la boue au talon et la paille en croix !

Si l'officier est rigide, il répond sèchement :

— Vous mériteriez les arrêts pour votre tenue ; lorsqu'on est de corvée on doit toujours être en uniforme décent et prêt à monter sur le pont.

L'élève, qui deux jours auparavant se faisait remarquer par sa mise élégante au bal chez l'ambassadeur, se résigne avec peine à paraître ainsi fait.

— « S'il s'agissait d'une corvée de *sable*, d'*eau* ou de *balais*, je serais bien sans doute, mais aller comme cela à l'ambassade ! »

Il descend piteusement dans l'embarcation. Bonheur

inespéré ! le mousse du poste lui tend par le sabord un rechange complet. À quelque distance du navire, il répare le désordre de sa toilette, et dès lors trouve charmante une mission qu'il saura prolonger pour ses menus-plaisirs.

Mais transportons-nous à bord de la *Brillante*, dans un espace quadrangulaire éclairé par un large panneau.

Des écoutilles d'égales dimensions sont ménagées d'étage en étage au-dessus de nos têtes ; sous nos pieds se trouve une autre écoutille fermée par un grillage et par de fortes barres de fer cadenassées. Nous sommes sur la cale au vin, l'odeur de ferment qui s'en échappe suffirait seule pour l'indiquer. Derrière nous est la chambre commune des officiers ; devant nous le faux pont ; à notre gauche, à *bâbord*, nous voyons le poste des chirurgiens, dont la porte est poussée ; à notre droite, à *tribord*, voici le poste des élèves, dont nous n'apercevons que l'extérieur.

Un rideau de cotonnade à carreaux bleus et blancs nous empêche de distinguer une foule de personnages attablés ; c'est l'heure du déjeuner. Mille clameurs nous étourdissent ; au milieu du cliquetis par les verres et des assiettes, une macédoine de juremens, d'imprécations, de rires, de chansons, de discussions, de disputes frappent nos oreilles.

— Ce n'est pas moi, vous dis-je.

— Mousse, un couteau !

— ...... Cinq cents tonnerres de.... Écoutez ! écoutez ! silence !

CHŒUR DE HURLEMENS.

Écoutons, admirons,
Ce brav'militaire, etc......

UNE VOIX DE STENTOR : — Silence, donc !

UN PORTE-VOIX : — Messieurs, j'ai un mot à dire, un seul mot.

UN TÉNOR.

Au clair de la lune,
Pour les aspirans,
La blonde et la brune
. . . .

UN BARYTON : — Connu ! connu ; vieux comme Mathieu salé ; la nuit, tous les chats sont ivres.

QUELQUES VOIX : — Bon ! bon ! la variante ; j'en prends note.

UNE VOIX DE FAUSSET : — Cartahu, je vais t'envoyer cinquante calottes ; du pain donc ! je t'en demande depuis deux heures.

UN MOUSSE QUI PLEURE : — Ahi, hi ! j'entendais pas.

UN ÉLÈVE QUI RIT : — Tu pleures, Cartahu, c'est joli pour un maître-d'hôtel d'aspirans.

— Non, monsieur Edmond, je ne pleure pas.

— Alors c'est bien, tiens, voilà un petit verre de croc ; avale, et siffle après.

(Eclats de rire prolongés.)

— Messieurs, messieurs, il s'agit bien de rire, nous sommes enfoncés, enfoncés épouvantable !

PLUSIEURS VOIX : — Quoi donc ?

(Silence comparatif.)

— Le lieutenant veut nous consigner jusqu'à nouvel ordre, à ce que m'a dit le commissaire, hier soir, pendant mon quart.

— Ah diable !

— Pourquoi ?

— Moi qui comptais aller au bal aujourd'hui !

— Et moi qui ai rendez-vous avec Paméla !

— Ferragus, tu nous ennuies avec ta Paméla.

— A bas Paméla !

La voix de fausset : Un cigale pour Ferragus et Paméla !

Tous les convives sur l'air infernal de Robert :

Cigâ-hal ! cigâ-hal !
Cigale à Maïa

Ci-higal ! ci-higal !.
Ci-higal à Maïa
Ha ! ha ! ha ! ha ! ha ! ha ! ha ! ha ! etc.

Le cri *Cigale à Maïa* est un cri populaire et dérisoire parmi les gamins de Brest : c'est pour eux l'équivalent de la *Chie-en-lit*. En carnaval, ils poursuivent les masques par ce refrain, dont l'origine du reste est des plus insignifiantes. Le *cigale* cependant s'est naturalisé à bord de tous les navires de guerre, et fait essentiellement partie de l'argot des élèves. L'on *donne un cigale* par acclamations, dans une foule de circonstances analogues à celle que nous rapportons.

CHARIVARI MONSTRE.

Les manches de couteau frappent sur la table en mesure ; on choque les verres contre les bouteilles, on tape des mains, on tape des pieds, on crie à perdre haleine.

La voix suppliante du chef de poste essaye en vain de dominer la clameur.

— Messieurs, vous allez me faire mettre à la fosse aux lions.

On n'entend pas ; le vacarme continue. Le réclamant, après un moment d'humeur, prend courageusement son parti, et mêle son médium au concert tumultueux de ses collègues.

Un timonier entr'ouvre le rideau des élèves ; à son aspect, le bruit se modère :

— Le lieutenant m'envoie dire à monsieur le chef de poste d'aller le trouver.

Le chef de poste met son habit, prend sa casquette, et s'écrie en sortant :

— Voilà huit jours de bloc pour moi, je vous l'avais bien dit.

— Pauvre tyran ! murmure Jules Renaud.

— Bientôt les conversations se rétablissent sur un ton moins élevé, mais on entend Ferragus cherchant affaire à la voix criarde qui a décrété le cigale.

— Messieurs, j'interviens, dit le second chirurgien, le droit de *cigale* est consacré par la tradition et les coutumes du poste. Ferragus a tort, *ergo*, donc, je lui vote un nouveau cigale, mais à demi-voix.

— Approuvé !

Le chef de poste rentre d'un air consterné ; la querelle des deux élèves et la motion du chirurgien sont oubliées également.

— Nous sommes tous *consignés* pour le dîner d'hier, et moi, par-dessus le marché, j'attrape le *bloc* pour votre boucan de ce matin. Voilà ce qu'a dit le *Sanguinaire*, il est toujours le même. Cré-chien ! comme c'est embêtant d'être chef de poste ! Justement j'étais invité à dîner chez madame Tournemine. Quel guignon ! Cartahu, porte à la fosse aux lions mon pliant, mon noroît, mon cornet à piston et ce roman.

Le noroît ou nord-ouest, on pourrait l'ignorer, est la grosse capote en alpaga ou castorine bleue qui sert pendant les trois quarts de nuit et les mauvais temps.

— Davis, dit Edmond, tu viendras me voir ce soir, j'y compte.

— Oui, vieux, sois tranquille.

Le poste est dans la désolation ; le *tyran* (tel est le surnom que lui ont conféré ses camarades) marche stoïquement au supplice, comme Philoxène aux Latomies, précédé du mousse, qui n'est pas le dernier à s'apitoyer sur son triste sort.

— C'est injuste ! Tous les jours les officiers font autant de bruit que nous, et on ne les punit jamais.

— Le lieutenant est une féroce créature.

— Nous l'avons bien surnommé *Sanguinaire !* Être consignés, c'est ça qui est amusant ! Chameau à double bosse, va ! et mon bal, mon malheureux bal ! coulé, enfoncé dans les pierres à fusil !

Le déjeuner se termine sur ces tristes réflexions ; les élèves et les seconds chirurgiens abandonnent la table. Ces derniers entrent dans leur logement, que nous avons en.

4

trevu tout à l'heure, ils y prennent leurs pipes, et bientôt tous les convives se trouvent réunis sur le gaillard d'avant, seule partie du navire où il soit permis de fumer.

Cartahu balaye le poste, met en place les ustensiles de gamelle, et emporte à la cuisine la vaisselle écornée de ces messieurs.

Après avoir mis en scène un des déjeuners du poste de la *Brillante*, nous risquerons-nous à dépeindre l'une des bruyantes séances des *Sept-Brillans*. C'était le nom que Ferragus (autre sobriquet) avait donné à la réunion complète des élèves, en y comprenant l'aide-chirurgien de la corvette.

Le poste de la *Brillante* était artiste et poète.

Nous avons dit quelle est la bibliothèque obligée dont les *Tables de logarithmes* de Guépratte ou de Callet sont les bases fondamentales. Il n'est pas de livre, moral ou non, qu'on ne puisse s'attendre à rencontrer dans les profondeurs du poste. Parfois un ouvrage de littérature y fait fureur. Les romans de Cooper, les *Paroles d'un Croyant*, les *Orientales* ont joui tour à tour de la faveur des élèves. Lorsqu'un auteur est à la mode, on cite à tout propos le texte de ses œuvres, on l'imite, on le parodie, on lui fait subir les plus étonnantes transformations.

Les *Orientales*, qui n'avaient pas encore deux ans de publicité, régnaient dans le poste de la *Brillante*, à l'époque où Arthur Davis fut atteint et convaincu du péché de courtiser une jeune négresse.

A la fin d'un dîner, Jules Renaud, qui se piquait de poésie, annonça la lecture d'une *Occidentale*.

Le mot était à l'ordre du jour; le tumulte s'apaisa soudain.

— Nous écoutons, dit le tyran, d'un ton de président d'académie.

Et le poète commença ainsi :

OCCIDENTÁLE XXI

ZABET.

— Hourra ! c'est le nom de la belle de Davis !
— Attention !
— Écoutez donc ! silence !
— Silence !

ÉPIGRAPHE.

> Nigra sum sed formosa.

(On rit).
— L'Orientale ! l'Orientale ! comparons !
— Mousse, *les Orientales* !

Cartahu s'empressa de dénicher au fond du buffet le volume le plus gras qui ait jamais circulé dans un poste d'élèves.

Edmond, le tyran, l'ouvrit à l'Orientale XXI, Lazzara. Jules Renaud déclama en ces termes :

> Comme elle court ! voyez : — par les brûlans graviers,
> Par les galets glissans, par les champs de cafiers,
>   Par ceux où la canne se dresse,
> Par les chemins perdus, par les chemins frayés,
> Par les mornes à pic, par les taillis, voyez
>   Comme court Zabet la négresse !

> Elle est bien *découplée*, et quand d'un pas joyeux,
> Sa manne de mangos sur la tête, à nos yeux
>   Elle apparaît, vive Africaine,
> A voir sur ses seins nus se croiser ses bras noirs,
> On croirait voir de loin, entre nos deux bossoirs,
>   Une gargoulette d'ébène.

— Très bon ! bravo !... couleur locale ! s'écrièrent les camarades en riant.

L'on sait que le mango ou mangue, fruit spongieux, filandreux et fort estimé, malgré son arrière-goût de térébenthine, abonde à la Martinique. D'un autre côté, la figure emblématique du vaisseau, statue, buste ou simple attribut, est placée à l'avant au bout de la guibre, en dessous du beaupré, et conséquemment entre les deux bossoirs.

Du reste, le mot *gargoulette* répondait si bien à celui d'*amphore*, le texte était calqué de si près en termes maritimes et coloniaux, que le poste entier était avide d'entendre la suite.

Jules Renaud continua :

> Elle est jeune et rieuse ; en chantant sa chanson
> Dans le lit du torrent elle lave ; — au buisson
>   Flotte son unique parure,
> Aussi, lorsqu'elle append le linge aux arbrisseaux,
> C'est une autre Vénus sortant du sein des eaux,
>   Mais elle n'a pas de ceinture.

— Vénus ! fi donc !... classique !... à bas, Vénus ! s'écria Ferragus, prompt à se venger des railleries que lui valaient ses amours pour Paméla.

Mais Jules, avec un calme superbe, en appelait à Davis :
— Zabet n'est-elle pas une Vénus de caoutchouc ? demandait-il.

Arthur Davis se prit à rire de bonne grâce.
— La suite !..... la suite ! A bas les interrupteurs !...
Le président Edmond tapait sur la table à coups de manche de couteau :
— Continue, Renaud, continue, dit-il.

> Quand pour le *bamboulas* on va se réunir,
> A l'heure où l'on entend lentement revenir
>   Les noirs que l'intendant rappelle,
> Elle accourt sur son front pas d'atours superflus,
> Mais la graine qu'elle a dans ses cheveux crépus
>   Nous semble toujours la plus belle.

> Certes, le jeune Arthur, l'aspirant aux yeux bleus,
> Pour elle donnerait ses cheveux blonds soyeux
>   Qui vont flottant sur son épaule,
> Ses favoris naissans, son portrait au pastel,
> Sa montre sans boîtier, son sabre personnel,
>   Admirable espèce de gaule !

Le temps a fait subir à cette strophe une variante mémorable ; depuis que, sous le ministère Rosamel, le sabre a été régulièrement substitué au poignard, et n'est plus une arme particulière, toute d'agrément, comme en 1829 et 1830 ; c'est le *sabre Rosamel* qui a hérité de la qualification « d'admirable espèce de gaule. »

> Et son chapeau tricorne, et ses deux glands cuivrés,
> Et sa cocarde neuve, et ses boutons ancrés,
>   Et son gras noroit sans doublure,
> Et sa belle casquette avec le galon d'or,
> Et sa part de gamelle, et, don plus riche encor,
>   Sa vieille blague sans couture.

> Il eût donné Callet, Guépratte et son octant,
> Donné tous ses bouquins et cahiers, en comptant
>   Quinze ou vingt casernets nautiques,
> Donné son beau couvert en métal dit-d'Alger,
> Qui lui sert à manger le haricot léger...
>   Son étui de mathématiques.

Le *casernet*, ou journal du bord, indique les mouvemens du navire heure par heure ; chaque officier et chaque élève doit tenir à jour ce cahier, divisé en colonnes pour les nœuds, les vents, la voilure, etc.

Jules Renaud, après la strophe précédente, prit Cartahu par la cravate, et, le présentant à l'aréopage des *Sept-Brillans* :

> Il eût donné son mousse, un vrai petit lion,
> (S'il en eût obtenu l'autorisation
>   Du lieutenant de la corvette),
> Sa capote cirée aux angles en lambeaux,
> Son masque, ses fleurets, ses rouliers en morceaux,
>   Les débris de sa cannevette ;

Ici l'on applaudit à tour de bras, tandis que Cartahu, tout fier d'être célébré dans *une Occidentale*, se redressait dans sa dignité de mousse des aspirans.

Quand l'hilarité fut calmée, Jules acheva :

Donné son paletot, ses faux-cols pleins d'empois ;
Donné tous ses habits d'uniforme et bourgeois,
 Donné sa redingote grise,
Donné ses pantalons jusqu'à la corde usés,
Son linge : caleçons, gilets, bas rapiécés,
 Même sa dernière chemise ;

Il eût donné son sac, son pliant, son couteau,
Sa flûte, en harmonie avec ce beau trousseau,
 Et sa malheureuse aiguillette,
Enfin ce béret bleu dont il est entiché,
Ses bottes, et, ma foi ! par-dessus le marché,
 Ses menus objets de toilette ;

Tout, jusqu'à son raban, sa cosse, son hamac,
Et sa provision de feuilles de tabac
 Soigneusement empaquetée,
Jusqu'à ce vieux fourneau qui sirote en fumant ;
Calice précieux qu'il nomme éloquemment :
 La sainte pipe culottée !

Et ce n'est pas Arthur, c'est un créole, hélas !
Qui l'a bien acheté en beaux et bons ducats
 Et l'a conduite à sa campagne,
Et qui, pour tous présens, lui donne l'eau des puits
A boire, à ses repas du cousse-couche, et, puis,
 Par an, de quoi se faire un pagne.

Quelques notes, hélas ! sont nécessaires pour l'intelligence de ces dernières strophes. Il faut ajouter au texte de Jules Renaud que le raban est la corde qui sert à lier ou à pendre le hamac ; la cosse est un anneau fixé sur ce raban ; il faut dire que le cousse-couche, cousse-cousse ou couche-couche, est un farineux qui sert de pain aux esclaves dans un grand nombre d'habitations ; enfin, le pagne n'est point aux Antilles, comme en Afrique ou en Océanie, un simple morceau d'étoffe enveloppant le corps depuis la ceinture jusqu'aux genoux ; c'est une sorte de robe ou de manteau en coton, dans lequel les négresses se drapent en entier d'une manière assez pittoresque.

Arthur Davis était, bien entendu, le premier à rire de la parodie, et les voix de médium, de ténor ou de fausset criaient à la fois :

— Un ban au poëte !

— Un ban pour Renaud !

— Un ban pour l'*Occidentale* !

Une salve d'applaudissemens frappés en cadence fut la récompense du chantre de Zabet, qui venait d'énumérer minutieusement toutes les pièces du *bazar* d'un élève, depuis l'octant qui sert à observer le soleil jusqu'au brûle-gueule noirci qui distrait des ennuis du bord.

A bord de la *Brillante*, les élèves, à la fosse aux lions près, vivaient en paix et fraternellement ; point de duels, point de chicanes, point de farces, pas de plastron ; une bonne et cordiale gaieté.

Le poste n'était pas même en hostilité avec le carré de l'état-major, on ne redoutait que le *Sanguinaire*, et encore était-on forcé de reconnaître que le rigide officier en second ne punissait jamais à tort. On se trouvait dans d'excellens termes avec les lieutenans et enseignes de vaisseau. On n'avait rien de commun avec le sombre et misanthrope Labranche, qui n'était, lui, ni bien ni mal avec personne.

Seul, Jules Renaud, qui faisait le quart sous ses ordres, aurait pu se plaindre de lui ; Jules ne se plaignait pas.

Monsieur Labranche apprit à la Martinique les fredaines de Fargeolles. Comme tout finit par se savoir, il n'ignora pas longtemps que la lettre de félicitation paternelle avait servi à rallumer un punch éteint ; il sut enfin que Fargeolles ne voulait plus être tutoyé par lui.

— Ingrat ! mauvais cœur ! pensa le vieil officier dont la

tristesse redoubla. Il faut nécessairement que je me rapproche de lui, que je devienne son chef direct...

Après deux heures de promenade solitaire sur le pont, lorsque le lieutenant Labranche se retira dans sa cabine :

— Si ce n'était qu'un étourdi, pourtant ! murmura-t-il, Emile Fargeolles ignore la cause de l'ardent amour que je lui porte. Je l'ai rudement morigéné, puni, battu même, il y a peu d'années. Avec l'injuste aveuglement de son âge, il m'en veut peut-être du bien que je lui ai fait...

En vérité, Fargeolles ne songeait pas plus à monsieur Labranche que s'il n'eût jamais existé. Fargeolles en vouloir à quelqu'un !... Pour être capable de haïr, il faut être capable de sentir ; Fargeolles était insensible à tout, si ce n'est au plaisir de vexer, de torturer, de bourreler quelqu'un.

Il avait Charles de Pierremont à sa discrétion absolue ; que lui manquait-il ?... Montaix s'empressait, pour lui complaire, de lui indiquer chaque jour un moyen de tourmenter Charles. Et les anciens applaudissaient, et Sergette, le gros bon garçon, riait imperturbablement.

Bertaut, le chef du poste, prononçait quelquefois des jugemens de Salomon :

— Messieurs, dit-il un jour, en ma qualité de seigneur suzerain, je prends mademoiselle Fistau sous ma protection. Celui qui la fera rougir par ses mauvais propos, ses gestes et ses grimaces, sera mis à l'amende.

— Le taux de l'amende ? demanda un ancien.

— Dix centimes, deux sous !... répondit Bertaut.

Ce fut un jeu délicat que l'amende.

Une émulation cynique devint de règle. Plus un propos était graveleux, obscène ou impie, plus on applaudissait en regardant Charles dans les yeux. S'il rougissait, on criait aussitôt :

— A l'amende ! à l'amende !

Et le préopinant mettait aussitôt deux sous dans une tirelire, dont le contenu était destiné à un festin bachique pour la prochaine relâche.

Parmi les farces sans nombre de Fargeolles, faut-il choisir ? Faut-il dire que l'on cachait la clef de l'armoire ou du caisson de Charles, au moment où il était en chemise et que le tambour battait pour l'inspection, qu'on essayait sans cesse de le mettre en défaut, qu'on mêla un jour du laudanum à ses alimens pour l'empêcher de veiller pendant son quart de nuit, qu'on lui gâchait ses alimens lorsque, retenu hors du poste par le service, il se trouvait en rétard !... Nous n'irons pas plus loin :

Quelle que soit la scrupuleuse exactitude de ce récit, le détail des mesquines vexations qui empoisonnaient l'existence de Charles n'y sera pas poussé jusqu'au bout. Mais un seul trait donnera la mesure exacte de ses souffrances.

Le malheureux enfant ne savait plus comment s'y prendre pour parvenir à écrire une lettre à sa mère et à sa cousine. C'était chaque fois un cruel problème à résoudre. Il devait saisir l'instant où Fargeolles et les trois ou quatre plus acharnés étaient absens... Ainsi aucune de ses actions n'échappait à l'impitoyable inquisition de son bourreau.

Alors Egié se sentait toute heureuse. Six mois de son travail avaient produit soixante francs d'économie. Soixante francs ! A la rigueur, c'était la somme nécessaire pour acheter une aiguillette d'or brillant, mais l'or mat était bien plus distingué, bien plus beau. Elle ne discontinua pas de travailler avec la même ardeur.

— Son aiguillette sera en or mat ! se dit-elle avec une douce satisfaction.

XI

Églé, tout occupée de son projet, sûre déjà de pouvoir acheter l'aiguillette d'or, contente d'elle-même et pleine de douces espérances, ne s'inquiétait plus que bien rarement. Elle ne songeait jamais à Fargeolles, qu'elle croyait à bord d'un autre navire; tranquille à cet égard, elle se rappelait la composition du poste de la *Thétis*, d'après les premières lettres du jeune élève, qui se louait alors de tous ses camarades.

D'un autre côté, plusieurs officiers de la frégate qui entretenaient des correspondances avec Brest avaient à diverses reprises fait l'éloge de son zèle, de son aptitude, de sa conduite excellente.

— Ses chefs l'estiment, pensait Églé, ses camarades sont bons et doivent l'aimer; il est aussi heureux que possible loin de nous, loin de sa mère et de sa fiancée!

La jeune fille se trompait au ton des lettres de Charles, écrites avec tant de difficultés et de réticences; l'œil d'une mère est plus clairvoyant.

Madame de Pierremont remarquait un certain embarras au milieu des phrases les plus expansives. Il y avait des mots cherchés, des mots évités surtout; parfois des plaintes déguisées sous des circonlocutions peu naturelles venaient affliger la pauvre mère. Elle n'osait faire part de ses craintes à Églé, mais son cœur se serrait en comparant les lettres actuelles avec les précédentes.

Charles n'y parlait plus de même. Les douleurs de la séparation et de l'absence n'étaient donc plus ses seules douleurs. De temps en temps, une amertume navrante se mêlait à ses expressions; on y remarquait une gaieté forcée qui n'était pas dans son style. Le désespoir a des éclats de rire semblables.

Charles remplissait sa correspondance de descriptions oiseuses, de détails sans intérêt, de phrases vulgaires. Il disait des riens, il ne disait pas tout. Que cachait-il donc?

Madame de Pierremont, de plus en plus soucieuse, fit prier le commandant de la *Thétis* d'interroger Charles et de lui écrire ensuite à elle-même une lettre confidentielle.

Ce fut vers la fin de mai, après bien des réflexions pénibles, qu'elle recourut à ce moyen extrême.

A l'instant où elle allait sortir avec sa lettre, Églé, triomphante, s'approcha d'elle:

— Ma bonne tante, dit la jeune fille, je voudrais bien sortir avec vous.

— C'est impossible, mon enfant, tu ne peux venir où je vais.

— Mais cependant, répondit Églé, je n'ai plus un instant à perdre pour acheter mon aiguillette d'or. Vous disiez hier que nous allions avoir une occasion excellente pour Toulon; hier enfin j'ai achevé ma tâche, j'ai remporté ma victoire, et vous savez que la promotion est pour le 16 juillet.

— Viens donc, ma chère enfant, viens, je te ramènerai ici après ton emplette, et je ressortirai seule.

Églé eut bientôt mis son petit chapeau; elle prit sa bourse de perles et alla choisir une aiguillette d'or mat.

La plus difficile des élégantes n'apporte pas tant de soins à l'achat de ses chiffons. Aucune aiguillette ne paraissait assez belle à la jeune fille. Les ferrets de celle-ci étaient trop massifs, la doublure rouge de celle-là mal taillée, mal rembourrée, mal piquée sous le trèfle, les tresses de l'une trop lâches, les nœuds de l'autre trop serrés. Madame de Pierremont ne s'impatienta pas: elle contem-

plait Églé en souriant; la joie enfantine de sa nièce lui rafraîchissait le cœur.

M. Quirinus Panier, le marchand, brave homme renommé dans Brest pour ses allures pacifiques, étala sur le comptoir tout ce qu'il possédait d'aiguillettes or mat, et eut le temps de lire un numéro complet du *Constitutionnel* avant qu'Églé fût décidée.

A la fin pourtant, elle prit une aiguillette, dont le tissu, les ferrets, le trèfle, les nœuds, les tresses et la dorure étaient irréprochables; elle l'essaya sur son épaule avec gaieté, se mira dans la glace après l'avoir attachée par quelques épingles, la détacha ensuite, la fit envelopper, et donna le fruit de ses huit mois de travail assidu, non sans un petit mouvement de fierté.

Elle sortit radieuse.

Madame de Pierremont l'embrassa, en rentrant, avec une effusion plus grande que jamais.

— Et l'occasion pour Toulon? demanda Églé.

— Je vais tout exprès voir madame la comtesse de Bellegrave. Écris une lettre d'envoi aussi longue que tu voudras; j'écrirai de mon côté.

La comtesse de Bellegrave était la femme d'un jeune capitaine de frégate qui se rendait par terre à Toulon pour y prendre le commandement de la corvette aviso l'*Éclair*.

Le lendemain matin, Etienne Fortier, comte de Bellegrave, se présenta chez madame de Pierremont, qui lui remit une petite boîte à l'adresse de son fils Charles. Deux lettres étaient jointes à l'aiguillette d'or. On eût dit en vérité que la tante et la nièce s'étaient fait le mot pour écrire à l'insu l'une de l'autre.

La mère de Charles n'aurait pas voulu qu'Églé pût connaître ce qu'elle disait à son fils. Il y avait trop d'inquiétude et de tendre sévérité dans ses questions.

« ..... Mon pauvre Charles, de quoi souffres-tu? Pourquoi cacher tes tourmens à ta mère?... Je t'en conjure, je te l'ordonne, s'il le faut, révèle-moi tes douleurs, quelles qu'elles soient !... Comment pourrai-je y porter quelque soulagement si tu me déguises la vérité... Confesse-toi à mon cœur, demande-moi les conseils et les secours dont tu as besoin. Réserve pour Églé tes descriptions sans fin et tes tirades fatigantes; n'as-tu donc plus confiance dans ta mère? Tes aveux me rendraient moins malheureuse que tes réticences... Ton verbiage est un silence cruel, tu ne me dis plus ce que tu éprouves, je ne lis plus dans ton âme. Depuis trois mois tes lettres m'attristent et me désespèrent... Charles, mon bon Charles, je sais bien que tu essayes de m'épargner une peine; je ne te fais pas de reproches, mon ami, mais que j'aimais mieux ta première lettre, toute de sentiment !... Là, n'avais-tu pas de papier à perdre en narrations d'écolier. Eh! que me fait à moi l'aspect des îles Baléares? C'est l'état de ton cœur qui m'intéresse et me touche !... »

Tel était l'esprit de la lettre entière.

Églé, de son côté, fut charmée d'avoir le droit de remplir la sienne d'expressions de bonheur et d'amour sans que sa tante dût la lire. Elle se livrait avec délices, elle s'abandonnait au bonheur d'écrire des mots dont l'innocente hardiesse la faisait rougir la plume à la main.

Ce fut Églé qui empaqueta l'aiguillette dans un joli sachet de soie qu'elle avait encore eu le temps de broder; elle lui fit un lit de ouate, plaça les deux lettres sous le couvercle, et alla ensuite se jeter à genoux en priant pour Charles, son bien-aimé.

Madame de Pierremont exprimait alors ses inquiétudes au jeune comte de Bellegrave.

— J'ai fait écrire au commandant de la *Thétis*, dit-elle, mais ce n'est point assez peut-être; j'oserai vous supplier de venir vous-même à mon secours.

— Je sais, madame, tout ce qu'on peut souffrir à bord lorsqu'on a un noble cœur comme votre jeune fils, répondit le capitaine de frégate avec émotion. Je vous jure de le questionner comme il convient, si je le trouve à Toulon; s'il a besoin de quitter son bord, il aura une place au mien.

Mais si la *Thétis* est dans d'autres parages, ajouta l'officier en montrant la boîte qui contenait l'aiguillette d'or, je joindrai à cet envoi une lettre pressante et détaillée pour mon ami Farelles, qui est précisément chirurgien-major de la frégate.

Le comte de Bellegrave tint parole; malheureusement la flotte était sous voiles quand il arriva à Toulon; il la rejoignit devant Alger, au moment même où la *Thétis* venait d'être renvoyée aux Baléares par l'amiral Duperré.

L'aviso l'*Éclair* fut retenu à Sidi-Ferruch pendant quelques jours, et prit encore une part fort active aux travaux de l'expédition. Malgré ces soins importants, le comte de Bellegrave n'oublia ni la boîte ni sa lettre au docteur Farelles.

Il confia la première à un officier d'un navire qui partait pour Mahon; il mit la seconde dans le sac de l'escadre. La boîte fut remise à Charles le soir même de l'arrivée du bâtiment; la lettre, retardée par un long triage, ne parvint que le lendemain au docteur Farelles.

Cette simple histoire, dégagée de tout récit de combat naval, de tempête ou de naufrage, ne sera pas surchargée non plus d'une inutile relation de la conquête d'Alger. Il nous suffira de dire que Charles avait bravement rempli son devoir, que son commandant le félicita du sang-froid dont il avait fait preuve pendant le débarquement, et de sa conduite à l'occasion du coup de vent qui mit en si grand péril le convoi des transports.

Charles s'était véritablement distingué; Fargeolles lui-même et plusieurs autres ayant mérité des éloges pour leur intrépidité, les rigueurs du préfet maritime de Toulon eurent enfin leur terme. A Mahon, les élèves allaient librement à terre toutes les fois qu'ils n'étaient point de service. Charles continuait de rester étranger à leurs parties de plaisir, pour nous servir ici d'un terme euphémique.

Il s'abstenait de *courir bon bord*, il n'était ni viveur, ni farceur; c'était un bigot, un cagot, un morfondu; Charles n'avait évidemment pas cessé d'être le plastron du poste. Son caractère s'aigrissait. Il souffrait d'un mal moral comparable à la nostalgie, et plus affreux peut-être.

Le gros Sergette riait beaucoup quand Fargeolles entonnait le *ranz des Vaches* en l'honneur de Charles.

Le fameux jeu de l'amende avait produit cent francs; c'est-à-dire mille fois, mille fois rigoureusement comptées, plus de dix fois par jour en l'espace de trois mois, on avait blessé le sens moral de Charles par les plus révoltantes plaisanteries.

— A demain le *fistoupin*, dit Fargeolles au moment où la dernière pièce du poste sous entrait dans la tirelire.

— A demain le gala!... à demain la bosse, la noce, le festin, le régal, la *boustifaille*...! fit la bande des élèves.

— Aussi bien, nous avons à fêter notre première classe, ajouta Bertaut.

Ceci se passait le 15 juillet 1830. Le commandant de la *Thétis* avait autorisé les élèves à prendre les insignes de leur nouveau grade à partir du lendemain.

— Nous ferons d'une pierre deux coups! s'écria Sergette en riant.

Il riait à chaque mot qu'il prononçait, comme s'il eût été le plus farceur des farceurs. Il riait aussi à tous les mots des autres, bons, médiocres ou mauvais.

— Demain, le poste des aspirans met les petits plats dans les grands.

— Demain, nous boirons à la santé de Mademoiselle...

— Et de maman, et de Mimi par-dessus le marché, ajouta Fargeolles.

Cette conversation était tenue à dîner en présence de Charles.

Charles, irrité, avait baissé le front; il ne mangeait plus. Il ne soupira point, il ne dit pas un mot, il ne fit pas un geste.

Le programme des plaisirs du lendemain, entremêlé de railleries offensantes, était développé par Fargeolles et commenté par les autres.

Un timonnier entra, il remit au jeune élève une boîte empaquetée.

— Ho! ho! cria Fargeolles. Que ça va-t-être beau !... Devine, devinaille, ce qu'il n'y a dedans de nanan !... Les paris sont ouverts...

— C'est un fromage! dit Sergette en riant, comme de raison.

— C'est un livre de messe! ajouta Montaix avec malignité.

— Je gage pour un chapelet! dit l'un de ces imitateurs qui croient avoir de l'esprit.

— Non! s'écria un certain Filipart, c'est une édition *expurgata* des *Amours du chevalier de Faublas*, que la petite Mimi envoie à son frère pour lui former l'esprit et le cœur.

— Ou plutôt, dit un cinquième en enchérissant, c'est Piron revu et corrigé par le père Loriquet, à l'usage des jeunes demoiselles.

Sergette riait, il riait toujours, et de plus fort en plus fort.

Charles déficelait sa boîte avec une émotion religieuse.

— Messieurs, les paris sont ouverts ! répéta Fargeolles. Voyons! avez-vous tous parlé?

Chacun avait dit son mot.

— C'est donc à mon tour, reprit Fargeolles.

Charles s'attendait à une monstruosité. Il n'acheva pas de défaire le paquet, leva la tête et regarda fixement son acharné persécuteur.

— Aïe !... aïe !... Mademoiselle a l'air de vouloir s'en prendre à moi, continua Fargeolles, et je n'ai encore rien dit ! Ne vous fâchez pas; soyez tranquille, Mademoiselle, le jeu de l'amende est fini, clos, archiclos. On ne vous scandalisera plus. A demain le repas monstre; nous avons assez vu de vermillon sur les lis de votre teint.

Charles, pâle et tremblant, fixait le vétéran d'Angoulême avec un sentiment d'horreur.

— Eh bien! cria la galerie.

Sergette se mit à rire d'avance, tant il s'attendait à un trait adorable.

— Eh bien! messieurs, je dis, moi, que c'est un échantillon de chemise... Cadeau de couturières!

Personne ne comprit, excepté Charles. Personne n'éclata de rire, quoique le farceur en titre eût prononcé. L'atroce allusion de Fargeolles faisait fiasco.

Seul, Sergette, né natif de Saint-Pol-de-Léon, continuait à rire sans mieux savoir pourquoi.

Mais Charles, exaspéré, s'écria :

— Qu'entendez-vous par cela, monsieur Fargeolles? — A cet accent suprême de la patience vaincue, à ce cri d'angoisse du martyr, le poste entier ricana bruyamment. Charles attendit, et quand la curiosité eut calmé ces rires, il ajouta d'une voix émue : — Vous m'avez insulté parce que je suis le plus faible, c'est lâche !

— Le plus faible a une épée comme le plus fort, murmura Montaix à demi-voix.

— *Lâche*... est bien lâché!... L'enfant parle, et parle bien !... disait Fargeolles.

Charles entendit Montaix, sourit de pitié et continua :

— Vous m'avez accablé de quolibets, vous m'avez affublé de sobriquets ridicules...

— Mademoiselle !... Mademoiselle Fistau en colère pour tout de bon !... oh ! oh ! oh ! fit la galerie.

— Vous m'avez joué mille tours indignes, poursuivit Charles; vous vous êtes fait un jeu de me choquer par vos ignobles propos !...

Ici le poste hua.

— Laissez donc finir! c'est intéressant, c'est drôle, divertissant et curieux !... dit Fargeolles en raillant. Très bien, ma petite demoiselle, allez toujours ! On ne dira plus rien des couturières... De fil en aiguille on se taira tout à fait, Ma-de-moi-sel-le !...

Charles de Pierremont ne fut plus interrompu.

— J'ai voulu prouver que j'avais un excellent caractère, j'ai subi votre persécution et vos misérables outrages sans me plaindre... Mais aujourd'hui, ce n'est plus moi que vous attaquez, c'est ma mère... c'est ma sœur...

Fargeolles feignait une confusion burlesque, il se frappait la poitrine en murmurant du bout des lèvres : *Meâ culpâ, meâ culpâ*, il s'essuyait les yeux, il soupirait, il se pâmait. Sa pantomime amusait fort ces messieurs. Si le silence eût été enjoint, par le roi des farceurs en personne, quels rires homériques Sergette eût fait entendre !

— Sans respect pour les plus nobles infortunes, continua Pierremont, vous avez la bassesse de les insulter parce qu'elles vivent du travail de leurs mains !... Eh bien ! oui !... ma mère et ma sœur sont lingères, je m'en fais un titre d'honneur, je m'en glorifie... Et vous, monsieur Fargeolles, vous êtes un faquin !...

A ces mots, Charles, levant la main, donna un soufflet au vétéran d'Angoulême, qui bondit et voulut se jeter sur lui.

Bertaut et Sergette retinrent Fargeolles.

— C'est un duel qu'il demande, dit la galerie cessant de rire.

— Oui, c'est un duel !... dit Charles d'un ton très ferme.

— Ce sera une fière leçon, Mademoiselle, hurla Fargeolles.

Pierremont haussa les épaules, et sortit du poste en emportant la boîte où étaient la lettre de sa mère, la lettre de sa fiancée et son aiguillette d'or.

XII

UN COIN OU PLEURER.

Pas un coin où pleurer !...

Pas un coin à bord où l'on puisse jouir en toute sûreté d'un seul instant de solitude ;

Pas un coin où l'on soit libre de se livrer en paix à son étude ou à son goût favori ;

Tel est le supplice de l'élève de marine condamné à la vie commune dans un poste de quelques pieds cubes.

Aussi, même sur les bâtimens où il est le mieux, le débutant dans la carrière navale perd bien vite ses illusions de collège.

Insensiblement il se dépouille de ses ridicules naïfs et de son style ampoulé ; le château de cartes s'écroule, il commence à sentir vivement le poids de sa chaîne ; il ose s'avouer qu'à bord se retrouvent toutes les vexations du collége ; la vie commune du poste lui semble insupportable, et il songe sérieusement pendant huit jours à donner sa démission.

Cette attaque de spleen le prend d'ordinaire à dix-huit cents lieues de France, dans un pays où il ne trouve aucune distraction, et généralement après une quinzaine de jours d'arrêts ou une scène avec un officier. Mais ses camarades qui ont passé par là tournent son découragement en raillerie ; on lui demande ironiquement quelle carrière il va choisir ; l'on déroule devant lui la liste infinie des professions inventées dans l'*Auberge des Adrets*, à l'usage de Robert-Macaire.

S'il se fâche sérieusement, les moqueries redoublent ; s'il veut raisonner, il est coulé bas ; on lui démontre la difficulté de mettre à exécution son coup de tête, il est forcé d'amener pavillon et d'en prendre son parti. Mais une première transformation s'est opérée en lui. Son exaltation passée a disparu, son ambition s'est déplacée, ses espérances ne ressemblent en rien à ce qu'elles étaient en partant. Avant d'avoir accompli les vingt mois d'embarquement qui donnent droit à l'aiguillette d'or, l'élève ne rêve déjà plus l'épaulette d'amiral, il aspire à celle d'enseigne.

« Quand je serai officier, se dit-il, j'aurai ma chambre à bord, je serai heureux ; je me retirerai dans mon chef

réduit, où je ferai ce que je voudrai sans témoins importuns, où je pourrai m'isoler de ceux qui me déplairont. Mon service sera bien moins dur ; je commanderai le quart, je serai quelque chose à bord, car, nous autres élèves, que sommes-nous ? de pauvres diables qu'on voie à plaisir et qu'on met à toutes sauces. Avons-nous jamais un moment de repos ? Allons ! encore dix-huit mois, encore un an, encore six mois !... je suis élève de première classe, que me fait cet avancement ? Mes fonctions sont toujours les mêmes, ma position toujours aussi subalterne, je loge toujours dans le poste !... »

L'élève suppute, il calcule ; adieu la poésie des premiers temps, son raisonnement est devenu le plus positif, il lui reste cependant des espérances pour un avenir peu éloigné, il voit le bonheur dans le prochain grade qu'il doit atteindre et dans la cellule réglementaire qui sera son domaine exclusif.

Mais Charles de Pierremont n'enviait pas la cabine de l'enseigne pour y être libre seulement, pour pouvoir dessiner, lire, étudier, faire de la musique ou de la littérature à ses heures de loisir, pour échapper à l'oisiveté inévitable qui est la première et la pire conséquence peut-être de la vie commune des postes. Il demandait, le pauvre enfant, un coin pour pleurer :

Un coin pour lire et relire, avec des larmes dans les yeux, les lettres de sa mère et les post-scriptum d'Églé ;

Un coin pour laisser échapper du fond de son cœur un soupir sans qu'un éclat de rire moqueur y répondit aussitôt ;

Un coin pour respirer, pour vivre, pour aimer...

A peine fut-il hors du poste que les élèves s'entre-regardèrent avec une sorte de stupeur.

— Au fait ! s'écria Bertaut, c'était par trop fort aussi ! Que diable ! si sa mère et sa sœur en sont réduites à fabriquer des chemises.....

— Bertaut est divin ! interrompit ironiquement Fargeolles, qui avait eu le temps de recouvrer son sang-froid. Bertaut est adorable, parole d'honneur ! Mais qui donc a imaginé le jeu innocent de l'amende ? Je vous le demande, messieurs. Qui donc est le chef du poste, s'il vous plaît ? Qui est chargé de donner ici l'exemple et de prévenir les querelles ?

Sergette ne riait plus. On s'en étonnera peut-être.

Montaix se rongeait le bout des doigts.

— Ne dirait-on pas, en vérité, s'écria Filipart, qu'il s'agit d'une affaire d'Etat. Pierremont est un gamin ; laissons-le tranquille, et que tout ça finisse !...

— Merci ! dit Fargeolles. J'aurai reçu un soufflet, et je payerais pour tous...

— Que veux-tu donc ? demanda Bertaut.

— Pierremont me fera des excuses par écrit, ou nous nous battrons dès demain.

— Pierremont n'est pas un lâche, répondit Bertaut, il ne cédera pas.

— Tant pis ! fit Fargeolles.

— Nous savons tous comment il s'est comporté à Sidi-Ferruch, ajouta le chef du poste ; tel qui parle d'épée à tous propos en eût pas fait autant.

Montaix se remordit les doigts.

C'était bien le cas de rire, mais Sergette ne rit pas ; il n'avait point compris.

Quatre ou cinq élèves prirent la parole en même temps. Ils se reprochaient aigrement les uns aux autres leurs mauvais procédés envers Pierremont. Ces récriminations dégénéraient en disputes.

Filipart prétendait prouver que Charles n'était qu'un enfant dont les voies de fait ne pouvaient être prises au sérieux.

— Après ça, dit Fargeolles toujours gouailleur, si vous êtes tous de l'avis de Filipart, je sais un excellent moyen.

— Lequel ?... lequel ? demanda Sergette avec empressement.

— Adoptez-le, je me déclare satisfait !...

Le poste fit silence. Fargeolles ajouta gravement :

— Allez chercher mademoiselle Fistau, mettez-vous tous à genoux, et qu'elle vous confirme l'un après l'autre comme elle m'a confirmé. Nous serons tous dans le même cas et je renoncerai au duel.

Sergette crut enfin pouvoir rire, Bertaut lui dit rudement :

— Ris donc, épais imbécile !... ris !... Quand tu auras fini, nous causerons.

— Ma foi ! répliqua Sergette en montrant ses gros poings, je trouve que Fargeolles a raison, parce que vous avez tous des torts envers Mademoiselle. Il n'y a que moi qui ne l'aie jamais molesté.

— Pourquoi donc comptes-tu ton rire brutal ?... riposta Bertaut, qui se sentait fort compromis comme chef du poste.

Fargeolles l'avait bien dit, il appartenait à Bertaut d'empêcher le mal, d'imposer le silence aux plus acharnés taquins, et, en un mot, de protéger Charles. Le chef du poste, au contraire, s'était signalé par la révoltante motion du jeu de l'amende.

— Assez de sottises, Fargeolles ! continua le plus ancien des élèves. En demandant des excuses écrites, tu exiges l'impossible, tu as eu les premiers torts et les plus graves ; il faut y mettre du tien...

— Doucement, monsieur le chef du poste, s'il vous plaît, reprit le vétéran d'Angoulême avec vivacité. Comment diable puis-je y mettre du mien ?... On se bat ou l'on ne se bat pas !... Eh bien ! il est mille fois évident que je dois me battre. Les premiers torts à bord de la *Thétis* sont à Montaix, qui m'a poussé, moi, et qui a recommencé les charges du vaisseau école.

Montaix était sur des charbons ardens.

— Quant à toi, Bertaut, je te trouve un drôle de corps de m'imputer les plus graves offenses ; tu faisais poser Pierremont il n'y a pas une heure ; moi, je t'écoutais sans même sourire.

— Eh bien ! dit vivement Bertaut à bout d'argumens, donne-moi un soufflet à l'instant même, nous nous battrons ensemble, et personne ne t'accusera de reculer devant un coup d'épée.

— Tu es incroyable, parole d'honneur !... D'abord, mon cher, je n'ai aucun motif de te donner un soufflet, cela ne m'ôterait pas celui que m'a donné Pierremont. Nous sommes de vieux camarades, je ne t'en veux pas, tu ne m'en veux pas non plus ; Pierremont, au contraire, est rancuneux, et ne m'a point pardonné d'avoir été son voisin à bord de l'*Orion*. S'il tient réellement à notre duel, ton beau dévoûment ne l'y fera pas renoncer. Enfin, je ne me soucie guère d'avoir deux affaires sur les bras au lieu d'une...

Le poste, qui avait approuvé Bertaut, ne put donner tort à Fargeolles.

— Mais, enfin, que faire ? reprit Bertaut découragé.

— Je ne suis pas méchant, j'aime à rire et à plaisanter !... continua Fargeolles, si Pierremont me hait, moi, je ne le hais pas ; il m'est indifférent ; je n'ai pas la moindre envie de l'envoyer *ad patres*. Que les témoins les conventions du duel avec autant de prudence qu'ils le voudront. Bien que soufleté, je me rangerai à leurs avis sans résistance...

— Au fait, il ne faut pas renoncer à notre repas monstre ! s'écria un élève ; les cent francs de l'amende seront employés au dîner de réconciliation !...

— Adopté !... dit le poste d'un commun accord.

— Eh bien ! ajouta Filipart, servons-nous de pistolets à poudre !...

— Non, saprebleu ! s'écria Fargeolles, pas d'escobarderies... que les témoins s'entendent pour diminuer les chances de malheur, mais...

— Eh bien !... nomme tes témoins ! interrompit Filipart.

— Veux-tu être le premier, toi qui parles ?

— Soit !

— Montaix, ajouta impérativement Fargeolles, tu seras le second.

Montaix n'osa refuser.

— Comment ! dit-il, tu veux deux témoins ?

— Sans doute ! Pour la plus impardonnable des insultes, on va combiner un duel anodin ; je prétends que cette responsabilité soit partagée.

— Il a raison, il a raison !... dit Filipart. Je propose maintenant le pistolet d'abordage à vingt-cinq pas. On ne peut se faire le moindre mal.

— Pourquoi ? demanda un des élèves.

— Il faudrait un vrai miracle, c'est positif. A vingt-cinq pas, avec des pistolets de ce calibre et à pierre !... ça vacille, ça dévie, ça ne porte pas !...

— Pardienne ! ajouta le gros Sergette, je touche un pain à cacheter avec des pistolets de tir, et je manque la cible avec ceux du bord.

— Messieurs, dit Fargeolles à Filipart et à Montaix, vous connaissez mes intentions ; le reste vous regarde, je ne m'en mêle plus.

Un hideux roman du marquis de Sade traînait dans le poste, Fargeolles en prit un volume et affecta de le feuilleter.

Charles s'était réfugié sur le gaillard d'avant ; il avait enfin ouvert la boîte, il avait trouvé l'aiguillette d'or dans le sachet brodé par Eglé.

Sans connaître encore les mystères de dévoûment que représentaient ces nouveaux insignes, il sentit accroître ses violentes émotions ; il eût voulu poser ses lèvres sur le sachet où il reconnaissait le travail de sa jeune fiancée ; il eût voulu laisser couler ses larmes.

Hélas ! il n'avait pas un coin où pleurer !...

Une foule de matelots l'entouraient et l'observaient avec étonnement. « Pourquoi donc monsieur de Pierremont déballait-il une aiguillette d'or sur l'avant et pas dans son poste ?... » La question était au moins naturelle.

Charles lut ensuite la lettre de sa mère, qui lui demandait toute la vérité ; le pauvre enfant tremblait.

— Mon Dieu ! je n'ai donc pas su cacher ma souffrance ?... Ma mère a deviné, elle est inquiète, malheureuse, par ma faiblesse... par ma faute !...

Encore une fois des larmes roulèrent dans ses yeux, des sanglots lui étreignaient la gorge ; mais on le regardait, on l'épiait peut-être. Il ne sanglota point, et fit semblant de s'essuyer le front pour essuyer aussi ses larmes.

Pas un coin où pleurer !...

La lettre si joyeuse, si tendre et si confidentielle d'Eglé lui fit éprouver une émotion plus pénible encore. Elle était tellement heureuse de lui donner l'aiguillette d'or ; chaque ligne trahissait tant de bonheur ! sa touchante lettre eût arraché des larmes au moins sensible des hommes.

Charles ne put se contraindre davantage, ses pleurs jaillirent, il s'appuya contre le plat-bord, et s'accroupit en mettant la main sur ses yeux.

Plus de cent marins se trouvaient autour du jeune élève.

Gaussard, le gabier, brave et digne garçon s'il en fut jamais, dit entre ses dents.

— Paraît que monsieur Pierremont reçoit de bien mauvaises nouvelles.

Quand Charles se releva et se retourna, il avait enfin surmonté son trouble ; il relisait tout à tour avec un calme forcé les deux lettres de sa mère et d'Eglé, il les relisait en étouffant de nobles et cruels soupirs, et en songeant à son duel.

Il attendait le témoin de Fargeolles.

Ce fut Bertaut, le chef du poste, qui vint le premier.

Le faible enfant eut l'énergie de regarder avec sang-froid, sans douleur apparente comme sans colère. Bertaut prit la parole d'un ton de reproche amical :

— Mon cher Pierremont, lui dit-il, vous avez été trop vif tout à l'heure...

— J'ai été bien patient, trop patient sans doute, pendant trois mois...

— Sans votre maudit soufflet, nous pourrions aisément arranger l'affaire.

— Si j'avais demandé raison de l'outrage sans outrager moi-même, dit Charles, on aurait continué de rire. Non, je n'ai pas été bien vif; non, je ne me suis pas emporté... Ai-je donc frappé tout d'abord?... Qu'ai-je fait? Je me suis expliqué, je me suis plaint avec modération, j'ai parlé avec une indignation franche et juste : personne n'a élevé la voix en ma faveur. Loin de là, on me bafouait, on me huait, on me répondait par des pasquinades. Si Fargeolles lui-même n'avait réclamé le silence, je n'aurais pu finir. Je suis élève de marine, Bertaut, et je veux être respecté comme tel.

— Écoutez, Pierremont, reprit le chef du poste, mon devoir serait d'aller faire mon rapport au commandant en second ; mais j'ai eu des torts envers vous, je m'en repens ; je viens vous prier de me les pardonner... Je viens me mettre tout à votre service ; je ne ferai rien qui puisse désobliger désormais.

— Je vous remercie, Bertaut, dit Pierremont en tendant la main ; mais il est trop tard pour déposer un rapport inutile, qui vous compromettrait sans empêcher le duel. Soyez mon témoin, prenez soin de mon honneur, et que tout ceci soit fait sérieusement, d'après les règles ordinaires...

— Si cependant je pouvais obtenir une transaction, un accommodement, dit Bertaut.

— J'avoue que je n'en vois pas de possible, répondit Charles. Rien ne me répugne autant que le duel ; il est contraire à mon sens moral, à mes principes religieux, à ma raison même. Que je tue monsieur Fargeolles, je ne serai pas satisfait et je serai très malheureux. Que monsieur Fargeolles me tue, me blesse ou m'estropie, il n'aura aucunement réparé ses torts envers moi. Le duel est absurde : mais il arrive un moment où le duel est une absolue nécessité, une fatalité inévitable.

Bertaut soupira, et, après un moment de silence :

— Fargeolles a choisi deux témoins, Filipart et Montaix ; quel autre que moi désignez-vous?

— Sergette, répondit Charles, et à son défaut qui vous voudrez.

En ce moment Filipart et Montaix accostèrent Charles et le chef du poste.

Charles refusa nettement toute espèce d'excuses.

— Loin d'en accorder de verbales, dit-il, j'en exigerais, moi, de publiques...

— Mais pourtant, ajouta Montaix, si Fargeolles consentait à te demander pardon après ta première parole, consentirais-tu à reconnaître tes torts?...

— Non!... non!... jamais! dit Charles. Avant ni après, je ne reconnaîtrai le moindre tort. Qu'il me demande pardon, lui, je renonce au duel, mais il a mérité par mille insultes mon mouvement de colère... Ce serait à recommencer, messieurs, que je recommencerais à l'instant...

— Tout ce verbiage n'a plus le sens commun, dit Filipart. Parlons du duel même.

— Le reste regarde Bertaut et Sergette, mes témoins ; ce qu'ils décideront est d'avance approuvé par moi. Je vous laisse, messieurs...

Charles se retira au plus épais de la foule des matelots, pendant que ses trois collègues rejoignaient Sergette dans le poste.

Les gens de l'équipage aimaient Pierremont à cause de sa douceur, de sa jeunesse, de son intelligence du métier et de sa bravoure.

Gaussard le vit s'asseoir auprès du bossoir de tribord, s'appuyer la tête entre les mains, rester immobile et pensif, triste jusqu'à la mort.

— Ce bon monsieur Pierremont a du gros chagrin, murmura le gabier ; il ne peut plus tenir dans le poste des aspirans. Sa mère est bien malade peut-être, ou peut-être

qu'elle est morte!... Ça fait peine de voir un si gentil garçon chaviré de même.

Le soleil s'était couché. Huit heures sonnèrent. A huit heures, la lumière des élèves était nécessairement éteint Le dernier son de la cloche fit tressaillir Charles.

— Mais il faut... il faut que j'écrive à ma mère, à mon Églé, à mon ami Jules, avant d'aller exposer ma vie !... Comment faire?... Comment faire maintenant?...

Par un bonheur inespéré, Charles trouva asile dans l petit bureau de la dunette où les timonniers de service rédigent d'heure en heure le journal du bord. Par un bonheur inespéré, il avait un coin pour être seul, un coin pour écrire, un coin pour pleurer !

XIII

LE 16 JUILLET.

Le capitaine de frégate, commandant en second de la *Thétis*, ne fut pas du tout surpris de voir six élèves venir lui demander la permission de descendre à terre, le lendemain matin, par le canot de la poste aux choux.

Le lendemain était le 16 juillet, jour de la promotion et les élèves avaient été autorisés, comme on sait, à arborer les insignes de leur nouveau grade.

Si quelques marins critiquaient ce détail, en objectant par exemple que la nomination ministérielle ne pouvait encore être arrivée à Mahon, je leur répondrais qu'il en fut exactement de même à Rio-de-Janeiro, à bord de la frégate la *Dryade*, où j'étais alors embarqué.

Depuis cette époque, en vertu de nouveaux règlements, les élèves de 2e classe doivent subir un dernier examen avant d'obtenir le grade supérieur ; mais, en 1830, nous n'étions pas encore assujettis à cette disposition. Le 16 juillet était une date officielle connue des commandans aussi bien que des élèves.

— Ils veulent fêter leurs aiguillettes d'or et les promener par la ville, pensa l'officier en second avec bonté ; ils iront faire un petit déjeuner chez Léocadie, à la *Funda del Union*. Je ne puis leur refuser. D'ailleurs, il m'en reste quatre pour le service. Très bien !...

La coïncidence détourna complètement les soupçons de l'officier supérieur.

Au point du jour, Fargeolles, Filipart et Montaix, Pierremont, Bertaut et Sergette, prirent place dans le canot, à côté de leur collègue de corvée.

La plupart d'entre eux portaient des aiguillettes d'or. Celle de Charles était la plus belle. Les élèves qui ne possédaient pas encore d'aiguillette de première classe n'en avaient pas mis du tout.

L'embarcation poussa.

— Tiens!... tiens!... dit un matelot, ils sont passés de première, les aspirans.

— Et ils s'en vont faire la noce, ajouta un autre.

— Possible, fit Gaussard, mais ça m'étonnerait.

— Pourquoi donc ça, père Gaussard? demanda le mousse du poste des élèves, témoin de la querelle, et qui éprouvait l'impérieux besoin de commettre une indiscrétion.

— Pourquoi? répondit Gaussard, parce qu'ils n'ont pas la mine à ça, malgré leurs aiguillettes neuves. Quand on va faire la noce, on commence à rire en partant du bord. Aucun d'eux ne riait, pas même monsieur Sergette qui rit toujours. Et puis monsieur Pierremont était trop triste, hier soir, en lisant des lettres ici, à cette place, pour avoir envie de faire des farces ce matin.

— Eh bien! père Gaussard, dit le mousse, vous êtes un malin. Vous avez mis le doigt dessus. Il pourrait bien y avoir un malheur avec tout ça...

Un cercle de matelots se forma autour du jeune serviteur des élèves.

En ce moment, un canot, parti du bâtiment de charge qui avait apporté la botte, accosta la *Thétis* et y déposa les lettres de France ou de l'armée d'Afrique destinées aux gens du bord. Le docteur Farelles reçut presque aussitôt celle de son ami Fortier comte de Bellegrave, qu'il croyait encore à Sidi-Ferruch. Mais l'*Éclair*, rapide aviso, entrait en rade de Mahon douze heures seulement après le transport, qui avait eu trois jours d'avance.

Dès que l'ancre fut jetée, le comte de Bellegrave descendit dans son canot pour se rendre à bord de la frégate.

Cependant la poste aux choux avait pris terre à Villa-Carlos. Les six élèves, au lieu de se diriger vers la ville, gagnèrent une éminence isolée peu distante du bord de la mer.

Sergette et Montaix portaient chacun sous le bras un pistolet d'abordage soigneusement caché dans leurs manteaux de toile cirée.

Fargeolles marchait en avant avec Montaix; il haussait les épaules de temps en temps :

— Au pistolet d'abordage! disait-il, c'est bien du Filipart! c'est bête, c'est stupide!... A l'épée, je ferais une égratignure à Mademoiselle, et tout finirait à la fourchette!... Si Pierremont s'obstine au pistolet, nous risquons de brûler dix cartouches aux moineaux. L'on entendra, l'on viendra, nous serons punis; tout ça par la faute des témoins !...

— Dame! fit Montaix, tu avais le choix des armes.

— Oui; mais je vous ai laissé faire, et vous n'avez fait que des niaiseries. Bertaut a posé en Minos, à cheval sur les règles du duel *sérieux*... L'animal ! avec ses grands mots d'honneur, de loyauté, de partie égale !... « Pierremont ne sait pas tirer l'épée; il sera inévitablement blessé... » Beau raisonnement! Ignorait-on mes intentions?... Filipart et Sergette étaient coiffés de leurs pistolets d'abordage, et toi... tu n'as su rien répondre.

— Si fait; je voulais un duel pour rire.

— Ceci sera un peu bâiller, dit Fargeolles, au lieu qu'à l'épée ce serait devenu drôle et piquant...

— *Piquant* est joli, dit Montaix.

— Mais, continua Fargeolles en gouaillant, monsieur Bertaut, qui tourne au sensible, a eu peur que Mademoiselle ne fût piquée.

— Pardienne!... le beau malheur. N'est-ce point elle qui a voulu le duel ? Qui casse les verres les paye !...

Montaix caressait de son mieux le redoutable Fargeolles; Montaix, au fond, était désolé.

Si Pierremont, par suite du duel, débarquait de la *Thétis*, ou seulement si on le respectait à l'avenir, ce serait lui, lui Montaix, qui deviendrait le plastron, la victime.

Filipart et le gros Sergette marchaient les seconds; ils étaient d'une humeur fort agréable :

— Des pistolets d'abordage, mon cher, ça ne porte pas, répétait le premier. Nous pourrons ce soir nous régaler tout à notre aise.

— Malgré ça, j'ai mal dormi cette nuit. Figure-toi que j'ai rêvé de la mère Barbachu.

— Allons donc !... histoire ancienne ! un malheur arrivé par accident !... Je te réponds, mon vieux, que nous aurons l'occasion de rire.

Avant d'être sur le terrain, Sergette avait ri cinq ou six fois, quoiqu'il portât l'un des pistolets.

Bertaut, qui donnait le bras à Charles, était touché des nobles sentiments du jeune élève. Bien qu'il fût convaincu que le duel n'aurait aucun résultat fâcheux, le calme de Pierremont accroissait à chaque instant sa bienveillance.

La fatalité improvisait une intimité sincère entre le chef du poste, promoteur du jeu de l'amende, et le brave enfant que cet ignoble assaut de cynisme avait tant contribué à mettre hors de lui.

— Cette nuit, disait Charles, j'ai écrit trois lettres, l'une

pour ma mère, l'autre pour celle que jusqu'ici j'ai appelée ma sœur, la dernière pour mon ami Renaud. Ces trois lettres sont dans mon portefeuille, que je mettrai dans ma casquette. Si j'étais tué, Bertaut, je vous les recommande. Qu'elles arrivent, et surtout sans avoir été profanées.

— On se bat tous les jours et l'on n'y perd pas un cheveu, dit Bertaut.

— Promettez-moi, sur l'honneur, qu'en cas de mort vous remplirez ma volonté.

— Je vous le jure, Pierremont; car, sachez-le bien, vous avez en moi désormais un véritable ami.

Tardive et impuissante amitié que celle de Bertaut! elle naissait après que trois mois de tortures avaient amené Charles à la déplorable extrémité du duel...

Il avait fallu, en effet, dépasser toutes les bornes pour le réduire à cette nécessité barbare et absurde qui semble être l'*ultima ratio* de notre civilisation.

Après avoir écrit ses trois lettres, Charles, qui était seul dans le bureau de la timonnerie, se mit à genoux et pria :

— Mon Dieu! suis-je donc homicide parce que je me soumets au plus inflexible des préjugés, parce que j'ai recours au duel pour obtenir la paix qu'on me refuse? je suis forcé de m'exposer à la mort, mais je ne veux pas tuer, moi!... Il m'a fallu faire le sacrifice de mes répugnances profondes; je subis une loi que je hais... Que pouvais-je donc faire, mon Dieu ?... Si je suis coupable, pardonnez-moi ; mais il me semble que je ne suis pas coupable. N'ai-je donc pas assez longtemps supporté l'outrage avec patience ? Fallait-il laisser insulter ma mère et ma fiancée, ma foi et mon amour du bien ?... Je me bats, mon Dieu ! mais vous qui lisez au fond de mon âme, vous savez que je cède à la fatalité, que je n'ai jamais provoqué ni voulu provoquer personne.

On a fait d'éloquents plaidoyers en faveur du duel; ces plaidoyers ne l'ont pas rendu logique.

On a fait d'excellens raisonnemens contre le duel, ces raisonnemens ne l'ont pas rendu inutile.

On a fait des lois sévères contre le duel, elles ne l'ont pas rendu impossible.

La religion le proscrit, et chaque jour des hommes aussi pieux que Charles s'exposent, corps et âme, en duel.

Les casuistes condamneront plus miséricorde le jeune élève de marine ; simple narrateur, nous dirons que la prière de Charles fut une prière de bonne foi, malgré l'éducation chrétienne qu'il avait reçue.

Si jamais un cœur simple et généreux mérita d'être absous d'avoir sacrifié au préjugé du duel, c'est Charles de Pierremont.

Après avoir prié pour sa mère et pour sa fiancée, il s'endormit d'un sommeil paisible.

Et maintenant, il allait, avec un triste sang-froid, se placer en face d'un adversaire indigne de se mesurer contre lui.

On avait reconnu à l'unanimité, dans le poste, qu'après avoir épuisé à bord tous les moyens de conciliation, l'on n'essayerait plus sur le terrain d'obtenir des accommodemens.

Montaix pourtant voulut encore en toucher deux mots à Fargeolles, qui lui répondit avec brutalité :

— S'il s'agissait de moi, passe!... mais nous ne sommes pas ici pour l'entendre...

Filipart mesura les pas et les fit énormes.

Les armes furent chargées sans saigner les cartouches, c'est-à-dire beaucoup trop.

— S'ils se touchent, dit Filipart à Sergette, je veux aller le dire à Rome.

On donna un pistolet à Fargeolles et l'autre à Pierremont.

Charles ôta sa casquette, la posa par terre, mit dedans son portefeuille et le montra du geste à Bertaut.

Sur son épaule droite flottait pour la première fois l'aiguillette d'or, sur son cœur se trouvait posé le sachet brodé par sa fiancée.

D'après les conventions arrêtées, les deux adversaires devaient tenir leurs armes dirigées vers la terre jusqu'au signal un! les redresser et s'ajuster pendant qu'on dirait deux! tirer en même temps au signal trois!...

Bertaut compta au milieu du plus profond silence.

Les deux coups partirent. L'une des balles siffla en l'air. L'autre avait atteint Charles de Pierremont en pleine poitrine et baigné de sang le sachet brodé.

— Trop tard!... trop tard!... trop tard!... s'écrièrent à la fois le comte de Bellegrave, le docteur Farelles et le commandant en second de la Thétis.

Les deux premiers se précipitèrent vers Charles.

Le troisième courut droit à Fargeolles.

Charles de Pierremont respirait encore.

— J'ai tiré en l'air, dit-il. Que Dieu, ma mère et mon Eglé me pardonnent!...

Et puis il mourut.

A peine le mousse du poste avait-il achevé son récit, que Gaussard était allé avertir le commandant en second de ce qui se passait. Au même instant, le docteur Farelles, qui cherchait Pierremont, apprenait tout, car le duel était déjà la nouvelle de l'équipage. Le capitaine de frégate et le chirurgien major se hâtèrent de descendre en canot: mais, quelle qu'eût été leur diligence, ils arrivèrent trop tard!...

De son côté, le comte de Bellegrave, qui passait en canot, avait vu les élèves faire les derniers préparatifs; aussitôt il avait abordé à terre... mais...

Charles de Pierremont était frappé.

Il n'eut que le temps de prononcer une seule parole dans laquelle se peignait son cœur.

Poussé à bout, il avait obéi à un préjugé fatal, il avait eu recours à la loi de fer du duel, mais il ne mourait pas homicide, car il n'avait pas tâché d'atteindre son adversaire; il avait tiré en l'air.

Fargeolles consterné disait à Montaix:

— C'est un hasard! je n'ai pas même pu viser. J'avais le soleil dans les yeux!...

— Ah! messieurs les élèves, s'écria l'officier en second de la frégate avec un accent de douloureuse colère, vous allez avoir de terribles comptes à rendre!

Filipart disait à Sergette:

— Qui se serait imaginé que des pistolets d'abordage, à pierre, chargés à si forte charge, feraient un malheur!...

— Si j'avais su, répondit Sergette, je vous aurais assommé l'un après l'autre plutôt que de souffrir ce duel...

Filipart n'eut garde de relever le propos; la douleur de Sergette se fût trop promptement convertie en fureur.

— Pauvre Pierremont!... dit encore le gros rieur de Saint-Pol-de-Léon; il valait mieux à lui seul que nous tous ensemble!...

Bertaut pleurait à côté du cadavre.

Montaix avait peur.

Ce fut une affreuse journée pour tous les élèves de la Thétis que le 16 juillet, jour de la promotion de première classe.

Nous n'essayerons pas de peindre leur retour à bord, ni la juste colère du commandant en chef, ni les murmures de l'équipage, ni les regrets de l'honnête Gaussard, ni les reproches amers que s'adressèrent les uns aux autres les coupables du fratricide.

Avant de se rendre à la fosse aux lions, Bertaut, le chef du poste, alla remettre cent francs au capitaine de frégate, en lui disant que les élèves destinaient cette somme aux frais du convoi de l'infortuné Pierremont.

— Je connais l'origine de cet argent, monsieur, répondit l'officier supérieur. Le ministre saura combien vous avez mal rempli vos devoirs de chef du poste des élèves.

Conformément aux dernières volontés de Charles, ses trois lettres furent expédiées à Jules Renaud, à Eglé et à sa mère, et avec ses lettres, son aiguillette d'or...

Son aiguillette, qu'il ne porta qu'un matin pour aller se faire tuer par Fargeolles.

Le comte de Bellegrave et le docteur Farelles, restés sur le terrain, se serrèrent la main en silence.

— Malheureuse mère!... murmura le premier après cette muette étreinte.

— Infortunée jeune fille! dit le chirurgien major.

— Dès aujourd'hui, reprit le commandant de l'Eclair, j'écrirai à ma femme d'aller rendre visite à madame de Pierremont, et de lui prodiguer ses soins.

— Ne sera-t-il point encore trop tard!... dit amèrement le docteur.

A bord de la Thétis, la discorde ne tarda point à éclater dans le poste des élèves avec une véritable furie; mais nous ne nous appesantirons pas sur ces tristes scènes.

Les élèves, en butte à l'inimitié des matelots, durent tous être débarqués peu de temps après.

Le hasard fit que Fargeolles et Montaix reçurent la même destination.

Bertaut, Sergette, Filipart et les autres, plus ou moins mal notés, furent dispersés sur les navires divers. C'est de Bertaut que, pour ma part, je tiens les détails de cette histoire. Il s'accusait de ses fautes avec un repentir touchant. Tous nos camarades savent que Bertaut est aujourd'hui l'un des officiers les plus distingués de la marine. Nul ne professe autant d'horreur que lui pour les farces et les farceurs; mais Sergette rit toujours.

Quant à Filipart, marin médiocre et passionné chasseur, il n'a pas cessé de regarder comme un accident invraisemblable la mort de Charles de Pierremont.

Un an après cet événement tragique, le 16 juillet 1831, Montaix, devenu le plastron ordinaire de Fargeolles, mourut d'une révolution de bile, emportant après lui la réputation de lâche honteux. Alors Emile Fargeolles avait reconquis celle de vaillant luron et de farceur.

Un an dans la marine, c'est un siècle en terre ferme. Durant cette année, pourtant, la fin déplorable de Charles de Pierremont avait entraîné d'autres conséquences dramatiques.

XIV

JULES RENAUD.

Jules Renaud menait à bord de la Brillante une existence douce et agréable. Son caractère facile lui avait fait autant d'amis de tous ses collègues, braves garçons qui savaient s'amuser sans tourmenter personne.

Le poste de la Brillante était le contraste complet du poste de la Thétis. La gaieté la plus franche remplissait les heures de loisir.

Nous n'avons pas craint de risquer l'esquisse de la vie commune des dignes camarades qui se groupaient autour de Jules Renaud. Elle devait faire division dans des pages trop cruellement vraies. Et d'ailleurs, la première partie de cet ouvrage est consacrée à la physiologie de l'élève ou aspirant, comme la seconde doit l'être à celle de l'officier de marine.

Depuis l'entrée à bord du vaisseau école jusqu'à l'époque où il a droit à porter l'aiguillette d'or, nous n'avons cessé de suivre et d'observer notre type sous des caractères divers.

Consacrons-lui encore quelques pages; aussi bien ne tardera-t-il point à nous échapper.

Nous avons dit les désenchantements qui succèdent à ses illusions juvéniles; avant même d'avoir conquis le grade d'élève de première classe, il voit le bonheur dans celui d'enseigne. Ce bonheur fuira sans cesse devant lui, et un jour, commandant un navire lui-même, il soupirera tristement et jettera un regard en arrière en disant : « Où est devenu le temps où je portais l'aiguillette ! »

Misérable regret d'une jeunesse dont on a oublié les peines, mais cruel témoignage de l'absence du bonheur dans la carrière parcourue.

Lorsqu'on a dix-neuf ou vingt ans, qu'on mène une vie active et fréquemment accidentée, les tristes pensées ne peuvent longtemps conserver le dessus ; la découverte de la vérité afflige l'élève pendant quelques jours, elle ne le démoralise pas ; l'on a peu d'exemples d'aspirans sérieusement atteints de nostalgie.

L'élève combat ses ennuis par la recherche du plaisir ; grands dîners, punchs délirans, amours faciles, il ne se refuse rien et se rapproche du matelot en dépensant en deux jours ses appointemens du mois ; ensuite il fait des dettes : advienne que pourra ! Ce grand train-là n'est pas de longue durée, les créanciers y mettent bon ordre ; des plaintes sont portées contre lui à l'autorité du port, et alors, si par hasard il est débarqué sans trouver aussitôt un autre bâtiment, il se voit réduit à la plus profonde débine. Il faut se loger sous les toits, vivre en Romain, et renoncer à tous les plaisirs qui frappent à la porte ; il faut souffrir le supplice de Tantale. Mais heureusement on a des camarades, et quand il en descend à terre, on jouit encore de quelques bons momens. D'ailleurs, l'ordre d'embarquement ne se fait pas indéfiniment attendre, et les instans de détresse par lesquels il a fallu passer sont plus tard d'un agréable souvenir.

— Sous la république et l'empire, disent les vieux officiers, c'était pour les aspirans le règne de la *rafale*. Mais aussi comme on s'amusait ! Quand nous étions réunis quatre ou cinq dans un galetas, et qu'un de nous parvenait à se procurer des espèces, quelles noces nous faisions ! ce temps-là n'est plus ; les élèves d'aujourd'hui sont des muscadins : ils payent leur tailleur, portent des gants et se font friser ! nous savions mieux jouir de notre jeunesse.

De tels reproches ne sont pas d'une justesse mathématique, mais l'extension de notre marine militaire laissant rarement les élèves dans les ports sans embarquement, ils n'ont plus les coudées aussi franches. En pays étranger, il leur est impossible de se livrer aux mêmes excès : il n'est jamais permis de découcher, et l'on ne va pas à terre comme on voudrait. Il est fabuleux d'y posséder un cœur sensible ; le seul plaisir un peu pittoresque qu'on se donne, c'est une *bosse* avec les Anglais. Une bosse ou une biture, c'est-à-dire une orgie, est de rigueur en certaines circonstances.

Un vaisseau anglais est stationné en rade de Smyrne ; arrive une frégate française : les commandans et les officiers des deux nations se rendent visite et se traitent les uns les autres ; les élèves et les midshipmen se recherchent et s'invitent à dîner : c'est dans l'ordre. Si les Anglais ont donné l'exemple, l'aspirant chef de gamelle prend éloquemment la parole un beau matin, après le déjeuner, et n'a pas de peine à démontrer que, pour l'honneur du poste et de la France, il faut leur rendre un festin dont il soit parlé dans toutes les marines du monde.

— Messieurs, les eaux sont basses dans notre sac, nous n'avons plus qu'un mois de traitement, et il faudra attendre bel âge avant d'être remis à flot par les noyaux du commissaire. C'est historique et peu flatteur, j'en conviens ; mais j'en appelle à votre patriotisme, pouvons-nous *brasser à culer* ? Que chacun crache au bassinet quelques gourdes, et nous enfoncerons les Anglais !

Il dit, et les crédits supplémentaires sont aussitôt votés par acclamations.

Quand arrive le grand jour, un couvert somptueux est dressé dans le poste, les vins de toute espèce se succèdent, on s'échauffe, on chante, on hurle ; à la fin du repas, les midshipmen parlent français, les élèves pérorent en anglais, on se pousse, on s'embrasse, et l'on finit toujours par briser le matériel du festin. Cependant il est neuf

heures du soir, un vacarme affreux retentit dans la frégate, le repos de l'équipage en est troublé, et le commandant donne l'ordre d'amener la chaloupe pour conduire immédiatement tous les convives à terre. Ils débordent en écorchant l'*Andalouse au sein bruni* et le *God save the queen ;* longtemps le silence de la rade est troublé par leurs cris ; enfin ils sautent sur le quai et vont terminer où ils peuvent leur saturnale maritime.

Le lendemain, un verre ébréché et une assiette écornée figurent devant chaque matelot, et, chose plus affligeante ! un plat de haricots et un vaste fromage de Hollande forment tous les apprêts du déjeuner ; il en sera de même de tous les suivans, et les dîners n'en différeront que par une ration de lard ou de bœuf.

— La gamelle *est à la côte* pour trois mois, dit solennellement le chef de l'ordinaire.

— Connu ! connu !

— C'est égal, les Anglais ont été coulés, n'est-ce pas ?

— C'était autrement tapé que chez eux.

Du reste, après ce jour mémorable, on ne fréquente plus les midshipmen, et il faut une fête nationale ou quelque événement fortuit pour rapprocher de nouveau les deux postes. On se dit à peine bonjour, quand on se rencontre à terre ou en rade, et l'on finit par s'oublier totalement, jusqu'à semblable occasion, bien entendu.

Charles de Pierremont est une exception assez rare ; mais on conçoit qu'il est certaines natures sérieuses ou artistes qui doivent souffrir incessamment sous le frac d'élève.

Que devient le piocheur qui essaye de travailler à une épure pendant que ses camarades se mettent à batailler autour de lui ? Quelles contrariétés n'éprouve pas le jeune homme passionné pour la musique, le dessin ou la littérature ? Les caractères susceptibles, qu'un déluge de lazzi accueille à chaque parole, ont surtout horreur de cette existence commune et soif d'isolement. Il faut qu'un élève s'accommode de tout, même de l'oisiveté, qu'il ait le verbe haut et la riposte prompte ; la vivacité et l'audace le caractérisent, l'insouciance doit le compléter.

L'insouciance est presque une grâce d'État pour le marin.

L'élève modèle du genre, Jules Renaud par exemple, pouvait passer pour tel, est aimé du matelot. Sur le gaillard d'avant, il est estimé à plus d'un titre.

— C'est un bon enfant et un solide, disent les marins ; quand il est de corvée dans la chaloupe, il nous dit : « Ah çà ! je vous permets d'aller boire un coup, mais celui qui n'est pas de retour dans cinq minutes, gare dessous ! je ne le rate pas, et une autre fois il verra la terre au bout d'une gaffe. » Hein ! c'est bien parlé ; il n'a pas peur qu'on lui file, il sait qu'on le connaît ; c'est pas un chien comme y en a dans le service.

Les élèves savent que leur devoir est d'être les premiers partout où il y a du danger ; si un homme tombe à la mer, ils se précipitent dans leur canot de sauvetage et saisissent un aviron sans hésiter ; dans les débarquemens ils ne le cèdent à personne, les officiers ont peine à modérer leur ardeur, et les plus enragés des matelots à les suivre au pas de course. Dans un incendie, ils sont aussitôt rendus en haut que les gabiers eux-mêmes ; à l'œuvre, leur enthousiasme se réveille, ils sont intrépides et infatigables. A Bone, à Bougie, à la Vera-Cruz, l'élève conquiert l'épaulette ou la croix ; par un gros temps, s'il faut donner l'exemple pour monter sur les vergues, tous les aspirans s'en disputent l'honneur.

Ce hardi jeune homme, le premier à l'abordage et le dernier à se rembarquer lors d'une expédition à terre ; ce stoïque viveur dans la mansarde ou dans le poste, débauché dans l'orgie, insensible aux privations, toujours joyeux malgré la perte de ses plus beaux rêves de gloire et d'indépendance, toujours prêt à déployer une témérité opiniâtre ; cet aspirant, en un mot, prenez-le par la main, introduisez-le dans un bal de bonne compagnie, il est timide et gauche, n'ose prononcer une parole et n'a pas le courage d'inviter une danseuse. Il se retire tout pensif dans un angle du salon, et dévore du regard une jeune personne dont il vient de faire la dame de ses pensées. Enfin, par un effort désespéré, il vient à bout de rompre la glace. Au moment où l'on commence à se retirer, il va implorer en balbutiant la prochaine contredanse; si par hasard il est arrivé à temps encore, il le regrettera bientôt, ne trouvera pas un mot à dire, et déplorera amèrement une tentative qui lui fait jouer le plus triste rôle. L'élève de marine est aussi inflammable qu'une allumette chimique allemande; au moindre frottement, le voilà éperdument amoureux; il brûle ensuite pour la vie... ou plus ordinairement jusqu'à la première relâche.

Quand il a fait quatre campagnes, il trouve dans ses plus tendres souvenirs une certaine quantité de passions également éternelles, dont deux Espagnoles et une Anglaise au moins, une créole de la Martinique, une Brésilienne, Chilienne ou Péruvienne; enfin plusieurs passagères de toutes nations. Il en parle avec une légèreté mêlée de tristesse, rit de ses amours sans résultat, de tant de romans commencés et jamais finis. Quelquefois cependant l'impression a été plus profonde.

« Que les gens du monde se récrient sur le beau côté de la vie du marin, dit-il alors, qu'ils vantent le départ qui délivre de tout engagement et permet de voltiger de fleur en fleur, sottises que tout cela!... Trois cases en chaume, un visage ami, des soins hospitaliers; ajoutez une femme aimée à ce tableau, en voilà plus qu'il n'en faut pour m'attacher à un lieu de mouillage, fût-il situé à l'île de Jean-Mayen. Mais quand nous nous sommes créé des habitudes, quand nous sommes parvenus à trouver l'emploi de nos soirées à terre (ce grand problème si difficile à résoudre en pays étranger), quand nous commençons enfin à jouir un peu des plaisirs de la société la plus douce, la plus naturelle à l'homme, l'ordre du départ, inhumain, inexorable, nous force à tout rompre. Peut-on vivre ainsi à vingt ans? »

Du reste, si forte si soit la dose d'amour ou de mélancolie qu'a prise l'élève de marine, soyez sans inquiétude, un contre-poison sûr lui est réservé. Ce remède souverain, c'est le brevet d'enseigne de vaisseau, si longtemps attendu, si ardemment désiré. En le recevant, à bien le loisir de se poser en Werther; le désespoir cède vite aux vertus magiques de la première épaulette: avec elle le cortège des illusions revient comme par miracle, et dans un pareil instant on est bien excusable, ma foi! d'oublier les vagues images d'une série d'inhumaines éparses aux quatre coins du monde.

Voilà comment finissent les amours de l'aspirant de marine. Le nouvel enseigne les laisse dans le poste avec sa vieille aiguillette noircie; il franchit la coursive qui conduit dans le carré des officiers, il y pénètre. Mais Jules Renaud n'en est point encore là.

Nous n'avons pas tout à fait le droit de sortir du poste de la *Brillante*, dont le recueil d'*Occidentales* et un album charivarique ont immortalisé la mémoire dans la station des Antilles.

On lui doit en effet une collection de caricatures dans lesquelles les collaborateurs commencèrent par s'immoler réciproquement, afin d'avoir le droit d'atteindre monsieur Labranche le *Sanguinaire*, et le commandant lui-même, qui prit la plaisanterie en bonne part.

On lui doit un chansonnier maritime-burlesque dont l'étude ne sera interdite qu'aux jeunes filles au-dessous de vingt-cinq ans.

Quiconque connaît tous les couplets de la complainte Barbachu sait que la verve scandaleuse de Fargeolles ne s'arrêtait pas de même à mi-chemin.

On se récréait aussi dans le poste de la *Brillante* avec la théorie du déjeuner en six temps imitée de l'exercice du fusil, et l'école du dîner en douze commandemens parodiée de l'école du canon.

A terre, les élèves prenaient des plaisirs moins maritimes et plus coloniaux; ils étaient reçus en jeunes gens

comme il faut dans plusieurs maisons de Fort-Royal. Chez monsieur Desgalets l'ordonnateur, par exemple, on s'est longtemps rappelé avec satisfaction l'époque de la station de la *Brillante* à Fort-Royal.

Maman Titine, Calypso et les autres femmes de couleur qui ont le privilège d'offrir des sièges aux officiers de la marine quand ils prennent le frais sur la savane, font encore l'éloge de Jules Renaud, de Ferragus, d'Edmond d'Arthur Davis. Nous en passons, et des meilleurs.

Mais, à l'approche de l'hivernage, la corvette reçut l'ordre de se préparer à retourner en France. Jules Renaud et ses compagnons applaudirent avec joie.

La traversée de la Martinique à Brest ne fut pas moins charmante que le reste de la campagne; malheureusement, à l'arrivée, les tristes adieux de Charles vinrent déchirer le cœur de Jules Renaud.

— Mort!... mort!... Pierremont est donc mort!... s'écriat-il amèrement. Oh!... je le vengerai! Ne rencontrerais-je que dans dix ans ce scélérat de Fargeolles, il faudra qu'il me tue, moi aussi, ou je le tuerai!

Peu de jours auparavant, la comtesse de Bellegrave s'était fait annoncer chez madame de Pierremont.

L'on ne saurait peindre en termes assez touchans le spectacle qui frappa ses regards.

La noble veuve mourante était soignée par une jeune fille pâle, défaillante elle-même, qui la servait sans prononcer une parole.

C'était le silence du deuil interrompu seulement par des prières de mort.

Madame de Bellegrave remplit scrupuleusement sa mission pieuse; mais quelles consolations offrir à cette mère sainte dont les larmes coulaient vers Dieu? La jeune femme s'associa discrètement à la muette douleur des deux martyres. Tous les jours, elle passait des heures navrantes au chevet de la mère de Charles.

Hélas! le docteur Farelles avait trop bien senti que madame de Pierremont ne survivrait pas à la perte de son fils.

— Ne maudis pas le meurtrier, ma pauvre Eglé, mon enfant!... Pardonne à celui qui me tue et qui t'a ravi le bonheur!

Telles furent les dernières paroles de madame de Pierremont.

Eglé anéantie lui ferma les yeux, et tomba épuisée par son dévouement filial.

Eglé restait seule au monde, seule et n'ayant pour tout bien que l'aiguillette d'or de son fiancé.

Immobile, glacée, glacée comme le cadavre de madame de Pierremont, Eglé tenait encore entre les mains le triste gage de son amour.

Combien d'heures horribles s'étaient écoulées, combien de coups funèbres avaient retenti sur l'airain depuis la mort de la noble veuve!... On ne sait...

La mère et la fiancée de Charles étaient pâles et froides toutes deux;

Toutes deux gisantes, celle-là sur le lit de mort, celle-ci sur le plancher de leur pauvre demeure, où Charles s'était tant promis de ramener l'aisance.

Leurs regards étaient également ternes;

Mais sur les traits de madame de Pierremont une expression de douleur sereine se mélangeait à un céleste espoir de l'autre vie;

Sur les traits d'Eglé, la douleur et le désespoir seulement.

Eglé vivait.

Le cœur de la fiancée n'avait pas encore cessé de battre, lorsqu'entra la comtesse de Bellegrave, qui la fit transporter chez elle.

En descendant à terre, Jules Renaud apprit avec désespoir les dernières conséquences de la mort de son ami. Jules obtint d'être présenté à Eglé.

La jeune fille, entourée des soins les plus délicats, mais accablée par une maladie morale qui la dévorait lentement, le reçut avec calme.

— Je vous attendais, monsieur Renaud, lui dit-elle. Vous étiez son ami, il vous aimait !... Si je dois survivre à sa perte, c'est à Dieu, à Dieu seul que j'appartiendrai !...

Jules s'inclina respectueusement ; il eût voulu se mettre à genoux devant la pieuse orpheline.

Eglé poursuivit avec effort (l'aiguillette d'or était à côté d'elle) :

— Si j'étais sûre, bien sûre de mourir, je ne m'en séparerais pas !... murmura-t-elle ; mais ils disent que je suis jeune, que je vivrai !... Et les ministres de la religion m'ordonnent de vivre au nom de Dieu !...

Jules Renaud écoutait, recueilli dans sa douleur.

Eglé prit l'aiguillette d'or et dit ensuite :

— C'est le symbole d'un amour qui n'est plus de la terre. Il faudrait m'en dépouiller avant de me consacrer à Dieu et à ses pauvres !... Dès aujourd'hui, j'en ferai donc le sacrifice. Monsieur Renaud, je vous en prie, acceptez son aiguillette d'or.—Jules reçut ce présent sacré avec une émotion inexprimable. Mais un désir de vengeance brillait-il dans ses regards... ou bien la jeune fille pénétra-t-elle ses pensées ?... Elle, accroissant en tremblant : — Je vous la donne, monsieur Renaud, à une condition...

— Cette condition est acceptée d'avance, mademoiselle, dit Jules d'une voix altérée.

— ...C'est que vous n'essayerez jamais de venger sa mort !...

Jules avait retenu ses larmes jusqu'à ces mots, mais alors il pleura.

DEUXIÈME PARTIE

—

SŒUR AGLAÉ

—

I

LES RENCONTRES.

A peine la *Brillante* fut-elle désarmée, que le capitaine Labranche partit pour Toulon à la recherche de Fargeolles. Fargeolles s'était trouvé à plusieurs affaires sur la côte d'Afrique. Par son courage, par son zèle, il était déjà parvenu à faire oublier le duel du 16 juillet.

On remarque que les mêmes intermittences se reproduisaient toujours dans sa vie. Si son aptitude incontestable eût été dirigée vers le bien, Fargeolles serait devenu sans contredit un officier de premier ordre ; mais il ne déployait guère ses qualités que contraint par quelque force majeure, pour obtenir une faveur ou pour racheter une faute.

Fargeolles avait une bravoure réelle ; il ne manquait pas d'esprit. Lorsqu'il voulait sortir de la sphère du cynisme, il y parvenait aisément ; lorsqu'il cessait de rechercher les plaisanteries grossières, il pouvait briller encore et se faire remarquer dans un salon. Nul ne maniait l'ironie avec plus d'adresse. Il possédait un tact égoïste, mais très fin ; il en usait maintenant auprès de ses chefs. Il n'avait pas cessé d'être taquin pour ses égaux et cruel pour ses subalternes ; mais il n'était plus frondeur. Enfin il possédait le sang-froid excessif de l'homme absolument insensible.

Émile Fargeolles servait sous monsieur de Kergal, officier de l'ancienne marine, loyal caractère qui se laissait tromper aisément, plaçait le courage au-dessus de tout, n'admettait pas que la bravoure pût jamais s'allier à la bassesse de sentimens, et, du reste, ne croyait pas à la méchanceté pure.

L'erreur de monsieur de Kergal est vulgaire. Nous qui faisons ici de l'histoire, nous sommes certainement accusé d'avoir pris un misérable plaisir à imaginer un monstre.

L'intrépidité de Fargeolles avait séduit l'officier supérieur ; et enfin monsieur de Kergal avait connu jadis le capitaine Fargeolles, son père, marin de grand mérite célèbre dans tous les ports de la Manche par des exploits de corsaire presque incroyables.

Malgré l'excellente position qu'occupait Fargeolles à bord de son nouveau bâtiment, monsieur de Kergal n'hésita pas à lui adresser les plus sévères reproches. Il le jugea d'un ton courroucé ; il lui parla de la mort de Pierremont avec une sorte d'horreur ; il lui en raconta les suites d'une voix irritée :

— Du même coup, dit-il, vous avez tué sa mère et brisé l'avenir d'une innocente jeune fille que le pauvre enfant eût rendue heureuse !... Il faut, Émile, que des liens bien puissans m'attachent à vous pour que je ne vous maudisse pas !

Fargeolles, impassible, écouta le vieil officier jusqu'au bout ; ensuite il répondit du ton le plus froid, en pesant chacun de ses mots :

— J'ignore, monsieur Labranche, quels liens si puissans vous attachent à moi ; je reconnais toutefois vous devoir de grands services ; je voudrais m'en acquitter envers vous... Cependant, monsieur, je suis majeur, et, seriez-vous mon père, je vous parlerais aujourd'hui comme je vais vous parler : Il est temps, monsieur, que votre tutelle ait un terme. Je suis élève de première classe, vous êtes lieutenant de vaisseau, je désire, monsieur, ne vous être subordonné que pour affaires de service...

Le capitaine Labranche pâlissait et frémissait; Fargeolles poursuivit avec un sang-froid impitoyable :

— La mort de Pierremont est un malheur, une fatalité! La mort de sa mère en est la conséquence, autre fatalité! Je me suis battu loyalement, conformément aux règles et aux conventions faites... Quiconque se bat en duel s'expose à tuer et à être tué. Je ne souffrirai pas que personne me reproche comme un crime ce que j'ai fait, et que je referais en pareil cas. Savez-vous bien, monsieur Labranche, que j'ai été soufflet? Enfin, maudissez-moi ou ne me maudissez pas, je vous déclare, monsieur, que peu m'importe... Votre malédiction n'est pas une affaire de service.

Monsieur Labranche sentit une sueur froide parcourir ses membres ; il était foudroyé, il était blessé dans les replis les plus secrets de son cœur.

— J'aurais mieux aimé, pensa-t-il, qu'il me donnât dix coups de poignard !... Oh! mon Dieu! suis-je donc maudit moi-même? Mes fautes ne trouveront-elles jamais grâce devant vous? Est-il, même en enfer, un supplice comparable au mien?...

Le lieutenant de vaisseau, pétrifié par la cruelle réponse de Fargeolles, restait muet.

L'élève le salua profondément et se retira.

Monsieur Labranche redescendit en canot, et passa plusieurs jours en proie à la plus violente agitation. A dater de cette entrevue avec l'ingrat Fargeolles, sa tristesse ne cessa de s'accroître.

Plus misanthrope, plus sombre que jamais, il finit par être regardé comme un monomane incurable.

Du reste, tout le monde savait que monsieur Labranche

avait passé plusieurs années sur les pontons anglais, et qu'il en était revenu fort changé. Par suite des mauvais traitemens qu'il y avait subis, son humeur et sa mémoire surtout étaient fort altérées. On se rappelait, en effet, qu'à son arrivée à Toulon il eut peine à reconnaître ses plus proches parens.

Cependant ses qualités de marin le firent maintenir alors sur les cadres de l'armée navale. Depuis sa rentrée au service, il avait mérité cent bonnes notes; nul, par exemple, n'était meilleur officier en second.

Enfin, par une bizarrerie extraordinaire, il avait officiellement renoncé à tout avancement, en demandant toutefois de n'être pas mis à la retraite. Ses démarches pour obtenir cette position exceptionnelle auraient suffi à tout autre pour arriver au grade supérieur.

Le lieutenant de vaisseau Labranche naviguait constamment. Il rendait d'excellens services, et jouissait d'une estime d'autant plus grande qu'il ne faisait ombrage à personnage.

Quant à sa monomanie, les gens qui tiennent à tout expliquer l'attribuaient bénévolement à sa haine pour les Anglais. En général, on ignorait ses rapports avec Fargeolles, et l'on n'en parlait presque pas.

Malgré l'entretien dont nous venons de rendre compte, le vieil officier ne se découragea point, il continua de suivre Fargeolles dans sa carrière; par tous les moyens il s'efforçait de le corriger et de lui être utile.

Peu à peu les nombreux services qu'il lui rendit rétablirent entre eux des relations sinon affectueuses, du moins convenables. Fargeolles alla même jusqu'à lui écrire quelques lettres; monsieur Labranche en fut touché; il espéra que jeunesse se passerait. Il se faisait illusion.

Vers la fin de 1833, monsieur Labranche était alors en Chine, — moins d'un an après la nomination générale de notre promotion au grade d'enseigne, Fargeolles et Jules Renaud se retrouvèrent ensemble à bord de la *Victorieuse*, montée par le comte de Bellegrave.

En acceptant l'aiguillette d'or, Jules avait promis à Églé de ne jamais essayer de venger Charles. Nous avons dit ailleurs qu'aucune animosité ne pouvait occuper le cœur généreux de Jules Renaud, qui se trouvait dans les bonnes grâces de son commandant, aimé de tous les autres membres de l'état-major, populaire parmi l'équipage, dont faisait partie le gabier Gaussard.

Fargeolles, au contraire, était assez mal vu, il se conduisait politiquement et cauteleusement. Dernier venu à bord, il n'était pas en position d'y exercer une influence pernicieuse. Mais, par son rang d'ancienneté, il aurait dû commander la compagnie de débarquement à l'époque où une révolte éclata dans les troupes allemandes de Rio-de-Janeiro.

Sur la demande de l'empereur du Brésil, l'escadre française envoyait à terre un bataillon de marins.

Fargeolles ne fut pas prêt à partir à la tête de sa compagnie.

Par ordre du comte de Bellegrave, Renaud le remplaça impromptu.

Renaud se signala, en contribuant plus que personne à apaiser l'insurrection.

Mais à son retour à bord, le soir, Fargeolles lui chercha querelle. Un duel sérieux devait s'ensuivre.

Heureusement, le gabier Gaussard s'en douta. Grâce à lui, le commandant fut prévenu aussitôt; et, dès le lendemain, avant que les deux enseignes eussent pu descendre ensemble à terre, Jules, ainsi que Gaussard, furent embarqués sur la *Légère*, qui partit pour la France le jour même.

En 1835, Jules Renaud et le gabier Gaussard rembarquèrent, chacun de son côté, sur la corvette de charge la *Sévère*, commandée par monsieur de Kergal. Le capitaine Labranche était lieutenant du bord.

Un officier y manquait.

Une corvette de charge, lorsqu'elle est en partance pour une destination lointaine, avec son personnel, ses passagers, ses bestiaux et ses cages pleines de volailles, est quelque chose qui ressemble plus à l'arche de Noé qu'à un navire de guerre. Sur l'arrière, on voit des officiers de troupe, des femmes, des enfans, des bourgeois dépaysés; sur l'avant des soldats, ou pour parler la langue du bord, des *militaires*, gênés, coudoyés, ennuyés et maudissant l'équipage qui les malmène; les vents qui les retiennent, leur sort qui les envoie en garnison au delà des mers. Les moutons bêlent, les bœufs mugissent, les coqs chantent, les poules gloussent, les matelots jurent et les officiers du bord sont d'une humeur massacrante.

Telle était à peu près, au commencement de juin, la situation de la *Sévère*, prête, depuis plus de huit jours, à faire voile pour l'île de Bourbon. Il ne lui fallait qu'un peu de brise favorable afin de sortir de la rade de Brest; mais, par une fatalité fréquente à la pointe occidentale de la France, à peine les troupes étaient-elles embarquées que les vents avaient tourné à l'ouest, ils venaient droit du côté du Goulet; maintenant on attendait leur bon plaisir.

Le 12 enfin le vent du large s'apaisa, le calme survint, et le 15 la brise soufflait de terre; l'on se disposait définitivement à appareiller, lorsque l'interprète officiel du préfet maritime, le sémaphore, fit le signal de retarder encore le départ. Les matelots et les soldats ne continrent pas cette fois leur mécontentement; au delà du grand mât, mainte imprécation énergiquement accentuée répondit au malencontreux guidon qui suspendait ainsi les opérations de la corvette. Dans la partie aristocratique du bâtiment, les plaintes, plus brutales par la forme, n'étaient pas moins amères au fond.

— En vérité, monsieur Renaud, disait dogmatiquement un petit sous-commissaire de marine à l'enseigne de quart, en vérité, sous ce gouvernement, il n'y a qu'ordre, contre-ordre et désordre. Tant que les vents ont été mauvais, on nous a laissés libres de partir, et voici qu'à présent on met obstacle à notre appareillage. Franchement, y comprenez-vous quelque chose?

— Je ne connais pas la cause du contre-ordre, répondit l'enseigne de vaisseau en souriant, mais ce doit être quelque dépêche arrivée par le dernier courrier: on nous l'expédiera tout à l'heure, après quoi nous pourrons filer nos amarres et larguer les voiles.

Madame de La Rizière, femme du petit administrateur, balança la tête nonchalamment à la manière des créoles, fit une moue minaudière qu'elle essaya de rendre sentimentale, et tourna vers Jules des yeux passablement éraillés.

— Vous croyez donc, dit-elle, que nous appareillerons aujourd'hui?

— J'en suis persuadé, madame. Mais, s'écria l'enseigne, voici un canot qui sort du port et se dirige vers nous; il va mettre fin à notre incertitude.

En disant ces mots, il salua respectueusement madame de La Rizière et sa fille, qui se trouvait assise près d'elle, pour aller examiner l'embarcation attentivement.

Jules Renaud portait le hausse-col, signe distinctif de l'officier de service; ses devoirs l'obligeaient à rompre une conversation pleine d'attraits; car, pendant un mois passé à Brest dans l'intimité de la famille de La Rizière, il avait eu le temps d'apprécier les qualités charmantes d'Antonine, jeune personne d'environ dix-huit ans, dont l'éducation, récemment terminée, avait été la cause principale du voyage en France de ses parens.

Monsieur de La Rizière était attaché en sa qualité de sous-commissaire au service administratif de l'île Bourbon, où il s'était marié; sa femme avait voulu qu'Antonine fut élevée à Paris. Maintenant, la fin des études de la jeune fille venait de fournir l'occasion de visiter la France et sa capitale à madame de La Rizière, beauté déchue, mais non sans prétentions, qui ne pouvait oublier les succès qu'elle avait obtenus à Saint-Denis pendant l'occupation anglaise.

Quoique le petit sous-commissaire eût sa bonne part de ridicules, et qu'il cumulât l'esprit étroit d'un bureaucrate avec les préjugés d'un colon, c'était, au demeurant, le meilleur homme du monde. Sa femme le menait depuis vingt ans, et depuis vingt ans il se laissait mener avec une résignation angélique. Il jouissait d'une excellente réputation dans son corps, où il poussait l'exactitude jusqu'à la minutie; les créoles l'estimaient beaucoup, nonobstant la coquetterie de sa moitié, car il enchérissait sur eux en négrophobie, tout en traitant ses esclaves avec une bonté proverbiale. Quant au nom qu'il portait, chacun savait que ce n'était pas le sien. Il s'était primitivement appelé Martin, Dubois ou Legris, ce dont on se souciait fort peu dans la colonie et qu'on pouvait d'ailleurs vérifier aisément, l'annuaire de la marine à la main. Comme tant d'autres, l'honnête administrateur, en passant sous les fourches caudines du mariage, avait pris le nom d'une héritière et d'une plantation auxquelles il s'était complétement assimilé; c'est un usage trop répandu entre les tropiques pour motiver la moindre disgression.

Jules Renaud savait tout cela, mais que lui importait! Antonine était la plus gracieuse jeune fille qu'on pût voir; la traversée, préparée par une première connaissance à terre, s'annonçait sous les plus heureux auspices; il se promettait d'être d'abord le cavalier servant de ces dames, et plus tard, durant la station à Saint-Denis de Bourbon, d'aller les voir toutes les fois que le service le lui permettrait; c'était un horizon de bonheur pour trois au moins. Et puis, car les plus beaux sentiments n'empêchent pas d'entendre ce qui se dit, il n'ignorait point que la fortune de monsieur de La Rizière était parfaitement solide et non moins ronde. Cette dernière considération contre-balançait bien les caprices fantasques de madame, ses phrases prétentieuses, et jusqu'à la couche de vermillon carminé dont elle se plaquait les joues dès l'aurore aux doigts de rose. Monsieur étant compté pour zéro dans les calculs de l'enseigne, restait, tout compensé, une jeune créole, jolie, aimable, spirituelle, très bien élevée, à qui l'on ne croyait point avoir déplu, et fille unique, ce qui ne gâte rien aux rêveries amoureuses.

Ces réflexions, rehaussées peut-être par la perspective d'une belle habitation, d'une foule d'allées de palmiers, de champs d'arbres à épices, mais présentées sans doute sous une forme moins prosaïque, agitaient précisément Jules Renaud, quand, après avoir salué madame de La Rizière et rencontré par un heureux hasard les beaux yeux noirs d'Antonine, il dirigea les siens sur l'embarcation sortie du port.

La chaloupe se trouva bientôt à mi-distance de la *Sévère*; on put y remarquer alors un officier enveloppé dans un manteau ciré, et accoudé sur un tas de malles, de ballots et de paquets, comme un homme qui embarque. Jules descendit du banc de quart et revint auprès des dames passagères:

— C'est la chose du monde la plus simple que notre contre-temps, leur dit-il; voici un nouveau compagnon de route qui nous arrive, un officier de marine envoyé probablement dans les mers de l'Inde en complément d'état-major; nous ne tarderons pas à lever l'ancre.

— J'en accepte l'augure, dit monsieur de La Rizière.

— Monsieur Renaud, ajouta madame, on doit vous remercier; vous n'apportez jamais que de bonnes nouvelles.

Antonine se borna à sourire gracieusement en regardant l'enseigne, qu'un pilotin vint bientôt prévenir de l'accostage du canot le long du bord.

Les règlemens maritimes ordonnent à l'officier de garde d'aller recevoir à l'échelle du bâtiment tout officier qui monte à bord. Deux mousses, le chapeau à la main, tendent des cordes garnies de drap au nouvel arrivant, la sentinelle lui porte les armes, et le contre-maître de service fait retentir le navire d'un coup de sifflet, en son honneur.

Jules donna l'ordre nécessaire pour que chacun se conformât à ce cérémonial, et arriva lui-même devant la portière au moment où l'officier de la chaloupe entrait.

Jusque-là, rien de plus insouciant que sa démarche, que son attitude, que ses gestes; la douce voix d'Antonine résonnait encore à son oreille, et il avait conservé le sourire sur les lèvres. Tout à coup, une étrange révolution s'opéra en lui, il pâlit, sembla pétrifié, et fut obligé de faire un effort violent pour rendre militairement un salut glacial à Émile Fargeolles, son collègue.

Celui-ci passa froidement, sans lui adresser un seul mot; mais ses lèvres minces se contractèrent et ses yeux petits et vitreux pétillèrent pendant une seconde.

Fargeolles, arrivé de Paris la veille, venait en effet occuper la place vacante. Il se dirigea vers le commandant. Monsieur de Kergal avait connu et estimé le père de Fargeolles, monsieur de Kergal avait eu à se louer du zèle de ce dernier; le lieutenant de la *Sévère* était le capitaine Labranche. On doit attribuer aux efforts combinés des deux chefs du navire l'ordre fatal qui remit encore Jules Renaud en contact avec le meurtrier de Pierremont.

La *Sévère* déploya ses voiles.

Sœur Aglaé était passagère à bord.

II

LES DEUX ENSEIGNES.

Au moment où aborda Émile Fargeolles, sœur Aglaé se trouvait sur le pont, elle le reconnut. Elle se serra. Elle remarqua le mouvement convulsif de Jules Renaud, et frémit, en adressant au ciel une invocation pieuse en faveur de l'ami de Charles.

Le gabier Gaussard lâcha un énergique juron qui partait aussi du fond du cœur, tant il est vrai que les extrêmes se touchent.

— Mauvaise fichue rencontre! chance du diable! Chien de sort!... dit-il.

— Qu'avez-vous donc, père Gaussard? demanda Papillon, le mousse de Jules Renaud.

— J'ai, caïman d'enfer!... j'ai que nous courons tous un vilain bord, et ton brave maître particulièrement...

Le développement de ce thème, avec récits à l'appui, fut réservé pour un moment plus favorable, car Gaussard reçut ordre d'aller sur le mât de beaupré.

Sœur Aglaé n'avait pas encore adressé la parole à Jules Renaud, depuis qu'elle était à bord avec plusieurs autres sœurs hospitalières destinées aux hôpitaux de l'île Bourbon. Mais elle osa, cette fois, s'avancer vers le jeune enseigne, et d'une voix tremblante:

— Monsieur Renaud, lui dit-elle, paix, patience et pardon... au nom de votre promesse, au nom du Dieu de miséricorde!...

Après ce peu de mots, elle baissa le front et suivit la supérieure de sa communauté, dans le petit couvent en toile à voiles affecté aux religieuses passagères.

— Églé... Églé de Pierremont... la fiancée de Charles!... murmura Jules qui la reconnut tout à coup. Elle à bord!... « Paix... patience... pardon. » Dieu fasse que ce soit possible!... Eh bien!... oui, je feindrai d'avoir oublié notre dernière querelle de Rio, notre duel manqué d'il y a bientôt deux ans... Oui, comme à bord de la *Victorieuse*, je ne parlerai jamais de Pierremont, j'éviterai toute occasion de dispute, je n'essayerai pas de venger le meilleur de mes amis !... Pour apaiser mes transports de colère, je m'enfermerai dans ma chambre, je contemplerai son aiguillette d'or, précieuse relique de notre amitié, je me rappellerai les accens pieux de la fiancée, la voix touchante de la sœur hospitalière, et ma double promesse, car ici même, quoique mes lèvres n'aient rien répondu, j'ai promis, j'ai promis du fond de l'âme,

Tandis que Jules réfléchissait ainsi, Fargeolles était accueilli à bras ouverts par monsieur de Kergal, le commandant de la corvette; et le lieutenant Labranche lui tendait la main avec une émotion paternelle :

— J'ai donc réussi, mon cher Émile, disait le vieillard, vous êtes notre officier de choix à tous deux !... Moi, je vais avoir soixante ans; cette campagne sera certainement ma dernière, je suis heureux, mon enfant, de la faire avec vous.

Fargeolles remercia d'abord monsieur de Kergal.

— Commandant, ajouta-t-il, je tiens à vous déclarer dès à présent que je me suis vu désigner avec la plus grande satisfaction pour servir sous vos ordres, et que je saurai me rendre digne de cet honneur.

En même temps, il remit à l'officier supérieur la pièce officielle en vertu de laquelle il se présentait.

Vint le tour du lieutenant; Émile sut lui exprimer sa reconnaissance en termes qui le pénétrèrent.

A bord de la *Sévère*, Fargeolles était tout autrement accueilli, comme on le voit, qu'à bord de la *Victorieuse*, commandée par le comte de Bellegrave.

Il reçut enfin quelques instructions relatives au service, et se rendit à son poste de manœuvre.

Une demi-heure après, la corvette était sous voiles.

A bord se trouvaient donc Jules Renaud, dont toutes les espérances de bonheur étaient détruites par le seul fait de la présence de Fargeolles, et Fargeolles, à qui son ancienneté dans le grade d'enseigne donnait le pas sur Jules. Si l'appareillage immédiat de la *Sévère* eût laissé à celui-ci la faculté d'opter entre la campagne et un ordre de débarquement, il est douteux que son amour pour Antonine l'eût emporté sur sa vieille antipathie contre Fargeolles. Mais c'en était fait, l'on était hors du Goulet, déjà le bâtiment commençait à tanguer sur la grosse houle du large.

Tandis que les soldats passagers ressentaient les premières atteintes du mal de mer, un conciliabule de matelots eut lieu sur le petit tillac.

— Qu'est-ce que c'est que celui-ci? demandaient, en parlant de Fargeolles, les hôtes du gaillard d'avant.

Gaussard se chargea de répondre :

— Rien de bon, mes enfans, dit-il, c'est *Vent-de-Bout*, comme on l'appelait à bord de la *Victorieuse*, où nous étions ensemble il y a deux ans.

— Tiens! tiens ! le père Gaussard a navigué avec tout le monde, interrompit admirativement le mousse Papillon.

— Ton maître aussi a fait la campagne en compagnie de ce monsieur-là ; il ne doit pas être trop fier de le retrouver ici... ni moi non plus.

— Ah ! ils ont donc eu quelque méchante affaire ensemble? dirent les auditeurs.

— Ce n'est pas que tout l'honneur n'en soit resté à monsieur Renaud, *Franc-Cœur*, comme nous l'avions surnommé, reprit Gaussard, mais ça fit causer. Voici la chose en deux temps. Il y avait émeute à Rio : la garde allemande s'était révoltée, l'empereur avait prié l'amiral d'envoyer les Français à terre pour mettre la paix. Voilà qui va bien. A notre bord, *Vent-de-Bout* était capitaine de la compagnie de débarquement; le commandant Bellegrave le fait appeler; il ne montait pas; il n'était pas paré soi-disant. On a conté bien des histoires sur cet article : suffit! Donc, monsieur Renaud était le second de la compagnie; le commandant, en colère, lui donne l'ordre de pousser sans l'autre, dont on se passa, comme de juste. Nous tirâmes quelques coups de fusil, après quoi *Franc-Cœur* fait faire: « En place! repos! » et le sabre en main, va tout

seul trouver les révoltés. Ils voulurent d'abord le larder à la baïonnette. Nous apprêtons nos armes ; ça aurait chauffé dur ; mais lui, plus calme que moi à l'heure qu'il est, nous commande de rester tranquilles : ça fait que les Allemands l'écoutent.. Il leur dit qu'ils n'avaient pas le bon sens, et parle si bien que le branle-bas finit tout seul ; ça s'arrangea pour le mieux. L'empereur fut si content, qu'il pria l'amiral de le renvoyer en France avec une note demandant au roi de le nommer lieutenant de vaisseau pour sa récompense. Ça n'empêche pas qu'il soit toujours enseigne, vu, à ce qu'il paraît, qu'il n'avait pas rempli les conditions écrites dans la loi. *Vent-de-Bout* en fut si vexé qu'il punit la moitié de l'équipage; j'y gagnai une nuit aux fers. Il chercha dispute à monsieur Renaud ; mais le lendemain la *Légère* partit pour Brest, et *Franc-Cœur* retourna en France à son bord et moi aussi. Depuis ce temps, c'est la première fois qu'ils se rencontrent.

— Allons, dirent les matelots, c'est amusant d'avoir à bord une peste pareille.

— Nous avons appareillé le 13 : note bien ça dans ton idée, poursuivit gravement le père Gaussard sans compter qu'hier ces pousse-cailloux de malheur ont jeté le chat noir à la mer.

Pour ceux qui ne dédaignent pas trop les superstitions du gaillard d'avant, de semblables paroles sont assez significatives. Elles firent un effet sensible sur l'imagination des interlocuteurs. L'embarquement de Fargeolles fut considéré comme une calamité, et plus d'un brave marin qui n'aurait pas sourcillé devant le feu d'une escadre se rendit à son poste avec crainte et découragement. Il était impossible d'entreprendre une longue traversée sous de plus tristes auspices.

Gaussard avait raconté en outre les tragiques événemens de la *Thétis*, la mort de Charles de Pierremont, et mille autres traits plus ou moins odieux de la biographie de Fargeolles.

Dans le poste des élèves, la présence à bord du nouvel officier motiva aussi le récit de ses antécédens.

Desbagues, le plus ancien de grade, dit comment Renaud et Fargeolles étaient antipathiques l'un à l'autre, et se détestaient depuis le vaisseau école. Déjà ils avaient fait deux campagnes ensemble, et la dernière fois, en 1833, Renaud avait abandonné la *Victorieuse* en cours de campagne, à la suite d'une affaire très sérieuse contre son collègue.

— C'est déplorable ! ajouta l'élève, voici que leur mauvais destin les rassemble encore, la vie du carré sera un enfer.

— Triste, messieurs ! car de tous temps, les petits ont pâti des sottises des grands, dit un des auditeurs. Tenons-nous bien sur nos gardes.

L'équilibre était rompu à bord ; la guerre intestine, qui ne s'allume au pis-aller qu'à la fin des expéditions de quelque durée, ne pouvait manquer, cette fois, de se déclarer dès le principe.

Le commandant de la *Sévère* ignorait seul les levains de discorde qui fermentaient dans l'état-major, mais en eût-il été instruit, il eût fait semblant de ne rien savoir. Monsieur de Kergal était un de ces officiers de la marine de Louis XVI qui traversèrent l'époque de la république sans émigrer, parce qu'ils se trouvaient alors dans les mers de l'Inde. Il avait conservé, même sous l'empire, les traditions de l'ancien régime; on peut le peindre d'un trait en disant qu'il mettait un œil de poudre dans ses cheveux. Il s'était fait une règle de ne communiquer avec les membres de son état-major que pour affaire de service, hors les jours d'apparat, où il les traitait magnifiquement à sa table. Il avait d'ailleurs une haute confiance dans son lieutenant, quoiqu'il professât en matière politique des opinions diamétralement opposées aux siennes ; mais cela ne nuisait en rien à la bonne harmonie entre les deux premières autorités.

Le lieutenant Labranche obéissait toujours sans réplique et à la lettre ; raide comme une consigne, sec comme un parchemin du moyen âge, actif, exact, sérieux, tel était cet officier, que nul n'avait vu rire depuis qu'il vivait à bord. L'équipage le surnommait *Juif-Errant*, parce qu'il ne cessait de rôder nuit et jour dans le navire : on assurait qu'il ne dormait pas. On l'estimait à cause de sa justice éclairée, qui, ne frappant jamais à faux, n'admettait aucune transaction et n'acceptait de circonstances atténuantes que dans des cas extrêmement rares.

Les autres officiers étaient insoucians, diplomates ou égoïstes; l'on doit comprendre déjà combien devait être fausse la position de Jules Renaud.

Pour compléter la peinture de l'état-major de la *Sévère*, nous nous bornerons à dire que le chirurgien était un laborieux jeune homme, qui passait sa vie à étudier dans sa cellule, et l'écrivain chargé do l'administration un vieil employé inoffensif dont il était facile de faire la conquête à l'aide d'un calembour.

Fargeolles voulut avoir un partisan, quelqu'insignifiant qu'il fût; dès le second jour, il traitait avec une familiarité souvent inconvenante le timide agent comptable, qui n'osa jamais lui rendre la pareille.

Il est un principe tacitement admis entre officiers de marine, c'est que la vie de famille de l'état-major doit être tenue secrète devant les passagers. Ce mystère, facile à dérober à tous les yeux lorsque la présence des étrangers à bord n'est que de courte durée, est extrêmement pénible pendant une longue traversée. Jules Renaud et Fargeolles essayèrent toutefois de se conformer à la coutume : à table, ils ne s'adressaient jamais un mot, ils évitaient de prendre directement part à une même conversation ; en service, leurs rapports journaliers étaient entourés des formules d'une politesse affectée. Une semblable manière à bord, on appelle cela *vivre politiquement*.

Conformément aux ordonnances, Jules, en sa qualité d'officier immédiatement moins ancien, relevait toujours Fargeolles lors du changement de quart. Deux fois par vingt-quatre heures, avec une exactitude scrupuleuse, à l'instant précis où la cloche du bord tintait, il se trouvait face à face avec son ennemi.

— J'ai l'honneur d'être à vos ordres, monsieur, lui disait-il.

Fargeolles saluait jusqu'à terre, rendait les consignes d'un ton sec et pédant, et disparaissait en laissant Jules sous une impression semblable à celle d'un homme qui vient de toucher un reptile venimeux.

Si, par extraordinaire, le jeune enseigne, réveillé trop tard, montait quelques secondes après minuit ou quatre heures du matin, Fargeolles énonçait d'abord les ordres de nuit, et puis ne manquait pas d'ajouter sentencieusement :

— L'appel est fini, monsieur, personne *dans l'équipage* n'y a manqué, car sans cela j'aurais sévèrement puni les délinquans, c'est ma méthode.

Un matelot se trouvait-il en retard en même temps que Jules, Fargeolles condamnait le pauvre diable à deux ou trois heures de faction dans les haubans, et laissait avec affectation à son collègue le soin de faire exécuter la sentence.

En ce qui concernait le détail de l'artillerie, Jules était directement placé sous les ordres de son collègue, qui, par tous les moyens, tâchait de lui faire sentir le poids de sa misérable autorité.

Point de personnalités d'ailleurs, point de vexations apparentes, point de grossièretés. Si l'intention perçait pour Jules, elle restait inaperçue pour tous, et les torts, en cas de querelle, eussent été nécessairement imputés à ce dernier. Force lui était donc de comprimer sa nature franche, aimante, exaltée, susceptible d'emportement et même de violence, qui par cela même inapte à lutter incessamment de fiel avec un homme froid, sarcastique, toujours maître de lui.

On doit comprendre quelles furent les cruelles impressions de Jules Renaud, quand il reçut à l'échelle de la *Sévère* le meurtrier de Pierremont.

Les deux enseignes ne s'étaient pas encore dit une parole que la déclaration de guerre était faite : un regard échangé avait suffi. La lice était ouverte.

Mais, hélas ! ce n'était pas d'un combat corps à corps qu'il était question; jeux d'enfans que de telles luttes; même à outrance, elles durent si peu d'instans !

Il s'agissait de soutenir un assaut sans trêve pendant plus de trois mois, il s'agissait d'être le partenaire d'un lent duel à mort où les dernières armes à employer sont les seules dont Jules eût voulu se servir. Jules était retenu par sa promesse tacite à sœur Aglaé.

Fargeolles avait tous les avantages pour une pareille affaire : il l'envisageait de sang-froid, elle était dans sa nature. Renaud perdait du terrain, il était démoralisé. Les hostilités s'engagèrent dès le premier jour, et continuèrent ensuite, à l'insu de tous, en service et hors du service, sur le pont et dans l'intérieur du carré, partout enfin et d'une manière permanente. Fargeolles jouissait des tortures de l'imprudent qui osait résister à son inflexible génie; il triomphait.

Nous n'essayerons pas de décrire les tourmens qu'endurait l'impétueux Jules Renaud, tant la contrainte qu'il s'imposait était opposée à sa nature.

Sœur Aglaé priait pour l'ami de Charles de Pierremont.

III

ENTRE LES TROPIQUES.

Le ciel bleu des tropiques n'est qu'un agréable hémistiche de convention à Paris. Aussi serons-nous mal venu peut-être d'oser déclarer absurde une expression stéréotypée dans toutes les mémoires ; nous serons mal venu de dire que ce ciel bleu dont on a tant écrit est bien moins bleu que celui de notre brumeuse et pluvieuse capitale.

Nous aurons l'air de faire du paradoxe en soutenant que nulle zone n'est plus nuageuse que la zone torride. Et cependant, n'est-il pas tout simple que sous un soleil plus ardent l'évaporation soit plus forte et l'atmosphère chargée de plus de vapeurs ? Les vens alisés forment magnifiquement sur les parages qu'ils rafraîchissent un immense rideau pavoisé de toutes les couleurs. Le ciel est blanc, doré, empourpré, floconneux, bigarré, moucheté, rouge, violet, noir, il n'est jamais bleu. Plus haut, aux environs de l'équateur, le calme est l'état habituel de l'air ; point de fortes brises par conséquent pour déchirer la riche tenture qui abrite des rayons du soleil, point de violentes bourrasques de Médine, comme à Cadix, l'une des villes, par parenthèse, dont le ciel mérite la qualification imposée si libéralement à tous les ciels de tous les pays chaud du monde.

Six semaines après le départ de Brest, la corvette de charge la *Sévère* était sur le point de couper la ligne équinoxiale ; une nuit sombre et fraîche succédait à une chaleur accablante, d'épais nuages cachaient les étoiles ; il faisait calme plat.

Les passagers étaient rassemblés à l'arrière pour respirer plus librement ; madame de La Rizière, assise sur la dunette, s'entretenait familièrement avec un officier du bord, qui depuis peu avait su conquérir ses bonnes grâces. Antonine était à côté d'elle, mais ne prenait aucune part à la conversation. Monsieur de La Rizière, mêlé à un groupe d'oisifs, dissertait, selon son habitude, sur quelque question d'administration ou de culture coloniale.

Jules Renaud monta. A travers l'obscurité il chercha des yeux la robe blanche de la jeune fille, se dirigea aussitôt de son côté, mais s'arrêta tout à coup, comme si un obstacle invincible était placé entre elle et lui.

Fargeolles était de service; il aurait dû ne s'occuper que de son quart, et Jules comptait sur cette circonstance pour retrouver une de ces douces soirées comme il en avait eu durant les premiers temps du voyage. Mais le calme était complet; il n'y avait aucune manœuvre à commander, et madame de La Rizière était placée tout près du poste de l'officier de veille.

— Les créoles, disait mielleusement celui-ci, sont des femmes adorables; leur nonchalance est pleine de grâce, leur esprit vif et piquant. Vous ne sauriez vous figurer, madame, quel charme a pour moi leur conversation à la fois enjouée et sentimentale; j'ai une passion pour les colonies. La femme ne peut acquérir que sous ce climat embaumé la perfection qu'elle n'atteint jamais avant le midi de la vie.

Après cette merveilleuse tirade, comme Fargeolles reprenait haleine, madame de La Rizière crut devoir l'engager à demi-voix à modérer son éloquence.

— Ma fille peut vous entendre, dit-elle, parlez plus bas.

— C'est une enfant, reprit l'officier; à son âge on ne saurait comprendre la langue mystérieuse du cœur.

Froidement accueilli par l'état-major, qui le connaissait de longue date, Fargeolles se dédommageait en prodiguant aux passagers ses bons mots de pacotille et ses phrases ampoulées, mais il avait généralement déplu. Madame de La Rizière seule le trouvait charmant. Quand elle le comparait à Jules, c'était en haussant les épaules aussi haut qu'une créole pur sang peut les hausser. Que penser en effet, à quarante ans bien sonnés, d'un homme sottement épris d'une jeune fille fraîche, naïve, sortie la veille du couvent, et naturellement incapable d'entendre à demi-mot aucune de ces piquantes aventures que Fargeolles racontait si bien? Jules n'était qu'un homme sans goût. En dépit d'elle-même, cependant, madame de La Rizière lui accordait une estime secrète, et peut-être la mère eût-elle précisément aimé en lui cette absence de galanterie que la femme du monde lui reprochait.

Fargeolles avait aisément pénétré l'opinion de la créole à l'égard de Jules; il ne laissa échapper aucune circonstance de le rendre ridicule et même d'en faire un objet de dédain. L'occasion se présenta le soir même, une transition adroite le conduisit à raconter les antécédens de Jules et ses anciens rapports avec lui.

Antonine n'écoutait pas; appuyée contre les bastingages, elle pensait que l'existence à bord est la même qu'au couvent; même vie commune, mêmes rivalités, mêmes passions se révélant par les mêmes tracasseries. Vingt fois elle avait entendu Fargeolles se moquer méchamment de Jules, jamais elle n'avait daigné lui répondre. En levant la tête, elle reconnut à quelques pas le jeune enseigne immobile et muet comme une statue; elle fit un signe, il le devina plutôt qu'il ne le vit, et s'approcha d'elle.

— Grâce à Dieu! s'écria-t-il, il me sera donc possible enfin de vous parler!

— Mais pourquoi vous réjouir ainsi d'une circonstance qui vous semble au moins indifférente?

— Oh! mademoiselle, vous pourriez m'accuser...

— Voici quinze jours qu'on vous voit à peine, on croirait que vous nous fuyez.

— Vous fuir! s'écria l'enseigne, quand mon seul bonheur est de vous voir!

— Mais alors pourquoi ne plus offrir votre bras pour notre promenade du soir, comme vous faisiez auparavant?

— Un autre plus heureux me devance, il est placé à table à côté de madame votre mère, qui accepte ses offres pour monter sur le pont. Elle l'a jugé plus digne de cet honneur, et vous ne pouvez le quitter.

— C'est vrai, reprit Antonine; mais s'ensuit-il que vous deviez nous négliger?

— Hélas! oui, mademoiselle.

— Par quel motif?

— Permettez-moi de garder le silence sur ce point;

l'honneur l'exige. Qu'il me suffise de vous faire remarquer que monsieur Fargeolles et moi ne nous parlons jamais.

— C'est donc votre ennemi?

Jules, embarrassé par une question si catégorique, se tut un instant. Son nom prononcé près de lui frappa son oreille; il entendit distinctement la phrase suivante:

— Du reste, madame, monsieur Renaud a d'excellentes qualités, mais elles conviendraient mieux à un philanthrope qu'à un officier de marine.

La nuit était si obscure que ni madame de La Rizière ni son interlocuteur n'avaient vu Jules s'asseoir à côté d'Antonine; l'enseigne, atterré, ne songea plus à la question de la jeune fille; celle-ci n'osait respirer, son cœur battait avec effroi, elle pressentait une catastrophe.

— En vérité, dit la vieille coquette, vous me surprenez beaucoup, monsieur Fargeolles; mais vous exagérez peut-être.

— Il ne manque pas, en effet, d'un certain air martial qui lui convient tout juste à l'égal de son nom de paladin. Renaud, c'est sonore, n'est-ce pas? Son prénom serait complet s'il s'appelait César. Jules-César Renaud irait à ravir... à un homme qui a fait dix-huit cents lieues pour éviter un duel.

— Comment? un officier! Impossible!

— C'était avec moi, madame, à bord de la *Victorieuse*, au Brésil; nous avons déjà fait campagne ensemble, et même plusieurs fois. J'ai l'agrément de le rencontrer partout depuis l'école de marine, où nous avons fait connaissance, et où il jouissait de la réputation de *rapporteur*.

— Qui se serait douté de cela? Mais savez-vous que, malgré ses ridicules, je l'estimais encore.

— Je serais désolé, sur ma parole! de lui nuire dans votre esprit, et je me tairais si je ne croyais qu'il ose prétendre à mademoiselle votre fille.

— Rien n'échappe à l'œil d'une mère! répliqua madame de La Rizière avec complaisance. Mais l'histoire de la *Victorieuse*? ajouta-t-elle non point curieuse.

— En deux mots. Ce petit monsieur m'avait échauffé la bile par quelques propos imprudens, je jugeai convenable de l'admonester vertement en présence de tout l'état-major; il se rebiffa, j'en fus ébahi... Bref, il fut convenu que le lendemain nous descendrions à terre (c'était à Rio-de-Janeiro); les témoins étaient nommés, l'heure et le lieu choisis, mais, au moment de partir du bord, notre commandant, officieusement prévenu de tout (vous devinez comment), embarqua le valeureux champion sur un navire qui retournait en France à l'instant même. J'ai appris plus tard que cette comédie était préparée à l'avance, et que, sous je ne sais quel prétexte, il avait sollicité son débarquement. Comprenez-vous maintenant sa conduite réservée vis-à-vis de moi?

— Ciel! qu'avez-vous? demanda Antonine à Jules.

— J'étouffe! murmura l'enseigne.

— Silence, de grâce! je ne crois pas un mot de ces mensonges.

— Merci, mademoiselle, mais vous auriez le droit de tout croire si je subissais ce dernier outrage.

Antonine baissa la tête en soupirant.

Au début de cet ouvrage, nous avons peint Fargeolles et Renaud comme également incapables de haine, par des causes diamétralement opposées, mais nous représentions en même temps Jules Renaud comme un garçon plein de cœur, dont la patience n'était pas la vertu dominante. Malgré la puissante influence de sœur Aglaé, sa colère éclata longtemps avant l'arrivée à l'île de Bourbon.

En ce moment, huit heures du soir sonnaient, et Jules, qui devait prendre le quart, se dressait en face de Fargeolles. Ce fut d'une voix entrecoupée qu'il prononça sa formule habituelle:

— J'ai l'honneur d'être à vos ordres, monsieur.

— Calme plat, répliqua l'autre, la voilure selon le temps,

mêmes consignes qu'hier; à sept heures et demie, personne ne manquait à l'appel.

— C'est bien! reprit Jules, mais ce n'est pas tout, veuillez me suivre à quatre pas.

— Pour affaire de service?

— Non, monsieur.

— Dans ce cas, malgré tout l'attrait de votre compagnie, je m'en abstiendrai.

— Il n'en sera rien, s'écria Jules en le saisissant par le bras, il faut que je vous parle.

— Je crois que vous me touchez, dit froidement Fargeolles; prenez donc garde.

Jules avait entraîné son adversaire assez loin pour qu'aucun des passagers n'entendît ce qu'ils se disaient. Grâce à l'obscurité, nul ne pouvait remarquer l'émotion du premier ni le sourire sardonique du second; nul ne s'étonnait de leur long colloque, c'était l'heure du changement de quart.

Antonine seule tremblait.

— Vous êtes un infâme calomniateur, monsieur! di Jules avec fureur.

— Parfaitement, mon petit ami; vous voulez un duel? il sera peu dangereux si vous vous conduisez à Bourbon comme à Rio.

— Ne répétez pas vos insultes, misérable! Nous nous battrons à la première relâche. Je vous abandonne le choix des armes.

Fargeolles avait paru d'abord très pressé de se retirer, et même il venait de faire un mouvement pour aller rejoindre madame de La Rizière, mais ses yeux se portèrent par hasard sur l'horizon; il resta.

— Réflexions faites, dit-il, je prolongerai ce piquant entretien.

— Inutile désormais, ce me semble.

— J'envisage la question tout autrement. Je tiens à un petit éclaircissement que vous ne me refuserez pas, j'en suis certain; vous êtes trop bien élevé pour cela.

— Je suis de quart; à demain, s'il vous plaît.

— Vous pourriez aussi bien y remettre votre provocation, de tout à l'heure, et vos courtoises épithètes d'infâme et de misérable; mais vous m'avez donné le droit de distraire l'officier de service de ses graves préoccupations.

— Eh bien! que voulez-vous?

— Savoir ce que vous appelez mes calomnies. De quelles calomnies parliez-vous? à qui ai-je débité des calomnies, quand, en quel lieu, et sur le compte de qui en ai-je débité?

— Sur mon compte, ici, tout à l'heure, à madame de la Rizière, interrompit Jules Renaud.

— Vous nous espionniez donc! c'est ce que je tenais à apprendre de votre bouche.

— Je vous entendais! répliqua Jules hors de lui.

Fargeolles ne bougea pas de sa place durant dix minutes; il toisait ironiquement son adversaire, qui, violemment agité par la scène précédente, ne voyait rien autour de lui, et serrait machinalement son porte-voix entre ses mains.

Fargeolles s'approcha de son collègue et lui dit à l'oreille avec un accent de triomphe indéfinissable:

— Vous remarquerez, monsieur, que ce grain était encore sous l'horizon quand je vous ai rendu le quart.

Jules l'entendit s'éloigner en étouffant un éclat de rire, et leva les yeux sur le ciel:

— Amène et cargue les perroquets! veille aux drisses des huniers! commanda-t-il avec terreur.

Il était trop tard.

Les nuages tourbillonnaient avec rapidité, ils éclatèrent tout à coup en sifflemens furieux; la mâture pliait sous le poids de ses voiles masquées, c'est-à-dire collées par le vent contre les mâts; les matelots, arrachés en sursaut à leur conte, à leur chanson ou à leur sieste sur le ciel, ne purent exécuter l'ordre donné, car aucun commandement d'avertissement n'avait précédé celui d'action. Un triple craquement se fit entendre, les trois mâts de perroquet se bri-

sèrent à la fois, la corvette inclina fortement sur le côté.

— Amène les huniers! cria Jules.

Mais les huniers masqués ne pouvaient descendre le long des mâts, quoique les matelots pesassent avec force sur toutes les cordes qui pouvaient favoriser ce mouvement. Un tumulte effroyable avait lieu à bord, tout roulait, craquait et tombait du côté de sous le vent.

Lorsqu'on est surpris par un grain violent après un calme plat, l'inclinaison du navire sur la surface encore unie de la mer paraît beaucoup plus grande que jamais. Aussi telle rafale qui ne serait rien par un gros temps, quand on est bien paré à manœuvrer, peut occasionner alors de grosses avaries.

Grâce à l'effet de la barre du gouvernail et à quelques dispositions convenablement prises, le navire, tout en reculant (car l'effet des voiles était de le faire aller par l'arrière), parvint à tourner sur lui-même, à abattre sur un bord, comme disent les marins; les huniers démasquèrent tout à coup et tombèrent avec grand fracas; la corvette se redressa aussitôt.

— Monsieur l'officier de quart! dit impérieusement une voix bien connue.

— Me voici, commandant.

— Faites réparer les avaries, rétablissez la voilure, et mettez le navire en route. Ensuite, vous vous ferez relever par le plus ancien des élèves, et viendrez me trouver dans ma chambre.

Après ce peu de paroles, monsieur de Kergal redescendit. Le gaillard d'arrière était désert, les passagers avaient pris la fuite, car une pluie battante succédait à la forte brise; l'officier de quart n'aperçut dans l'ombre qu'un seul homme qui restât étranger aux travaux des gens de service, il s'en approcha: c'était Fargeolles.

Enveloppé dans son manteau ciré, il assistait en ricanant aux embarras multipliés de son collègue, il se frottait les mains et toussait de temps en temps comme pour dire:

— Je suis ici, c'est moi, je me complais dans mon œuvre!

Jules sentait une sueur froide parcourir tout son corps, mais que pouvait-il dire? que pouvait-il faire? Fargeolles avait parfaitement le droit de stationner sur l'arrière, de tousser et de ricaner tout bas. L'enseigne de service souffrait, mais il ne laissa point paralyser ses forces; il se multipliait au contraire, et les gens de quart, stimulés par son exemple, firent des prodiges d'activité.

A dix heures du soir, toutes les avaries étaient réparées, les mâts de perroquet de rechange remplaçaient ceux qui s'étaient cassés pendant le grain, la Sévère voguait sous toutes voiles avec une brise ronde et maniable dont le maudit coup de fouet avait été le début; on était assez pour sortir de la région des calmes et naviguer ensuite tout à son aise vers le cap de Bonne-Espérance et l'île Bourbon. Jules fit prévenir le commandant de sa visite, remit le quart au jeune Desbagues, chef du poste des élèves, et pénétra enfin dans la chambre de l'officier supérieur.

Monsieur de Kergal était assis devant une table sur laquelle était une carte marine. Le compas à la main, à la lueur d'une lampe suspendue, il étudiait la route à suivre; de temps en temps il levait les yeux sur une boussole, qui, placée précisément au-dessus de sa tête, lui indiquait les moindres mouvemens de la corvette. Contre son usage, il n'invita pas l'enseigne à s'asseoir, mais il se leva:

— Veuillez m'expliquer, monsieur, comment est arrivé l'accident qui a eu lieu à huit heures et un quart?

— Un grain soudain m'a surpris, commandant.

— Était-il à l'horizon quand monsieur Fargeolles vous a rendu le service?

— Non, commandant.

— Vous ne veilliez donc pas?

L'enseigne ne répondit point.

— Il suffit, monsieur; rendez-vous dans votre chambre.

Le lendemain, le lieutenant Labranche signifia à Jules de garder les arrêts pendant quinze jours, par ordre du commandant.

L'élève Desbagues fut désigné pour le remplacer dans son service.

Parmi les passagers à qui la chute des mâts de perroquet avait donné une panique, personne ne trouva cette punition trop sévère. Grâce à quelques mots perfidement lancés par Fargeolles et complaisamment colportés par madame de La Rizière, il leur parut constant que Jules était un mauvais officier. Antonine recueillit plusieurs méchans propos; elle seule se doutait de la vérité: malheureusement, il ne lui appartenait pas de prendre la défense du jeune enseigne.

Papillon, le mousse de Jules, rapporta quelques paroles du même genre à Gaussard, le gabier de beaupré.

— Tas de paysans! s'écria le matelot, pour trois allumettes cassées, ils vous jugent un homme. Je connais ton maître, Papillon, c'est un marin fini; je l'ai vu sur la *Victorieuse* vous faire valser comme une poupée de six liards. Il n'y en a pas un à bord qui vous aurait rétabli le navire sous toutes voiles en une heure et demie, comme il l'a fait l'autre soir. Mais des bourgeois et des troupiers, ça parle!

Le fait est que, depuis la rupture des trois mâts de perroquet, loin d'avoir baissé dans l'estime de l'équipage, Jules y avait grandi.

C'était du reste l'officier de prédilection du gaillard d'avant, qui maudissait *Vent-de-Bout*, tremblait devant le taciturne second, et ressentait une crainte respectueuse au seul aspect du vieux capitaine de frégate.

Franc-Cœur était populaire, on le connaissait depuis plus longtemps, et son aménité de caractère lui avait conquis l'affection des subordonnés.

Pendant ses arrêts, il reçut quelques visites dans sa cabine, monsieur de La Rizière entre autres vint le voir, et même Antonine accompagna plusieurs fois son père. Ce fut une consolation bien douce pour le prisonnier que d'entrevoir ainsi celle qu'il aimait; il ne pouvait lui dire tout ce qui s'était passé, mais le cœur devinait ce que la bouche devait taire.

Quand les arrêts furent levés, la jeune fille, laissant sa mère au bras de Fargeolles, se rapprocha plus souvent de son père, et la fin de la traversée offrit encore à Jules quelques heures de délicieuses causeries. Mais elles étaient fréquemment interrompues par la créole, que son assidu chevalier excitait à une défiance croissante.

Malgré la scène qui aurait dû, d'après les usages ordinaires, amener une trêve au combat, malgré les provocations franchement faites et acceptées, la guerre continuait avec acharnement. Fargeolles y développait son infernale habileté. La présence d'Antonine et son affectueuse prévenance ne pouvaient cicatriser toutes les blessures qu'il faisait sans cesse à l'amour-propre, aux goûts, à la dignité, à l'amour même de Jules. Le bourreau ne laissait pas échapper une occasion, et les occasions de ce genre sont innombrables dans la vie de bord.

Fargeolles se posa en rival, Fargeolles abusa de ses avantages; en un mot, ce fut sur Jules Renaud qu'il fit peser tout le poids de sa méchanceté, en service et hors du service.

Il le ridiculisait, il le calomniait auprès de madame de La Rizière, mère d'Antonine; il le desservait, il le blessait sans relâche.

Le commandant et le lieutenant du bord, prévenus tous deux en faveur de Fargeolles, donnèrent tort à Jules en plusieurs circonstances. Il fut toujours seul puni, comme pour le grain, grâce à la perfide astuce de son collègue.

Gaussard avait raconté fort longuement à ses camarades les faits et gestes des deux officiers; Papillon, le mousse, rapportait au gabier les scènes qui avaient lieu entre eux.

— Ça tournera mal! ça tournera mal! dit Gaussard en soupirant. Dieu fasse que ce brigand de *Vent-de-Bout* ne nous tue pas monsieur Renaud comme il a assassiné monsieur Pierremont.

En vain sœur Aglaé, avant de quitter le navire, adressa pour la seconde fois quelques mots pieux à Jules. Il n'était plus possible de reculer. Jules fut ému, mais la vie du bord, son contact perpétuel avec un monstre, l'avaient jeté en dehors de ses instincts de bonté. Une haine ardente, augmentée par un sentiment de profonde jalousie, l'animait contre Fargeolles.

Et Fargeolles lui-même n'avait pas conservé sa froideur glaciale. Il haïssait enfin, il haïssait avec férocité l'ancien ami de Charles de Pierremont.

Le soir même du mouillage devant Saint-Denis de Bourbon, dès que la famille La Rizière fut sortie du bord, Jules Renaud fit remettre à Fargeolles un petit billet dans lequel il lui demandait un rendez-vous sur le gaillard d'arrière.

Fargeolles écrivit au bas: « A onze heures précises, » et le lui renvoya aussitôt.

IV

LES SABRES D'ABORDAGE.

Aux veilles bruyantes de la traversée succédait une nuit silencieuse.

A bord de la *Sévère*, plus de passagers, plus de soldats; les voiles étaient serrées, les mâts se dressaient immobiles vers le ciel, une faible brise murmurait à peine dans les cordages, les matelots de quart dormaient étendus à plat-pont.

La baie de Saint-Denis de Bourbon était plongée dans un profond sommeil; parfois seulement le son des cloches qui piquaient l'heure et le cri *Bon quart!* que se renvoyaient les sentinelles, témoignaient de la vigilance des hommes de service. Puis, tout se taisait au dedans et au dehors, et l'on n'entendait plus que le pas régulier du jeune élève de marine qui se promenait lentement sur le gaillard.

Quand onze heures du soir sonnèrent, Desbagues évoquait peut-être quelque gracieux souvenir de France, ou bien il bâtissait un de ces brillans châteaux en Espagne dont l'imagination est si riche à vingt ans. La présence simultanée de deux hommes, qui parurent en ce moment auprès de lui, coupa court à ses rêveries; il venait de reconnaître Émile Fargeolles et Jules Renaud. Afin de leur laisser le champ libre, il se retira sur la dunette et se contenta de les observer de loin, à la lueur incertaine des étoiles; mais il ne pouvait entendre les paroles échangées entre les deux officiers, qui restèrent quelques instans l'un vis-à-vis de l'autre sans rompre le silence.

— Est-ce une mystification, monsieur? dit enfin le premier; vous m'avez demandé un rendez-vous, m'y voici: qu'avez-vous à me dire?

— Vous le savez, ce me semble, répondit Jules. Vous m'avez calomnié, je vous ai insulté; nous pouvons aller à demain matin, je tiens à connaître vos armes et déterminer le lieu et l'heure.

— Ah! ah! il s'agit de notre prétendu duel; je supposais que votre prudence ordinaire...

— Pas d'injures inutiles! nous sommes convenus de nous battre.

— Quand donc, s'il vous plaît? demanda Fargeolles.

— A quoi bon cette question? Vous ne pouvez cette fois me prendre dans un piège; il n'y a plus ici d'oreilles indiscrètes.

— Si ce n'est les vôtres, interrompit Fargeolles en ricanant.

— Je ne m'emporterai pas, monsieur, j'ai fait provision de sang-froid pour aujourd'hui et pour demain.

— Il serait plaisant que monsieur s'emportât après m'avoir dérangé pour rien. Envoyez-moi votre témoin, je lui dirai qui est le mien ; ils s'entendront ensemble.

— Insolent ! murmura Jules ; et il se dirigea vers la dunette, afin d'inviter à lui servir de second l'élève de marine Desbagues, qui était de quart en ce moment.

Fargeolles se mit à siffler entre les dents et descendit. Au lieu de rentrer dans sa cabine, il ouvrit brusquement la porte du pacifique commissaire de la corvette, et, le secouant à tour de bras :

— Bonsoir, fistau, dit l'officier en entrant. Ouvrons l'œil, voici papa Gâteau qui vient vous voir.

— Laissez-moi donc dormir, je vous en prie, dit avec humeur le malheureux écrivain réveillé en sursaut.

— Pas du tout, comptable, j'ai à vous conter un conte qui compte ; vous le porterez en compte sur vos comptes.

— Toujours farceur ! dit le commissaire à demi rasséréné par ce déplorable jeu de mots, mais votre lumière m'éblouit, cachez-la ; je dormais si bien !

— Ils roupillent toujours, ces fainéans de bureaucrates ! *pigri computatores !* comme dit Homère dans sa *Henriade ;* allons, petit sapajou, debout ! Un petit bout de quart, ça rafraîchit les vaisseaux. — Le vieil employé goûta sans doute ce feu roulant de grossières facéties, car il sourit, se mit sur son séant, se frotta les yeux, et eut l'air de demander ce qu'on avait à lui dire. — Tu crois peut-être, mon mignon, reprit Fargeolles, qu'on va te faire de l'esprit comme ça jusqu'à demain, c'est là ce qui t'abuse. Erreur de tes sens électoraux ! recommence ta règle de Troyes en Champagne ; il s'agit d'une chose grave.

— Bah ! dit le commissaire.

— Grave au possible, ajouta Fargeolles avec une emphase semi-railleuse.

— Quoi donc ?

— Il faudra, Bébelle, se lever demain, au branle-bas, à cinq heures du matin, comme l'aurore aux doigts de rose, et venir à terre avec moi.

— Par exemple ! Voici trois mois et demi que nous roulons et que nous tanguons sur les lames sans que je puisse dormir à mon aise, et vous voulez que je sacrifie ma première bonne matinée de mouillage, après avoir été réveillé à onze heures passées du soir.

— Vous viendrez sentir les orangers en fleur, ça embaume.

— Je n'y tiens guères, j'aime mieux faire la grasse matinée !

— La, la ! tout beau ! Gnogno se révolte contre petit papa. Tu viendras, je te dis.

— Eh bien ! pourquoi ? dit le commissaire d'un ton résigné.

— Pour me servir de témoin, je me bats en duel. — L'honnête écrivain ouvrit des yeux comme des portes cochères. — N'ayez point peur, tant tués que blessés, il n'y aura personne de mort. On plumera les canards chez le bonhomme La Rizière, qui demeure, comme vous le savez, derrière le jardin du roi. Quand la paix sera faite, on ira mettre sa cave au pillage ; qu'en dites-vous ?

— Si c'est tout, je ne dis pas non.

— Je voudrais bien te voir refuser un bon morceau.

— Mais c'est donc un défi à la fourchette ? dit l'administrateur qui tenait à faire aussi sa petite pointe.

— Tu l'as dit, farceur !...

Fargeolles, fort embarrassé de se procurer un témoin sérieux et de bonne volonté, n'avait rien imaginé de mieux que d'amener le commissaire à lui en servir de dépit de lui-même ; on voit comment il venait de s'y prendre. Il exerçait d'ailleurs un grand empire sur le vieil employé, dont il exploitait la faiblesse. La situation était de celles qui convenaient le mieux à sa tournure d'esprit.

Après un feu roulant de grossières plaisanteries qui achevèrent de remettre le vieil employé en belle humeur, Fargeolles, pour être plus sûr du consentement du pauvre homme, lui présentait l'affaire sous un jour plaisant.

— Mais enfin, mon cher, quel est votre compère, compagnon et co-bataileur ? demanda l'agent comptable.

— Renaud ! répondit Fargeolles. Je vais vous envoyer son témoin ; vous lui direz sans rire que mon armé est le sabre d'abordage. C'est plus drôle ; nous aurons l'air de croquemitaines. Voyez-vous la mine du père La Rizière quand nous entrerons chez lui avec nos cuillères à pot, comme une bande d'écumeurs.

Les matelots donnaient le nom de cuillères à pot aux sabres d'abordage, à cause de la forme arrondie de la coquille noire qui garantit la poignée.

— Ainsi, c'est convenu, bonne nuit ; à quatre heures et demie ; vous serez réveillé en même temps que moi, dit Fargeolles sans entrer dans plus de détails.

— Mais... mais... dites donc ?... s'écria l'écrivain.

La porte était refermée, et l'enseigne, son bougeoir à la main, allait attendre dans sa chambre le témoin de Jules, quand il fut accosté par Desbagues, que son adversaire lui envoyait.

— Je suis, dit l'élève après avoir salué l'officier, c'est-à-dire j'ai l'honneur d'être le témoin de monsieur Renaud...

— Grand bien vous fasse un tel honneur ! murmura Fargeolles.

— Et je viens vous demander quel est le vôtre ?

— C'est le commissaire, qui voit tout, qui sait tout ! etc... répondit l'officier en fredonnant de la manière la plus insolente ; puis il s'enferma brusquement dans sa chambre, après avoir indiqué du geste celle du débonnaire administrateur.

L'élève frappa à la porte :

— Mon Dieu Seigneur ! qui est là ?

— Desbagues, commissaire.

— Entrez ! mais que voulez-vous ? laissez-moi allumer ma bougie. Que diable ! on ne peut plus dormir.

— Trois mots, commissaire ; inutile de chercher votre briquet. Quelles sont les armes, l'heure et le lieu désignés ?

— Quoi ? comment ? que dites-vous ?

— N'êtes-vous pas le témoin de monsieur Fargeolles pour son duel avec monsieur Renaud ?

— Mais... pas précisément. C'est que... je n'ai pas tout à fait accepté.

— L'êtes-vous, oui ou non ?

— Je ne dis pas non, mais je ne dis pas oui non plus.

— Enfin pouvez-vous répondre à mes questions ?

— Permettez ! c'est selon, jusqu'à un certain point.

— Eh bien ! l'heure ?

— Cinq heures du matin, je crois ; oui, cinq heures... on poussera du bord aussitôt après le branle-bas. C'est trop tôt ; beaucoup trop tôt, décidément ! on ne déjeune pas à cette heure-là chez monsieur de La Rizière...

— Le lieu ? interrompit l'élève.

— Oh ! pour ça, l'usage ici est de se battre derrière le jardin du Roi, c'est connu ; et d'ailleurs c'est tout près de chez monsieur de La Rizière, et vous concevez...

La scène devenait de plus en plus singulière.

Desbagues remplissait sa mission avec la gravité convenable ; l'agent comptable s'entêtait à faire sans cesse allusion au déjeuner et à l'habitation de monsieur de La Rizière. L'élève demanda enfin quelles étaient les armes choisies par Fargeolles.

— C'est le sabre d'abordage, répondit l'écrivain ; il paraît que la farce sera excellente, et que monsieur de La Rizière...

— Que dites-vous donc ? s'écria Desbagues impatienté. Le sabre d'abordage ? mais ça n'a pas de sens, on ne se bat pas au sabre d'abordage ! Et puis que vient faire ici monsieur de La Rizière ?

— Et le déjeuner ? dit l'agent comptable en s'efforçant de donner à son accent une expression de finesse.

— Quel déjeuner ?

— Le déjeuner de réconciliation.

— De réconciliation ! répéta l'élève. Il s'agit, monsieur,

d'un duel sérieux après de graves insultes. Ne vous moquez pas de moi, je vous prie !

— Je ne me moque jamais de personne, monsieur Desbagues, dit amicalement le commissaire ; mais croyez-vous qu'il y ait quelque chose de sérieux dans tout ceci ?

— C'est très sérieux, je vous le répète, et je ne comprends pas qu'on parle de sabres d'abordage.

— Grand Dieu ! serait-il vrai ? mais je n'entends point jouer le rôle de témoin dans une affaire véritable.

— A la question, s'il vous plaît ! Si vous ne voulez plus être le second de Fargeolles, expliquez-vous-en avec lui. Quant à moi, je tiens à savoir s'il a été parlé de quelque autre arme que de sabres d'abordage.

— D'aucune autre, je vous le jure, dit piteusement le vieil employé.

— Alors, commissaire, je vous souhaite bien le bonsoir.

Desbagues alla aussitôt frapper à la porte du chirurgien-major ; il le trouva accoudé sur un livre de médecine, et travaillant encore malgré l'heure avancée de la nuit. Après une courte conférence, il remonta sur le gaillard d'arrière, où Jules avait fait faction à sa place pendant qu'il remplissait sa mission de porteur de paroles.

A cinq heures du matin, le lieutenant Labranche était déjà sur le pont depuis longtemps ; il faisait disposer les objets nécessaires pour le nettoyage intérieur du navire, on mettait à la mer les canots, qui avaient passé la nuit suspendus aux flancs de la corvette. L'activité commençait à renaître. Ce ne fut pas sans quelque étonnement que le vieil officier vit apparaître successivement Fargeolles, Jules Renaud, Desbagues, le commissaire et le chirurgien, qui vinrent tour à tour le saluer et le prévenir de leur intention de se rendre aussitôt à terre. Toutefois ils s'expliqua leur démarche par le désir de visiter sans retard le pays nouveau où ils étaient arrivés la veille, et, comme monsieur de Kergal avait affranchi son état-major de l'obligation réglementaire de demander la permission de s'absenter, le lieutenant mit immédiatement un canot à leur disposition.

A l'avant de cette embarcation se trouvait Papillon, qui y était descendu par ordre de Jules avec un sac où se trouvaient emballées les singulières armes choisies pour le combat. Jules et Desbagues portaient d'ailleurs l'épée au côté, mais Fargeolles avait affecté de se mettre en bourgeois. Cette circonstance ne l'empêcha pas de s'asseoir à la place d'honneur dans le canot, où il ne fut pas dit une parole jusqu'au moment où l'on toucha terre.

Le commissaire, le plus vieux navigateur de la bande, connaissait Saint-Denis ; il servit de guide jusqu'au lieu désigné. Papillon, pliant sous le faix, suivait à quelques pas. Il faisait à peine jour ; la ville était encore silencieuse, la campagne déserte. L'habitation de monsieur de La Rizière s'élevait à peu de distance.

Le chirurgien s'arrêta le premier, afin d'indiquer qu'il se regardait comme étranger à ce qui aurait lieu. Jules et Desbagues ne tardèrent pas à faire halte, Papillon les rejoignit et déposa son ballot à côté d'eux ; puis, à un signe de son maître, il l'ouvrit et en tira deux sabres d'abordage que l'enseigne remit à l'élève en lui disant :

— Je vous fais faire aujourd'hui une corvée bien pénible, mon cher Desbagues, recevez encore une fois mes vifs remercîmens.

— C'est inutile, dit l'élève, j'ai accepté de grand cœur ; je ferai de mon mieux pour vous servir ainsi que vous l'entendez.

— Pas de concessions, vous le savez ; je ne rétracte rien, absolument rien, je n'accepte pas même de réparation ; il n'y a qu'une manière de vider cette affaire.

— Très bien ! dit Desbagues en serrant la main de Jules.

Fargeolles et le commissaire avaient fait halte de leur côté.

— Vous tremblez comme une plume en temps de règlement de compte, disait l'officier à l'agent comptable. On reconnaît le plumitif. Tranquillisez-vous.

— Mais c'est que l'affaire tourne au tragique. Si j'avais su...

— Vous m'auriez abandonné peut-être ?

Le vieil écrivain se troubla et reprit d'une voix étouffée :

— Je n'ai pas dit cela. Mais...

— Calmez-vous donc, vous dis-je. Voici Desbagues qui vient en ambassade ; vous l'écouterez attentivement et viendrez me rapporter les excuses de Renaud ; je serai indulgent, j'ai envie d'être bon prince ce matin.

Fargeolles s'éloigna, Desbagues s'approcha du commissaire.

— Voici les sabres d'abordage, lui dit-il ; ils sont parfaitement semblables, choisissez celui que vous voudrez. Mais faites remarquer cependant à votre partie que nous avons aussi deux épées d'égale longueur, et que si celle-ci préfère une arme moins ridicule dans la circonstance présente, rien n'est plus facile.

Le commissaire ne comprit pas d'abord ; toutefois, après un moment de silence :

— Vous ne nous apportez donc pas d'excuses ? dit-il timidement.

— Pas la moindre, monsieur ; mon ami n'est venu ici que pour se battre.

— Diable ! mais enfin il me semble que des collègues, d'anciens camarades, des marins français, pourraient... Voyez-vous, jeune homme ; je suis pour les accommodemens. Pas d'effusion de sang ; la paix, c'est mon système. Si monsieur Renaud voulait seulement céder un peu...

— Paroles perdues, commissaire ; résignez-vous à choisir un sabre, allez trouver monsieur Fargeolles, et rendez-moi réponse.

— Mais n'y aurait-il pas quelque moyen...

— Aucun, monsieur ; j'ai rempli mon devoir, remplissez le vôtre.

Fargeolles attendait d'un air calme l'issue de la conférence ; il clignait des yeux et souriait méchamment. Jules était violemment agité, mais parfaitement maître de lui. La perplexité du paisible écrivain était fort comique ; il pesait et mesurait entre eux les sabres, comme s'il eût espéré trouver dans leur différence une fin de non-recevoir.

— Celui-ci est plus lourd, celui-là est plus long, disait-il.

— Ils sont pareils, répondit Desbagues, mais prenez celui que vous voudrez, et finissons-en.

Il fallut bien se résigner à faire un choix.

L'élève remit à Jules le sabre qui restait ; le commissaire alla présenter l'autre à Fargeolles.

— Il m'a chargé de vous proposer l'épée ; qu'en pensez-vous ?

— Ne vous ai-je pas dit hier que le sabre d'abordage était plus drôle ?

— Drôle ! fit le commissaire en réfléchissant. Au fait, si ce n'est qu'une farce pour m'attraper, j'entends très bien la plaisanterie, et je ne m'en fâcherai pas.

Fargeolles, un peu embarrassé par la tournure que prenaient les choses, et dans la crainte peut-être de perdre son témoin, essaya de le confirmer dans son erreur.

— Tu l'as deviné, finaud, dit-il, on veut que s'égayer à tes dépens ; prends ta revanche, ne fais semblant de rien, et dis résolument que je veux me battre au sabre. Va, le déjeuner tient toujours.

Le commissaire, convaincu, s'avança d'un air dégagé sur le terrain, déclara qu'on se battrait au sabre, et qu'on pouvait faire aux deux antagonistes le signal de marcher l'un sur l'autre.

Fargeolles fit quelques pas en avant, se mit en garde, et attendit Jules qui vint à lui. Les fers se heurtèrent.

— Mais prenez donc garde, s'écria le vieil employé, vous allez vous blesser !

— Taisez-vous donc, commissaire, dit Desbagues, qui l'épée à la main présidait au duel.

— Allons, allons, messieurs, la plaisanterie a assez duré ; je sais qu'on se moque de moi, arrêtez-vous, et que tout ceci finisse !

Desbagues, impatienté, repoussa l'agent comptable avec un geste de dédain. Au même instant un jurement affreux se fit entendre. Fargeolles était tombé baigné dans son sang.

Je savais cependant tirer le sabre ! fut sa première exclamation. La blessure de Fargeolles était une large entaille à la hanche droite. Jules s'empressa de lui porter secours.

— Maladroit ! lui dit Fargeolles en ricanant encore, ne voyez-vous pas qu'on va me porter chez la mère de votre Antonine ? Puis comme Jules faisait un geste pour l'aider à s'asseoir : — Ne me touchez pas ! dit-il avec une sorte de colère, vous vous croyez quitte trop tôt.

Après cette menace, que son adversaire seul avait pu entendre, il s'évanouit.

Le chirurgien major et le mousse s'approchèrent.

— Ah çà ! dit le commissaire, c'était donc sérieux ?

Jules regarda d'un air étonné, haussa les épaules et tourna le dos ; puis il se dirigea vers l'habitation de La Rizière.

Déjà un attroupement de nègres se formait autour des officiers. L'alarme était donnée. Quand le jeune enseigne arriva à la porte, il rencontra l'administrateur colonial, qui accourut en robe de chambre et d'un air effaré :

— Bonjour, monsieur Jules, qu'y a-t-il donc ? On me réveille en sursaut pour me parler d'un duel entre officiers de marine.

— Un duel a eu lieu en effet, et je viens vous demander l'hospitalité pour monsieur Fargeolles qui est blessé.

— Avec qui s'est-il battu ?

— Vous le saurez plus tard ; mais on l'apporte ici, on entre dans l'avenue ; veuillez aller le recevoir.

A ces mots, Jules salua monsieur de La Rizière, et bientôt il se trouva seul près de la maison. Antonine parut à l'une des croisées du rez-de-chaussée ; elle l'aperçut et s'écria involontairement :

— Ah ! ce n'est pas lui qui est blessé !

— Quoi ! dit l'enseigne en s'approchant, vous sauriez déjà...

— Je me doutais que la rencontre aurait lieu ce matin ; je n'en ai pas dormi de la nuit.

— Merci, du fond du cœur, mademoiselle ; mais comment avez-vous deviné la vérité ? Je n'en avais rien dit à personne.

— Vous oubliez, monsieur Jules, que j'avais été le témoin de votre discussion avec monsieur Fargeolles sur le pont du navire.

— Pardon, mademoiselle, un seul mot, le temps presse ; mes amis amènent ici monsieur Fargeolles ; votre mère va venir sans doute près de vous, et il faut que je vous quitte quand j'aurais encore tant de choses à vous dire. Je vais être mis aux arrêts, des mois peuvent s'écouler sans que je vous revoie, mon ennemi mortel sera près de vous : ne prêtez pas l'oreille à ses calomnies, n'oubliez pas celui qui vous aime de toute son âme, ne m'en veuillez pas surtout d'oser ici franchir les bornes d'une réserve que j'aurais voulu garder. Que mon amour même me excuse, car je vous dis adieu et mon persécuteur va rester ici. Là pourquoi ne suis-je point le blessé !

La jeune fille avait rougi ; elle eût répondu peut-être, si madame de La Rizière, soutenue par ses caméristes, n'était sortie de la maison en poussant les hauts cris :

— Ciel ! mon Dieu ! quelle horreur ! disait-elle. Monsieur Fargeolles blessé à mort !

— Calmez-vous, madame, dit le chirurgien major de la Sévère, la blessure est grave, mais elle n'est point mortelle, j'en ai l'espérance. Veuillez nous permettre d'entrer et de poser le premier appareil.

Jules et Desbagues retournèrent à bord, où le service les appelait ; dès que le duel fut connu, ils y furent consignés par monsieur de Kergal. Le commissaire et le chirurgien ne quittèrent pas Fargeolles, qui avait repris ses sens et ne tarda pas à dire à son témoin avec son ton habituel d'ironie :

— Vous voyez bien, bonhomme, que vous déjeunerez avec papa La Rizière.

— C'est égal, répliqua l'écrivain, vous m'avez pris en traître, ce n'est pas bien du tout.

La mauvaise humeur de l'agent comptable ne tarda pas à s'accroître encore, car il se vit compris dans la mesure qui condamnait Jules et Desbagues aux arrêts jusqu'au parfait rétablissement de Fargeolles.

Le mousse Papillon, à son arrivée à bord, eut les honneurs de la tribune sur le gaillard d'avant.

— Bien fait ! ajouta Gaussard sous forme de commentaire ; si seulement ce brigand de Fargeolles pouvait laisser sa peau au diable qui la lui a cousue sur le corps ; l'équipage n'en pleurerait pas, ni moi non plus. Monsieur Renaud, Franc-Cœur, comme nous l'appelions sur la Victorieuse, a bravement commencé la déchirure ; que le vent de terre défonce le reste, ça fera une fameuse économie d'encre pour le capitaine d'armes !

— Comment ? demanda un conscrit.

— Tu ne connais pas le capitaine d'armes, toi ?

— Si fait, c'est l'adjudant de police, il m'a assez embêté dans sa vie pour que je le connaisse.

— Alors, tu ne sais donc pas qu'il tient le cahier des punitions du bord, lequel est quasiment toutes données par le déhanché de là-bas.

Gaussard, matelot fieffé, ne mâchait pas les paroles ; il exécrait Fargeolles, et se serait fait hacher en morceaux pour Jules. Tout l'équipage le vénérait et l'écoutait avec respect ; c'était l'ancien du beaupré.

Monsieur Labranche éprouva un saisissement étrange en apprenant que Fargeolles, très gravement blessé, avait été recueilli à l'habitation La Rizière. S'il eût obéi à son premier mouvement, il se fût jeté en canot pour aller le voir ; mais, avant toutes choses, le vieil officier voulut remplir ses devoirs de lieutenant.

Il découvrit avec horreur que tous les torts, et les torts les plus odieux, étaient du côté de Fargeolles. Quoique Jules n'eût point chargé son adversaire, les témoignages abondaient contre l'officier absent ; et monsieur Labranche n'avait pu oublier l'enfance et la jeunesse de son ingrat pupille.

— Incorrigible !... incorrigible !... murmura le vieillard avec un accent d'amertume. C'est donc une punition du ciel ! C'est inutilement que je me suis condamné à expier mes fautes... et que j'accomplis une pénitence sans fin !... Une torture plus grande m'est infligée... Émile... tu es mon bourreau !... J'aurai donc essayé de tout sans succès !... je me serai sacrifié tout entier pour rien !... et, maintenant, irai-je encore lui adresser d'inutiles remontrances ? Il me recevrait comme après le meurtre de l'infortuné Pierremont !... Il n'a pas d'âme, ou, s'il en a une, c'est celle d'un damné !

Monsieur Labranche résista à son désir d'aller le visiter, jusqu'au moment où le gouverneur de la colonie donna ordre à la Sévère de se rendre à Sainte-Marie de Madagascar ; mais alors le vieil officier n'y put tenir ; il éprouvait l'impérieux besoin de faire ses adieux à Émile Fargeolles.

Leur entrevue à Angoulême avait été misérable ; à bord de l'Orion, leur entrevue avait été mesquinement triste ; à Toulon, après la mort de Charles, Fargeolles avait été dur ; à l'habitation de La Rizière, il fut tellement insolent et cruel envers son persévérant mentor, que nous ne tenterons pas de reproduire cette scène.

Monsieur Labranche revint à bord bouleversé ; il se fit exempter de service. Jules Renaud prit les fonctions de lieutenant du navire.

Une affreuse épidémie exerçait ses ravages à Sainte-Marie de Madagascar, dont la garnison était décimée ; à bord de la Sévère étaient embarqués, par ordre du gouverneur, une compagnie de soldats, un prêtre et quelques religieuses hospitalières, parmi lesquelles se trouvait encore sœur Aglaé.

Jules Renaud, en sa qualité de lieutenant par intérim,

dut s'occuper du logement et du service des religieuses ; mais sœur Aglaé avait eu connaissance de son duel avec Fargeolles ; elle passa devant lui sans lever les yeux, sans dire un mot.

Jules en fut profondément attristé :

— Elle me trouve indigne, pensait-il, de posséder l'aiguillette d'or... Infortunée jeune fille !... elle se dévoue, elle pardonne... tandis que moi... Jules soupira, et ensuite il reprit d'un ton ferme : — Si la leçon n'a pas suffi... cordieu ! nous recommencerons,...

V

LE CILICE.

Quatre mois après le duel des deux officiers, Fargeolles, parfaitement guéri de sa blessure, se trouvait assis à côté de madame de La Rizière, sous un berceau de verdure. Il était guéri ; mais la *Sévère* n'étant pas rentrée à Bourbon, il en attendait le retour à l'habitation où madame de La Rizière l'avait retenu d'autorité.

Fargeolles continuait auprès de la vieille coquette le manège qui, durant la traversée, l'avait placé si avant dans ses bonnes grâces. Phrases à effet, œillades langoureuses, tirades déclamatoires, réflexions poétiques et visant à la profondeur, rien n'était omis. La créole enchérissait en pathos sentimental dont il s'efforçait de paraître touché. Parfois cependant le sujet de la conversation descendait de ces sphères élevées à la simple médisance, au cancan, à la calomnie anonyme. Tout le personnel de la colonie était passé en revue. Fargeolles avait alors un succès merveilleux. Son génie pour la raillerie mordante savait prendre toutes les formes : grossier vis-à-vis des matelots, familier jusqu'à l'insolence et trivial jusqu'à la sottise à l'égard du commissaire, outrageant pour Jules Renaud, il devenait presque de bon goût maintenant qu'il s'agissait seulement de déflorer quelques réputations, d'inventer ou de commenter quelque intrigue scandaleuse.

Monsieur de La Rizière et sa fille se tenaient à l'écart, ils faisaient ensemble leur promenade du matin ; ils fuyaient, non sans motif, l'hôte dangereux qui avait usurpé la première place dans l'intérieur de la maison.

Bon gré mal gré, le petit sous-commissaire colonial s'était résigné à la présence d'un étranger fort incommode et dont l'influence grandissait à pas de géant.

Fargeolles, initié à tous les secrets de la famille, plus encore s'il est possible par calcul ambitieux que par haine pour Jules Renaud, s'était fait d'une excessive prévenance envers Antonine.

Il avait même eu l'adresse de ménager madame de La Rizière ; il continua de flatter ses travers, et parvenait à donner une apparence toute naturelle à sa conduite galante ; mais la jeune fille lui opposa une réserve pleine de dignité. Jamais il ne la rencontrait seule : elle se réfugiait sous l'égide maternelle, ou plus souvent encore près de monsieur de La Rizière, qui souffrait trop de l'influence de Fargeolles sur l'esprit de sa femme pour ne l'avoir point pris en aversion.

Une alliance offensive et défensive s'ensuivit tacitement entre le père et la fille, tandis que l'officier continuait ses obliques manœuvres auprès de la vieille coquette, et adoptait pour thème de ses éloquentes périodes le bonheur de la vie intérieure, les charmes de la famille, les jouissances d'une mère qui revit dans une fille chérie dont l'époux devient son fils adoptif. Quoique ce ne fût pas tout à fait le rêve de la créole, elle cédait sensiblement, tant l'officier avait acquis de puissance sur son esprit ; le jour n'était pas éloigné où il se croirait en mesure de faire des propositions directes. Tout bien pesé, il ne

reculait pas devant les dernières conséquences : son mariage avec Antonine lui paraissait assez avantageux pour qu'il le désirât, même en faisant abstraction des mill circonstances accessoires d'amour-propre et de méchanceté satisfaite qui formaient comme un faisceau autour de ses intentions principales. Il connaissait à fond les revenu de La Rizière, la dot, et la position qu'occuperait un gendre dans l'habitation ; bref il était décidé, ce qui ne l'empêchait pas de conserver son système d'admiration passionnée pour les attraits négatifs de celle qui serait devenue sa belle-mère. Trop souvent une pareille manœuvre réussit ; la tactique est élémentaire et confirmée par un adage de la sagesse des nations.

Toutefois, Fargeolles comptait sans l'antipathie croissante d'Antonine, dont l'esprit délié et formé à l'école parisienne avait pénétré ses projets.

Chez la jeune fille, il y avait maintenant plus que du dégoût, il y avait du mépris pour son odieux prétendant. Ces impressions répulsives réagissaient en faveur de Jules, qui depuis son départ avait, par cela même, fait un pas immense dans le cœur de celle qu'il aimait. Antonine d'ailleurs n'échappait pas plus qu'une autre aux froides démonstrations du raisonnement ; elle se voyait entre un père faible ou au moins ridicule, et sentait le besoin d'avoir un protecteur ; le mariage était l'unique solution du problème : et qui pouvait mieux la défendre que Jules Renaud ? Telle était la transition vers des idées d'un ordre moins positif.

Aussi, tandis que Fargeolles préparait les voies auprès de madame de La Rizière et cherchait à s'assurer de son consentement, Antonine mettait toute son adresse à reporter vers Jules les pensées de son père. Jules était le texte habituel de leurs conversations ; peu à peu le sous-commissaire devint, presque sans s'en douter, le confident de sa fille.

— Jules a un cœur, disait-elle, et monsieur Fargeolles n'en a point.

Mais la mère d'Antonine avait des idées fort différentes sur le compte des deux enseignes ; elle trouvait Fargeolles fort gai, très aimable, prodigieusement spirituel. Monsieur de Kergal, son commandant, faisait le plus grand cas de lui. En résumé, l'enseigne avait mis à profit son séjour à l'habitation, il avait certainement quelques chances de succès, quand tout à coup le mousse Papillon parut au bout de l'avenue.

L'élève de première classe Desbagues le précédait de quelques pas.

— Enfin !... s'écria Antonine.

— Enfin !... répéta son père à demi-voix, voici la *Sévère* de retour, et nous allons être débarrassés de monsieur Fargeolles !...

L'élève salua, et demanda bientôt après des nouvelles de l'officier blessé.

— Il est rétabli, fort heureusement, dit monsieur de La Rizière.

— En ce cas, j'ai à lui transmettre des ordres très importans. Monsieur Labranche est mort à Sainte-Marie, monsieur Fargeolles doit se rendre immédiatement à bord pour le remplacer comme second.

Antonine tressaillit ; elle craignait que l'épidémie n'eût atteint Jules Renaud, dont son père demandait des nouvelles au même instant.

— Nous n'avons eu à déplorer d'autre perte que celle du lieutenant Labranche, répondit l'élève ; monsieur Renaud est parfaitement bien.

Mais à ces mots l'élève aperçut Fargeolles auprès de madame de La Rizière ; il alla remplir son message.

Un cruel sourire rayonna sur les traits de l'enseigne quand il apprit la mort de son bienfaiteur. Il s'enquit néanmoins avec une feinte pitié des détails de l'événement qui lui procurait inévitablement la lieutenance de la *Sévère*.

Tandis que Desbagues, invité à s'asseoir par madame de La Rizière, racontait la petite campagne à Sainte-Marie de Madagascar, le mousse Papillon satisfaisait la curiosité d'Antonine et de son père.

— Pauvre homme! dit la jeune fille, qui, rassurée sur le compte de Jules, se reporta au temps où, deux fois chaque jour, elle voyait la figure martiale du vieux lieutenant présider aux repas du carré, — c'était un si honnête serviteur, un si brave marin, m'a-t-on dit, et, quoique taciturne, il était toujours d'une si grande politesse!...

— Oh! mademoiselle, c'était bien là ce que disait l'équipage, répliqua le mousse; moins gentiment que vous le dites, par exemple... mais tout de même. Sans compter que c'était ce que pensait le père Gaussard, l'ancien des anciens du beaupré. Vous connaissez, pas vrai?

— Non, je ne le connais pas, dit Antonine souriant avec tristesse, mais va toujours, mon petit ami.

— Eh bien! le père Gaussard, toutes fois et quantes le lieutenant punissait, avait coutume de dire : « C'est dur, mais c'est juste. » Oh! oui, il était juste, monsieur Labranche, quoiqu'il ne fût pas aimé comme monsieur Renaud, surnommé *Franc-Cœur* par père Gaussard à bord de la *Victorieuse*.

— Mais tu ne nous apprends pas comment est mort votre brave lieutenant? interrompit monsieur de La Rizière.

— Il est mort en vieux de la cale et en bon chrétien, voilà ce que je puis dire; avec un cilice sur le corps.

— Un cilice! dit la jeune fille étonnée.

— Un cilice! répéta son père.

— Gaussard appelle ça un *cilice*; c'est comme qui dirait une grosse chemise en toile à voiles, avec des crins dedans, qui déchirent la peau. Vous ne savez peut-être pas ce que c'est, ça? Gaussard nous a-t-expliqué...

— Nous savons parfaitement ce qu'on appelle un cilice; continue, mon enfant.

— Eh bien! nous allions donc partir pour Sainte-Marie, porter une garnison, rapport aux fièvres, ayant à bord un curé passager, des sœurs de l'hôpital, et particulièrement sœur Aglaé, mademoiselle, que vous aimez tant!... La veille d'appareiller, le lieutenant descend à terre. Ça parut drôle à l'équipage. Père Gaussard jura son vieux couteau, qu'il surnomme *Jean-Bart*, un fameux couteau de gabier, dame!... que monsieur Labranche avait des idées!...

— Mais, en effet, dit monsieur de La Rizière, ce fut ce soir-là que le lieutenant vint ici et qu'il eut un entretien particulier avec monsieur Fargeolles.

— Donc! en s'en revenant à bord, poursuivit Papillon, les gens du canot disent qu'il soupirait et s'essuyait les yeux comme s'il pleurait. La nuit était noire; on ne pouvait pas bien voir, vous comprenez!...

— Monsieur Labranche pleurer!... s'écria Antonine.

— Voilà ce qu'ils se disaient, répondit Papillon. Le père Gaussard répétait toujours : « Nous sommes partis un 13, et le chat noir a été jeté à la mer, sans compter les vieilles histoires de la *Thétis* et de la *Victorieuse*... Vent-de-Bout par quelque chose là-dedans, et puis... »

— Fais-nous grâce des réflexions de ton Gaussard, interrompit brusquement le père d'Antonine.

Le mousse déconcerté rougit et balbutia le nom de sœur Aglaé.

Antonine jugea nécessaire de réparer l'effet de la rude interruption de monsieur de La Rizière; le mousse, privé du secours des citations Gaussard, était tellement décontenancé, que la jeune fille dut y mettre une douceur affectueuse :

— Que faisait donc sœur Aglaé? demanda-t-elle.

— Sœur Aglaé? répondit le mousse. Ah!... c'est elle particulièrement, la pauvre sainte brebis du bon Dieu, qui a soigné monsieur Labranche pendant sa maladie...

— Mais tu ne nous a pas encore dit que votre lieutenant fût tombé malade, objecta la jeune fille avec la plus grande bonté. Allons, mon enfant, reprends le fil de ton récit; tu en étais au retour à bord de votre malheureux officier en second...

— Oui!... c'est ça!... c'est bien ça!... — s'écria Papillon rasséréné. Monsieur de La Rizière venait d'apprendre qu'il ne faut pas essayer d'aiguillonner la verve d'un narrateur du gaillard d'avant. Il se résigna aux digressions et commentaires du jeune serviteur de Jules Renaud. — Dès son arrivée à bord, continua Papillon, il va trouver le commandant : « Commandant, dit-il, faites-moi remplacer pour mon service. » De manière que monsieur Jules Renaud était notre lieutenant, et l'a demeuré tout le temps de notre voyage à Sainte-Marie, comme vous allez le voir! A preuve qu'il a reçu les sœurs à bord et qu'il leur a fait rétablir leur petit couvent en toile à voiles dans la batterie. En même temps, il a fait le rôle des soldats par plats et par bordées... Dame! il s'y entend au service, monsieur Renaud, comme disait... — Le nom de Gaussard expira sur les lèvres de Papillon, qui prit haleine avant d'ajouter :— Cette première nuit donc, étant encore en rade, le lieutenant Labranche la passa tout entière à se promener sur la dunette, sans veiller à rien. Oui, mademoiselle, sans veiller, puisque le factionnaire de l'arrière, à côté de lui, oublia une fois de crier *Bon quart!* et lui ne s'en aperçut même pas. Ça fit parler, je ne dirai plus qui. Car pour ce qui est de passer la nuit blanche et de rôder toujours, nous savions de tout temps que le lieutenant ne dormait jamais; c'est la raison pourquoi des anciens du beaupré l'avaient surnommé *Juif-Errant*. Au petit jour, monsieur Labranche était plus pâle qu'un mort, blanc comme un linge et les yeux rouges. Il y eut le père... un fameux du beaupré, qui dit : « Juif-Errant semble un lapin blanc, ce matin. » On remarquait que le lieutenant avait de la misère, et comme c'était un homme juste, vous voyez qu'on le plaignait. Oui, monsieur et mademoiselle, on le plaignait, et les anciens surtout, voilà la pure vérité. — Après un moment d'interruption, Papillon reprit avec assurance : — *Hisse le grand foc! borde les huniers! amures basses voiles!* Nous voilà partis. Une fois le temps, le lieutenant causait avec le curé passager; on en blaguait sur l'avant. Un curé à bord, ça porte malheur, disaient-ils. Vu le 13, jour du départ de Brest, le chat noir jeté à la mer, et l'embarquement de Vent-de-Bout, et le reste, ça faisait sept malheurs bien comptés!... Vous devinez, mademoiselle, ce que disaient les anciens?

— Et particulièrement père Gaussard, dont le nom te brûle la langue, ajouta Antonine d'un ton familier.

Papillon la remercia d'un sourire amical et triste à la fois.

— Un jour, poursuivit-il, comme j'étais à côté de la roue du gouvernail, j'entends le chirurgien dire au lieutenant : « Vous vous tuez, il faut vous coucher; votre fièvre augmente, prenez garde d'arriver à Sainte-Marie dans de pareilles dispositions. — Je n'y arriverai pas, répondit-il. — Allez vous mettre au lit, dit le docteur. — Je ne veux pas, c'est inutile. » Le major alla porter plainte au commandant, qui monta de suite pour engager le second à s'élonger dans sa couchette ; « Si vous l'ordonnez, commandant, dit l'autre, j'obéirai. J'aurais pourtant voulu mourir debout.—Capitaine, répond monsieur de Kergal qui ne l'appelait jamais autrement, s'il faut absolument ordonner, j'ordonne, conformément à vos désirs du docteur ; mais rassurez-vous, vous êtes d'une constitution à résister à ce climat. — Ce n'est pas de la fièvre que je meurs, » dit le lieutenant, qui tremblait comme la flamme du grand mât par une jolie brise. Quand l'équipage sut qu'il était sur son cadre, on dit tout de suite : « Il ne se relèvera jamais!... » Sœur Aglaé demanda permission de soigner monsieur Labranche; on n'a jamais rien vu de pareil. Il aurait été son père qu'elle n'en aurait pas pu faire davantage. Aussi tout l'équipage aime bien fort sœur Aglaé. Et pour lors les anciens commencèrent à répéter avec Gaussard : « C'est tout un brave serviteur et un homme juste!... » Tant qu'il resta malade, les matelots me demandaient à toute minute comment il allait. Vous savez, mademoiselle, que je suis mousse au carré de l'état-major ; mais j'étais bien forcé de répondre : « Mal !

7

rien mal !... Sœur Aglaé se déralingue à son service, et il ne va pas mieux pour ça !... » —Antonine et son père, émus par le naïf récit de Papillon, n'interrompirent point ; le petit garçon ajouta bientôt : — Oui, quoiqu'il fût sévère, on le regrettait bien fort ; tout le monde s'intéressait à lui, et on disait « Si jamais Vent-de-Bout devient second, ça sera terrible ! » Monsieur Renaud m'avait bien recommandé de le soigner, et Gaussard aussi ; c'était moi qui aidais sœur Aglaé toutes fois et quantes elle m'en faisait seulement signe. Sur le bureau à monsieur Labranche, il y avait un gros cahier ; il me le demandait souvent, écrivait quelques lignes, me le faisait ramasser sous clef, et mettait la clef à son cou. Un jour il me dit d'allumer de la lumière, ferma son cahier avec trois enveloppes, écrit une adresse de noir, écrit une adresse dessus ; et m'envoie chercher le commissaire : « Vous remettrez ceci à monsieur Émile Fargeolles après ma mort, » dit-il. Puis il fait appeler le curé. Monsieur Labranche resta bien deux heures seul avec lui, à parler tout bas. J'étais contre la cloison, paré à aller prévenir sœur Aglaé dès qu'ils auraient fini, mais je n'entendis rien, hormis le nom de monsieur Fargeolles qui revenait souvent, souvent, ou encore des soupires comme un homme qui geint. Le curé parlait à son tour, il le lieutenant sanglotait par moments ; moi, je ne pouvais m'empêcher d'avoir des embruns dans les yeux.

— Excellent enfant ! murmura Antonine attendrie.

— Et après ?... demanda monsieur de La Rizière.

— Après, j'entends le curé lui dire : « Otez-le ! Otez-le !... » il répond : « Je le porte depuis vingt ans, je mourrai avec — Je vous en supplie ! dit le prêtre. — Un seul monde pourrait me faire changer de résolution, c'est monsieur de Kergal ; le commandant ; mais vous ne savez cela que sous le sceau de la confession ; vous ne le lui direz pas !... » J'ai bien compris plus tard qu'il se parlaient du cilice, mais qui aurait pensé ça ? Et moi, je ne savais pas même ce que c'était qu'un cilice ! Enfin le curé fit des prières, et sœur Aglaé aussi. Alors le docteur entra : « Je voudrais être placé sous la tente, sur le pont, dit le lieutenant ; c'est là que je veux mourir. Allez en demander la permission au commandant. » Le commandant Kergal et tous les officiers étaient dans le carré ; les trois quarts de l'équipage aux alentours, dans la batterie et le faux-pont. Quand on sut qu'il était fantaisie de mônier, il n'y eut qu'une voix pour dire : « C'est bien ! » Vu que le commandant avait fait de la tête signe oui. Gaussard et deux autres gabiers entrèrent de suite pour porter monsieur Labranche, qui s'enveloppa dans un drap blanc ; ils le hissèrent en haut sur son fauteuil. Sœur Aglaé lui soutenait la tête, moi les pieds. — Papillon s'interrompit pour dire : —J'oubliais, monsieur et mademoiselle, que nous étions tendus à Sainte-Marie depuis la veille, et que tous nos passagers avaient débarqué, à l'exception du curé et de sœur Aglaé, qui restèrent, rapport au lieutenant — Après cette parenthèse le mousse continua : — Monsieur Labranche, une fois sur le pont, sembla un peu mieux. Sa figure s'éclaircit. De voir le soleil, ça lui faisait plaisir, apparemment ; les officiers étaient sur l'arrière et le commandant tout près de lui : « Monsieur de Kergal, dit-il, recevez mes adieux ; je pars pour un monde meilleur ; en vous laissant la garde de. » Personne du bord n'entendit le reste. Seulement le commandant, à qui il avait tété à l'oreille, se releva tout pâle et comme effrayé. Gaussard a bien des idées sur cet article ; moi je n'en ai d'aucune sorte. Ensuite monsieur de Kergal étendit la main et dit : « Je vous en donne ma parole d'honneur la plus sacrée !... » Il ajouta tout bas à son oreille : « Je veillerai sur lui. » Ça parut faire grand plaisir à monsieur Labranche. Je suis bien sûr le seul qui ait entendu ces derniers mots ; mais de qui parlaient-ils de même ? je n'en sais rien. Alors monsieur Labranche demanda mon maître : « Monsieur Renaud, lui dit-il, pardonnez-moi le mal que j'ai pu vous faire, comme je vous pardonne celui que vous m'avez fait.—Pour ma part,

lieutenant je n'ai rien à vous pardonner, et, si je vous ai offensé, c'est bien innocemment, car je l'ignore moi-même. —Oui, vous l'ignorez !... je le sais ! dit monsieur Labranche.—J'accepte donc votre pardon avec reconnaissance, » ajouta mon maître en prenant sa main sèche maigre et toute blanche. Après ça, le lieutenant se tourna vers l'équipage, nous dit adieu et baissa la tête. Il y avait là des anciens, des gabiers, des quartiers-maîtres, des maîtres même qui pleuraient : je ne parle pas des mousses, et pourtant il nous avait fait attraper plus d'une suée. Sœur Aglaé et le prêtre priaient auprès de lui. A bord, on faisait silence comme dans une église ; personne n'avait le cœur de parler haut de peur de troubler le lieutenant. Quand vint le soir il dit au commandant : « Faites-moi porter sous la dunette, et demain, je vous en prie, remettez toutes les punitions de l'équipage en mémoire de moi. J'aurais voulu mourir en pleine mer et y être jeté ; mais puisqu'il faut qu'on m'enterre, je vous en conjure, pas de grade, pas de mention honorable pour mes services ou mes croix ; je ne veux d'autres mots que ceux-ci : Ci-gît le lieutenant de la Sévère. De profundis !... » Alors on me fit partir, et je ne sais rien de plus. Le lendemain, ajouta le mousse après une courte pause, on débarqua le cercueil de monsieur Labranche, en tirant deux coups de canon. Le quart de l'équipage, en armes, commandé par monsieur Renaud, avec le curé en tête et moi pour enfant de chœur, le commandant, les officiers et beaucoup de matelots sans armes l'accompagnèrent. Le maître voilier et sœur Aglaé, en l'ensevelissant, trouvèrent son cilice. C'était donc de ça qu'il parlait au curé la veille de sa mort. Dans l'équipage, on en causa, et l'on se rappela ses dernières volontés : « Pas de nom, pas de grade sur ma tombe. » Il y a, bien sûr, un grand secret là-dessous, et l'on pense que c'est écrit dans son cahier adressé à monsieur Fargeolles. Saurons-nous jamais la vérité ? Je ne la demande pas, moi !... j'ai bien assez pleuré comme ça la mort de notre pauvre lieutenant !...

Papillon achevait à peine, quand Fargeolles et madame de La Rizière, à qui Desbagues avait aussi raconté avec détails la fin édifiante de monsieur Labranche, rejoignirent l'habitant et sa fille.

Mais l'élève ayant annoncé que la Sévère avait aperçu une voile qu'on croyait navire de France, cette nouvelle fit diversion à la sombre et mystérieuse histoire du lieutenant.

En sa double qualité d'administrateur et de colon, monsieur de La Rizière s'intéressait vivement aux arrivages ; il s'empressa d'interroger Desbagues. Antonine, restée à l'écart, adressa encore à Papillon quelques questions qui amenèrent ce dernier à faire l'éloge de son maître.

— L'équipage le respecte et l'aime comme un bon officier, mademoiselle. Après ça, poursuivit le mousse avec naïveté, monsieur Renaud est bien triste depuis quelque temps, et père Gaussard prétend qu'il en rêve que de vous.—La jeune fille s'attendait peu à une déclaration pareille. Elle resta interdite et rougit. — Ai-je dit quelque chose de mal ? demanda Papillon. Non, non, mademoiselle, je n'ai fait que répéter la Gazette de la mèche.

— L'on appelle la Gazette de la mèche les causeries autour du baril qui renferme une mèche toujours allumée, à laquelle les matelots allument leurs pipes, et qui est en quelque sorte le feu sacré du bord. — Dame ! ajouta le mousse, les matelots prétendent que monsieur Renaud ne pouvait pas mieux choisir. Voilà !

— Assez, assez ! dit Antonine, et surtout ne va pas répéter à monsieur Jules ce que tu viens de me dire.

— Je suis bien sûr pourtant qu'il me demandera de vos nouvelles, car il ne m'a envoyé à terre que pour vous.

On s'aperçoit que Papillon n'avait pas trop maladroitement rempli le message galant de Jules Renaud, qui s'excusait par sa bouche de n'avoir encore pu descendre à terre et venir voir Antonine. Si la manière dont le mousse s'y prit pour exprimer cette pensée attira sur les joues de la jeune créole une vive rougeur, sur ses lèvres errait un gracieux sourire.

Cependant Fargeolles avait hâte d'entrer en fonctions de lieutenant.

Être le second de la corvette, la cheville ouvrière du service, le gardien de la discipline, l'âme damnée du bord ; avoir la surveillance absolue de l'équipage, être le chef absolu de l'état-major, l'intermédiaire du commandant qui le protégeait et le favorisait ; pouvoir vexer et torturer à plaisir, sans danger, le règlement à la main, et enfin être là, toujours là pour contrecarrer les moindres volontés de Jules Renaud : c'était pour lui autant de jouissances incomparables.

Fargeolles prit congé de ses hôtes avec une politesse excessive, salua Antonine le plus agréablement qu'il put, adressa encore quelques mots charmans à madame de La Rizière, et se tournant ensuite vers l'élève de corvée :

— A bord, monsieur ! lui dit-il impérieusement.

Papillon avait eu soin de prendre les devans à toutes jambes.

Au moment d'embarquer dans le canot qui l'attendait, Fargeolles se trouva face à face avec sœur Aglaé.

Après l'épidémie, la religieuse était repartie de Sainte-Marie de Madagascar, où restèrent seulement quatre sœurs hospitalières. Sœur Aglaé faisait partie de celles qui allaient rentrer à la communauté centrale de l'île Bourbon.

La religieuse reconnut Fargeolles, leva sur lui un regard douloureux, et sut y mettre une expression de charité touchante. Elle semblait dire éloquemment :

« Pardonnez aux autres comme je vous ai pardonné. »

Mais l'officier salua froidement et passa. Il ne pouvait ignorer, pourtant, que sœur Aglaé était Églé de Pierremont.

VI

LA LIEUTENANCE.

Quand les matelots groupés sur le gaillard d'avant aperçurent Fargeolles dans le canot :

— Nous sommes flambés ! s'écria Gaussard en jurant ; voici Vent-de-Bout qui revient, le diable n'a pas voulu de sa peau. Il y a le second ; gare dessous ! La misère me prend déjà mon pauvre quart de vin à la gorge.

En même temps il arracha sa pipe d'entre ses dents, la jeta sur le pont avec colère et l'écrasa du talon.

— C'est fini, nous sommes condamnés ! murmurèrent quelques voix.

A peine le coup de sifflet d'honneur avait-il retenti dans le navire, que Fargeolles descendit chez monsieur de Kergal, qui fit presque aussitôt appeler Jules Renaud.

— Vous allez remettre la lieutenance à monsieur Fargeolles, lui dit-il. L'on continuera à se conformer en tous points aux ordres établis par feu son prédécesseur, monsieur Labranche. Maintenant, messieurs, il me reste à vous parler de vous-mêmes. Votre querelle a été vidée les armes à la main ; je suppose donc qu'il ne doit plus exister de rancune entre vous, et je vous invite à vous réconcilier franchement en ma présence, comme il convient à de loyaux adversaires.

En disant ces paroles, monsieur de Kergal examinait attentivement l'expression de physionomie des deux enseignes. Mais Jules s'était fait un masque froid et grave ; Fargeolles préféra feindre la plus complète insouciance.

— Vous ne répondez pas, messieurs ? Votre inimitié ne serait-elle pas éteinte ? En votre qualité de plus jeune de grade, monsieur Renaud vous devez parler le premier ; précisez vos intentions.

— Mes intentions sont d'oublier le passé ; mais je suis

déterminé à me faire respecter et à ne supporter d'insulte de la part de qui que ce soit. Du reste, en service, j'obéirai aussi ponctuellement aux ordres du lieutenant de la Sévère qu'aux vôtres même, commandant.

— Je suis mécontent d'une réponse si peu explicite, monsieur ; je voudrais vous voir tendre la main à votre collègue.

— Je vous demande pardon, commandant, mais monsieur Fargeolles a dû se considérer comme le plus gravement offensé ; d'autre part, il a été blessé, c'est à lui par conséquent de prouver qu'il accepte une réconciliation. Je dirai franchement que, s'il m'offre la main, je ne lui refuserai pas la mienne.

— Vous entendez, monsieur Fargeolles ? Votre position actuelle à bord exige que vous fassiez quelques sacrifices à la bonne harmonie ; monsieur Renaud objecte que vous devez faire la première avance ; j'aime à croire que vous allez vous rendre à mon invitation.

Fargeolles présenta la main en souriant, Jules y plaça la sienne.

— C'est très bien, messieurs ; je n'en attendais pas moins de vous, dit le commandant.

Quand les deux enseignes sortirent, Fargeolles haussa les épaules de manière à faire comprendre à Jules que la scène précédente n'était qu'une comédie ; celui-ci fit semblant de ne l'avoir pas remarqué ; toutefois, aucune parole ne fut échangée contre eux tant que le jeune enseigne donna le détail des dispositions prises à bord durant son intérim de lieutenant.

Ce devoir accompli, Jules se retira et alla se préparer à descendre à terre ; il passa deux heures dans sa chambre à arranger les feuillets d'un album qu'il destinait à Antonine, et remonta sur le pont.

Cependant, à la profonde stupeur de l'équipage, Fargeolles entrait en fonctions de lieutenant, et commençait à exercer comme il l'entendait son autorité nouvelle.

— Ce malheur-ci, dit Gaussard, peut bien compter à lui seul pour une douzaine.

Avant la fin de la première heure, un tiers de l'équipage était puni, deux élèves étaient envoyés aux arrêts, Gaussard était mis aux fers pour avoir parlé trop haut sur le gaillard d'avant, et Papillon avait reçu douze coups de martinet pour sa part.

— Lieutenant, dit Jules en abordant Fargeolles, je voudrais avoir un canot pour aller à terre.

— Impossible, monsieur ; l'on va faire un exercice général des embarcations, et vous-même vous devez le diriger.

Une étrange inflexion de voix donna un sens farouche à ces simples paroles.

— A tout prix il me faut débarquer de ce navire, pensa Jules ; voici la persécution qui prend des formes horribles. Tâchons d'échanger ma place avec l'un des officiers du Voltigeur.

Le brig le Voltigeur était le navire aperçu le matin en mer par la corvette de charge, et annoncé par l'élève de corvée à la famille La Rizière. Il venait de mouiller en rade. C'était bien réellement un navire de France. Il arrivait de Brest en droite ligne, et était commandé par le comte de Bellegrave.

Après être sortis ensemble de chez le commandant de Kergal, comme Jules et Fargeolles se séparaient, le petit commissaire du bord s'avança :

— Lieutenant, dit-il, Fargeolles, j'ai à vous remettre un gros paquet de la part de monsieur Labranche.

— Ah, qui !... je sais, on m'en a parlé, répondit l'officier d'un ton semi-plaisant ; mais je n'ai pas le temps à cette heure ; vous me donnerez ça ce soir, pour me divertir !...

Jules eut froid en entendant son collègue parler de la sorte du vénérable vétéran qu'il remplaçait.

— Mais on me houde, je crois !... continua Fargeolles en ricanant. Est-ce que le déjeuner du papa La Rizière

n'était pas bon, par hasard ?... Gnogno, soyons sage et
gentil... le lieutenant vous gâtera !...

Jules Renaud se garda, comme on pense, d'écouter une
conversation qui eut pour résultat immédiat de replacer le
vieil employé sous le joug de Fargeolles, encore plus que
par le passé.

La première prière de sœur Aglaé, lorsqu'elle fut rentrée dans le couvent de l'hôpital, fut pour Jules Renaud,
l'ami de Charles de Pierremont, pour Jules qui se trouvait
sous les ordres de Fargeolles.

Au moment où Jules se voyait déloyalement consigné
par son collègue sous un prétexte dérisoire, et mis dans
l'impossibilité d'aller rendre sa première visite à la famille
La Rizière, un canot du *Voltigeur* accosta. Il revenait de
terre et était porteur d'une dépêche que le gouverneur
transmettait en toute hâte à monsieur de Kergal.

Cette communication officielle nécessita bientôt une
nouvelle comparution des deux enseignes par devant leur
commandant.

Fargeolles était triomphant, mais il était outré. L'équipage avait accueilli son retour à bord avec un déplaisir
évident. On le détestait, on l'abhorrait, on le maudissait
tout bas.

Avait-il donc la prétention d'être reçu par des chants
d'allégresse ?

Il était ivre de sa position nouvelle, et pourtant il se
sentit blessé par la mauvaise humeur marquée des marins.
Cette contradiction existe dans toutes les natures tyranni-
ques ; les despotes ont la sottise de vouloir être adorés.
Fargeolles déploya sur-le-champ une sévérité vindicative.

Tant que monsieur Labranche avait vécu, les besoins du
service et les libertés de chacun s'étaient toujours conci-
liés. Sous Jules Renaud, dont l'intérim avait été d'environ
deux mois, rien n'avait changé à bord. Fargeolles signa-
lait la prise de possession de son poste par des mesures
vexatoires qui plongeaient le gaillard d'avant et les élèves
de marine dans une désolation muette.

Depuis trois heures, toutes les physionomies s'étaient
rembrunies ; le régime de la terreur avait commencé à
bord ; des communications incessantes avaient lieu entre
le nouveau lieutenant et le capitaine d'armes, qui devait
se ruiner en encre, au dire de Gaussard, car les punitions
succédaient aux punitions ; le livre rouge se remplissait à
vue d'œil.

Le commandant n'avait pas encore paru sur le pont,
monsieur de Kergal n'ayant point l'habitude de prodiguer
sa présence.

Environ dix minutes après le départ du canot du
Voltigeur, il fut obligé de remplir un devoir pénible. Il
dut faire appeler les deux enseignes pour annoncer à Fargeolles que Jules Renaud, promu au grade supérieur, allait
être immédiatement chargé de la lieutenance du bord.

— Messieurs, leur dit-il, j'ai à vous communiquer une
dépêche qui opérera un changement complet dans vos
positions respectives.

Fargeolles pâlit.

— Monsieur Renaud, ajouta le commandant, est nommé
lieutenant de vaisseau.

Jules tressaillit de joie. Ce nouveau grade le plaçait à
son tour au-dessus de son ennemi :

Depuis la sortie du vaisseau école l'*Orion*, Fargeolles,
comme élève de deuxième ou de première classe, et ensuite comme enseigne, avait précédé Jules Renaud par
rang d'ancienneté. Partout où ils s'étaient rencontrés
ensemble, Fargeolles avait hiérarchiquement été au-dessus de Jules.

Mais la brillante conduite de ce dernier à l'affaire des
Allemands de Rio-de-Janeiro obtenait enfin sa récompense.
Sur la demande réitérée du comte de Bellegrave, il venait
d'être promu au grade supérieur.

Fargeolles restait simple enseigne.

La mort de monsieur Labranche laissait vacante à bord
une place de lieutenant de vaisseau :

— Je vous félicite, monsieur, poursuivit le commandant,

de cette nomination, qui vous appelle à la lieutenance en
pied du navire. Faites assembler l'équipage immédiatement. Monsieur Fargeolles, restez, s'il vous plaît.

Jules salua et sortit. On ne tarda pas à entendre battre
le rappel, Fargeolles s'était fait une contenance impassible,
et attendait que monsieur de Kergal reprît la parole.

— Je conçois, monsieur, dit enfin le capitaine de la
Sévère, que votre position à bord soit désormais pénible,
par suite de l'avancement inattendu de votre collègue ;
cependant, je tiens à vous et serais désolé que vous vou-
lussiez débarquer.

— Je n'en ai pas eu l'idée, commandant, répliqua Fargeolles avec calme. Monsieur Renaud devient mon chef,
je saurai lui obéir.

— C'est très bien, monsieur ; j'aime à vous trouver
dans des sentiments de modération qui vous font honneur
et dont vous m'avez déjà donné une preuve aujourd'hui
même ; c'est pourquoi je veux vous déclarer que je ferai
aussi tout ce qui dépendra de moi pour adoucir votre situation.

Un étrange sourire crispa les lèvres de l'enseigne. Il
comptait se faire une arme de l'intérêt marqué que lui té-
moignait monsieur de Kergal.

— Je vous remercie, commandant, dit-il, et, je vous le
répète, je ferai tous mes efforts pour rester digne de servir
sous vos ordres.

Le capitaine de frégate ouvrit la porte et monta sur le
pont ; l'enseigne de vaisseau le suivit.

L'équipage était assemblé sur deux rangs ; la crainte
était générale :

— C'est sans doute quelque invention de Vent-de-Bout ;
il s'agit de quelque punition, de quelque mise en juge-
ment, pensaient les matelots.

— Un ban ! dit le capitaine.

Le tambour battit un ban, que suivit le plus profond et
le plus triste silence :

— Au nom du roi ! reprit monsieur de Kergal en se dé-
couvrant, l'équipage de la *Sévère* reconnaîtra désormais,
en qualité d'officier en second, monsieur Jules Renaud,
promu au grade de lieutenant de vaisseau par ordonnance
royale en date du 1er juillet 1835, et lui obéira en tout ce
qui concerne le service de Sa Majesté.

Au commencement de la proclamation, les matelots
écoutaient avec une résignation morne, ils s'attendaient au
nom de Fargeolles ; mais quand celui de Jules Renaud fut
prononcé, un murmure de joie se fit entendre, tous les
cœurs se dilataient. Dès que les rangs furent rompus, une
bruyante allégresse éclata sur les passavans. On se serrait
les mains, on s'embrassait, on riait, il semblait qu'on vînt
d'échapper à un danger de mort.

Fargeolles fit bonne contenance, mais il voyait tout ; la
satisfaction générale des matelots l'exaspérait. Une sourde
fureur fermenta dans son âme. La jalousie s'y associait
désormais à la haine : il ne cédait plus seulement à ses
mauvais instincts, il désira plus vivement que jamais se
venger d'un rival doublement heureux.

Monsieur de Kergal avait adouci par d'affectueuses paroles la nouvelle de la mutation impromptue. Malgré cela, Fargeolles était hors de lui. Il ne pouvait songer sans
rage à la cause première de l'avancement de Jules :

— Il m'a volé mon épaulette et il devient mon chef !
murmura-t-il. A bord de la *Victorieuse*, c'était à moi
qu'appartenait le commandement du peloton de débarquement ; il a pris mon poste, c'est à mon détriment qu'il
est avancé ! Et il songe à m'opprimer sans doute !.. Il ne
sait point à qui il a affaire.

Une circonstance fort naturelle accrut encore l'irritation
de l'enseigne. Pour inaugurer sa lieutenance, Jules demanda au commandant de lever toutes les punitions de
l'équipage. En faisant cette requête, il ignorait combien,
dans l'espace de quelques heures, la sévérité de son prédécesseur s'était exercée ; le commandant l'ignorait de
même, et accéda sans difficultés à son désir. Il fit grâce.
On devine ce qu'éprouva Fargeolles en voyant tant de

tortures lui échapper à la fois. Il regarda l'indulgence de Jules Renaud comme un outrage direct.

L'heure du dîner de l'état-major sonna; on se mit à table. La révolution qui venait de s'opérer à bord occupait tous les esprits, mais nul n'osait en parler. On n'échangea que des paroles insignifiantes.

Cependant l'équipage ne se lassait pas de sa joie. Un mouvement extraordinaire avait lieu sur l'avant du grand mât. Le fifre et le tambour se paraient de rubans; le père Gaussard aiguisait sa faconde, des groupes se formaient, se séparaient et se reformaient plus loin. Papillon s'y montrait par intervalles. Enfin il vint annoncer que le café était servi sur la table de l'état-major.

— Il est temps, matelots! s'écria Gaussard d'un ton de maître des cérémonies. Chacun à son poste! en rang les caïmans! fifre, paro-nous un air de guimbarde!

L'équipage, formé en bataillon serré, précédé de ses deux instrumentistes et de Gaussard, qui devait remplir les fonctions d'orateur, se dirigea vers l'arrière. Aussitôt commença l'aubade; le tambour battit avec frénésie la diane et ses mille roulemens; tous les airs joyeux du réveille-matin se succédèrent sur le fifre, jusqu'au moment où les convives, arrachés de table par ce concert inattendu, montèrent sur le pont. Quand Jules parut, le cri de Vive le lieutenant! fut poussé avec enthousiasme par les deux cents matelots de la corvette. Gaussard prit la parole, et, dans un de ces discours fleuris et colorés par toutes les expressions pittoresques du métier, il harangua l'officier, lui témoigna la part que l'équipage prenait à son avancement, protesta du zèle de tous pour la bonne tenue du bâtiment, loua le ministre et dit du bien du roi.

Le commandant de Kergal n'était pas homme à s'opposer à une démarche qui est passée dans les coutumes du bord. C'est pour les fifres et les tambours l'occasion d'une bonne aubaine, pour les matelots une sorte de fête, et, si le héros du jour connaît les convenances, une double ration de vin est distribuée à ses frais. Jules n'eut garde de manquer à la tradition. Il était ému des franches félicitations des marins. Il espérait que l'autorité dont il se trouvait investi élèverait une barrière entre lui et Fargeolles; qu'il pourrait, grâce à une conduite à la fois ferme, juste et modérée, parer à tous les coups de son subalterne; enfin le souvenir d'Antonine, dont ce nouveau grade le rapprochait encore, complétait un bonheur si imprévu.

Fargeolles, assis sur la dunette, examinait ces joyeuses scènes d'un œil farouche: il combinait déjà un plan d'attaques fondé sur les bonnes dispositions du commandant à son égard.

— Vous êtes lieutenant de vaisseau, monsieur, pensait-il, et moi je ne suis qu'enseigne, très bien!... Soit! Mais vous espérez m'échapper désormais... Non, non, mon beau lieutenant, non!... A terre comme à bord, vous en verrez de grises, je vous le garantis!... Quoi! vous m'auriez battu, blessé, dégommé, remplacé, molesté, et moi je serais encore votre très humble serviteur... Doucement! nous ne sommes plus à bord de la *Victorieuse*.

Le commissaire, revenant à la charge, s'approcha de Fargeolles:

— J'ai placé sur votre bureau, dit-il, le paquet du lieutenant Labranche.

— Bien! très bien! mon ami, répondit l'enseigne; — mais, au fait, ajouta-t-il amèrement, j'ai le temps à cette heure; descendons.

Il se renferma dans sa cellule, alluma sa lampe, et jeta les yeux sur l'adresse écrite d'une main tremblante par le vieil officier:

« A monsieur Émile Fargeolles, enseigne de vaisseau. »

— Enseigne de vaisseau! murmura-t-il en songeant à Jules. Ce titre me fait l'effet d'une dérision! Je ne sais pourquoi aussi les papiers de monsieur Labranche, que je traitais de rêveries ce matin, m'épouvantent maintenant. Serait-ce quelque nouvelle disgrâce?... Bah!... lisons toujours!

« En cas de mort du destinataire, le présent paquet sera » remis à monsieur de Kergal, ou à son défaut à l'officier » qui commanderait la corvette la *Sévère*. »

— Quel luxe de précautions! dit Fargeolles en rompant le cachet.

La dernière enveloppe adjurait le commandant de Kergal, ou toute autre personne, Émile Fargeolles excepté, entre les mains de laquelle tomberait le manuscrit, de le brûler sans l'ouvrir et sans en réserver la moindre parcelle.

L'enseigne déchira enfin avec impatience la couverture du pli mystérieux, et lut ce qui suit.

VII

LES CONFESSIONS DU LIEUTENANT.

« Au large de Bourbon, le 15 novembre 1837.

« Nous avons appareillé hier, je ne vous reverrai plus. Notre entrevue à l'habitation La Rizière m'a frappé de mort, je le sens; c'est pourquoi je rassemble mes forces épuisées. Je veux vous écrire l'histoire d'une vie torturée par le remords. Puisse-t-elle être pour vous d'un exemple salutaire! »

Les traits d'Émile Fargeolles n'exprimèrent que de l'étonnement après la lecture de ce préambule.

— Quelle influence ai-je eu sur la destinée de monsieur Labranche? pensa-t-il. En quoi notre dernière conversation a-t-elle pu l'affliger?... J'ai été sec et un peu dur, mais poli; je lui ai formellement déclaré qu'il eût désormais à ne plus se mêler de mes affaires; chose assez naturelle, corbleu!... Depuis quinze ans bientôt il était mon cauchemar, il m'obsédait... Au fond, qu'avais-je de commun avec lui? Cet homme était monomane. Il a jugé nécessaire de m'adresser un sermon en mourant; voyons, pour la curiosité du fait.

« Je suis né à Brest, en 1778, et n'ai jamais connu ma famille; tout ce que j'en ai su, c'est que mon père était un matelot mort en cours de campagne, et ma mère une femme de la dernière classe du peuple, qui partit à la suite d'un régiment, en m'abandonnant à la charité publique.

» Je fus recueilli par des ouvriers de l'arsenal jusqu'à l'âge de huit ou neuf ans. Dès qu'on me jugea en état de gagner ma vie, on me lâcha dans la rue. Je vécus sur les quais, à l'aventure, et finis par embarquer comme mousse.

» J'étais sans foi ni loi, ne sachant rien, ne croyant à rien, mais intelligent et intrépide. Le patron qui m'avait enrôlé sur sa barque m'apprit à lire et à écrire tant bien que mal.

» En 1796, je me fis corsaire. C'était une triste école pour un enfant qui n'avait reçu aucun principe; je devins le plus exécrable bandit du monde.

» J'avais, du reste, une réputation de bravoure qui me valut l'estime de mes armateurs; ils me nommèrent sous-lieutenant d'un brig armé en course, qui fit, en moins d'un an, pour plusieurs millions de prise.

» Ma part fut de trois cent mille francs.

» J'étais assez riche pour avoir de l'ambition; j'abandonnai provisoirement le métier et retournai à Brest, afin d'étudier et de pouvoir être nommé capitaine-corsaire.

» Je m'étais magnifiquement logé et meublé, dans une maison habitée par une honnête famille de petits marchands. Leur fille me plut. J'étais habitué aux amours faciles, j'essayai de la séduire, elle résista. Irrité d'un tel obstacle, je la demandai en mariage, plus par caprice que par amour. Ses parens, flattés de ma recherche, éblouis par mes prodigalités, me l'accordèrent.

» Je venais d'être nommé capitaine au long cours, je semais l'or à pleines mains, je passais pour un bon enfant, on m'admirait.

» Au bout de six semaines de mariage, je m'ennuyais à périr; la vertu bourgeoise de ma moitié m'assommait, j'avais besoin de reprendre la mer, de recommencer mon existence d'émotions et d'orgies terribles.

» Un jour, sans prévenir personne, je fis mon paquet, j'emportai le reste de mon avoir, et partis laissant enceinte la malheureuse que j'avais épousée.

» A Saint-Malo, j'obtins sans peine le commandement d'un beau lougre sur lequel je me remis à faire la course. On m'écrivit; je brûlai les lettres sans les lire, je me plongeai dans tous les excès.

» On me fit supplier d'envoyer quelques secours à ma femme, dont les parens étaient morts de misère; je daignai lui expédier une somme assez médiocre, mais, craignant qu'elle ne vînt me relancer à Saint-Malo, je partis pour l'Inde.

» Je vous épargnerai toutes réflexions sur la première partie de ma carrière. Mes fautes n'étaient point encore irréparables; j'aurais pu aller retrouver ma femme, m'occuper de l'éducation de mon fils, et vivre, sinon sans remords, du moins avec la conscience d'avoir atténué le mal autant que possible. Mais j'étais blasé sur les souffrances d'autrui, intraitable et parfois féroce. Les douleurs de ma femme, loin de me toucher, m'ennuyaient. Avant de partir, je lui écrivis qu'elle eût à me laisser en repos, et j'accompagnai cet ordre des plus injustes menaces.

» L'infortunée, je l'ai su depuis, se mit à travailler sans relâche, usant sa santé et sa vie pour faire donner à son fils une instruction en rapport avec ce qu'elle appelait *le rang de son mari.*

» Cependant je battais les mers, brûlant, pillant, égorgeant, et, du reste, mangeant au jour le jour tout ce que je prenais aux Anglais.

» J'avais une célébrité formidable; les marins faisaient de moi le plus grand cas; plusieurs de mes coups de main ont été mis en chansons par les matelots; beaucoup d'officiers de mérite me tenaient en profonde estime à cause de mon audace. Bien longtemps après la guerre, j'ai entendu vanter mes courses par des gens qui ne me reconnaissaient pas.

» A mon retour des Indes, Paris devint mon quartier-général; j'y menais une existence de grand seigneur, tant que j'avais de l'or à jeter par les fenêtres; dès que ma bourse était vide, je repartais pour la course.

» Je passai la petite paix dans un élégant hôtel du boulevard, sans me soucier de l'avenir, quoique j'eusse tout à craindre de la fin des hostilités. Si la paix s'était prolongée, je crois en vérité que je me serais fait pirate.

» Enfin la fortune me devint contraire; je fus rencontré par une frégate anglaise, et pris après deux heures de combat. Tout mon monde périt; le navire ayant coulé, seul je fus sauvé par une embarcation ennemie. Rien ne prouvait mon grade de capitaine, on me traita en simple matelot, je fus jeté aux fers, et plus tard mis aux pontons.

» Quand j'y arrivai, j'eus lieu de m'étonner de l'accueil qui me fut fait. Tous les prisonniers me saluaient avec respect, sans que j'en pusse comprendre la cause; plusieurs d'entre eux m'appelaient monsieur Labranche. J'étais trop rusé pour détromper personne, quoique le nom de monsieur Labranche, il est temps de vous le dire, ne fût pas encore le mien.

» Le lendemain, je rencontrai dans une des sombres batteries de notre cachot flottant un homme qui avait même traits, même stature, même attitude de corps que moi.

» — Que vois-je! s'écria-t-il, qui êtes-vous?

« — Un de vos proches sans doute, monsieur Labran-
che, lui dis-je, un ami que le sort vous envoie pour vous aider à supporter votre captivité.

« Je ne lui laissai pas le temps de m'adresser de questions, je l'interrogeai le premier. Il me dit qu'il était enseigne de la marine française, qu'il avait été fait prisonnier dans les mers du Sud pendant la petite paix, mais qu'il n'avait pu être renvoyé en France, parce que la guerre s'était rallumée au moment même où il se disposait à franchir la Manche. A cette nouvelle, il avait essayé de fuir dans un canot. Pour le punir de sa tentative d'évasion, on l'avait jeté au ponton, malgré son grade d'officier. Cependant il espérait tout d'un échange qu'on négociait pour lui.

» Avec la franchise d'un cœur honnête, il me mit au courant de ses démarches; j'écoutai avec une attention intéressée.

» Je lui répondis par un tissu de mensonges. Il me crut son parent et n'eut plus de secrets pour moi.

» Je me tenais sur la réserve, et provoquais sans cesse de nouvelles confidences; je sus qu'il était décoré de la croix d'honneur depuis la création de l'ordre, j'appris qu'il était marié en Provence et père de deux enfans. Je fis entrer dans les plus minutieux détails sur sa maison, sa parenté, son intérieur, ses alliances. Il avait un portrait de sa femme, qui me parut fort jolie, je m'attachai à me le graver dans la mémoire.

» — Je ne connaissais pas notre famille, lui disais-je, tout ce que vous m'en dites m'intéresse au plus haut degré. Je suis parti enfant pour les colonies; depuis, je n'ai cessé de battre les mers, je viens d'être fait prisonnier. Vous ne sauriez croire combien vos récits me touchent le cœur.

» Il était heureux de trouver un confident qu'il croyait digne de lui. Son seul défaut était une extrême fierté; ainsi il avait tenu à garder son rang d'officier, quoique seul de son grade à bord de notre ponton. Ceci explique comment les matelots et les soldats le connaissaient si peu. Ma rencontre fut pour lui une consolation inespérée. Elle faisait succéder à l'isolement absolu une intimité qui tempérait ses douleurs. Je lui avais dit que j'étais capitaine au long cours, il savait même mon nom véritable, mais je l'avais prié de ne jamais m'appeler autrement que capitaine.

» Il ne se défia jamais des motifs de ma conduite, que j'eus soin de colorer par d'habiles fables; bientôt il me traita de frère.

» Les prisonniers nous croyaient frères; déjà ils nous confondaient ensemble.

» Un an s'écoula de la sorte; Labranche attendait son échange, son échange n'arrivait pas. Il reçut au contraire de détestables nouvelles, tout lui parut désespéré. Sa santé était détériorée par le séjour du ponton, la mauvaise nourriture et les souffrances morales; il tomba malade, je le soignai fraternellement... Non, je n'ai pas à me reprocher d'avoir hâté sa mort, j'en étais venu à l'aimer. Labranche mourut dans mes bras.

» Mais alors je mis à exécution une idée qui, bien des fois, s'était présentée à mon esprit. On ne nous distinguait pas l'un de l'autre; il avait quelques chances de délivrance, je n'en avais aucune. Je m'emparai de ses papiers, du portrait de sa femme et de son vieil uniforme, je mis son ruban rouge à ma boutonnière, et allai déclarer à l'autorité que le capitaine corsaire René Fargeolles venait de mourir. »

A ces mots, l'enseigne de vaisseau Emile Fargeolles tressaillit sur sa chaise:

— Quoi! murmura-t-il, cet homme serait mon père!...

Le manuscrit répondit énergiquement:

« Oui, je suis votre père!... mon fatal secret m'échappe enfin!... mais la fièvre me brûle, je ne poursuivrai ce récit que d'une main tremblante. »

L'écriture s'altérait évidemment, elle changeait de dix en dix lignes. La suite de ces mémoires avait été écrite par lambeaux, sur le lit de mort du vieux lieutenant.

« Oui, je suis votre père!... et je vous ai abandonné avant que vous fussiez au monde pour aller écumer la mer!... Et le ciel m'en a puni en me donnant un fils tel que vous.

» J'ai dérobé le nom, le grade, la croix, la famille d'un homme qui avait placé en moi toute sa confiance!... car l'échange arriva. Pas plus en France qu'en Angleterre, je ne pouvais déclarer que j'étais un faussaire, un misérable. Ce n'était point contre un bandit, mais contre un brave et loyal officier que l'empire consentait à échanger Tom Smith MacOward!...

» Ma tête se brise!... j'étouffe!... mon Dieu, donnez-moi la force d'achever!

» Je suis un infâme, mon fils, mais je confesse ici devant vous ma vie d'iniquités, afin que, touché de mon exemple, vous ouvriez les yeux sur vous même.

» J'avais été ramassé dans la boue, moi!... je n'avais reçu aucune leçon de probité, d'honneur, de religion; mais vous, Emile, vous avez été élevé par une vertueuse et sainte femme que votre lâche conduite a menée au tombeau.

» Je vais te rejoindre, Marguerite!... Tu m'as pardonné ma trahison et mes crimes, car tu as vu mon repentir!... Prie pour ton fils!... »

Le sang d'Emile Fargeolles bouillait dans ses veines, ses yeux étaient secs; il froissait avec rage les pages du manuscrit.

— J'irai jusqu'au bout!... Oui!... je veux tout lire, tout savoir!... dit l'enseigne pâle de rage.

« Quand j'arrivai en Provence, continuait le lieutenant, je fus reçu avec transport par une femme qui m'appelait son mari, par des enfans qui me nommaient leur père. Je feignis d'avoir perdu une partie de la mémoire par suite de mes blessures et de ma captivité; cette ruse suffit pour tromper tout le monde.

» L'hypocrisie devint la base de ma conduite. Sous peine d'être découvert, il fallait être un second Labranche, affecter son caractère, me déguiser sous le masque de ses vertus.

» Je me hâtai de quitter ma fausse famille pour embarquer en qualité de lieutenant de vaisseau : je venais d'être promu à ce grade sous le nom de Labranche; nous étions alors en 1813.

» Dans la famille Labranche, la terreur d'être reconnu l'emportait sur toute autre pensée.

» A bord de l'*Aquilon*, je commençai à respirer; mais bientôt un supplice inconnu vint me torturer sans trève: Je vivais au milieu de gens d'honneur!...

» *Au milieu de gens d'honneur!*... Pesez bien cette parole, mon fils, car vous êtes un assassin, un calomniateur et un traître!...

Les nerfs d'Emile Fargeolles se crispaient.

S'il était cruel, s'il était insensible aux maux d'autrui, il n'était pas insensible aux injures:

— C'est par trop fort! disait-il ; qu'ai-je donc fait pour mériter ces insultes?

Le manuscrit, de plus en plus illisible, se chargea de la réponse.

« Oui, meurtrier de Charles de Pierremont, tu es un assassin!... tu l'as fait périr dans un guet-apens!...

» Oui, tu es un calomniateur, car j'ai su tout ce que tu as dit de Jules Renaud à madame de La Rizière et à sa fille!...

» Oui, tu es un traître!... tout me le prouve!... Ta conduite envers l'équipage te persécutes, envers le commandant que tu flattes et que tu trompes... envers le commissaire, inoffensif et honnête serviteur dont tu te fais un jouet... envers Jules Renaud, ton loyal collègue, que, par dix fois, tu as essayé de flétrir... envers moi enfin, envers moi qui t'ai comblé de bienfaits depuis ton enfance et que tu as chassé de devant tes yeux... ingrat!... lâche!... traître!...

» Je suis allé à vous avec des paroles de consolation, je vous ai parlé d'honneur et de vertu, mes reproches n'a-vaient rien d'amer... Vous m'avez répondu par une froideur sarcastique, par une dédaigneuse ironie, par une dureté de cœur qui me tue!

» Vous avez poignardé votre père, Emile!... c'est de votre main que je meurs... sachez-le... et réfléchissez!...

Ma mort est la dernière leçon que je puisse vous donner, Dieu fasse que cette leçon terrible vous profite!...

» Mes idées se brouillent, mes pensées se confondent!... j'ai hâte d'achever mes tristes confessions!...

» Fargeolles le corsaire a été féroce, il a massacré avec fureur, il a été intraitable... mais, du moins, il n'immolait que des ennemis de la France après des combats acharnés.

» Toi, Emile, toi, tu as tué ta malheureuse hôtesse de Toulon, et Charles de Pierremont, et sa mère, et un certain Montaix... et combien d'autres encore!... Tu as été sans pitié pour Eglé de Pierremont, sœur Aglaé... sainte fille qui, par la permission du ciel, va fermer les yeux de ton père!... »

Fargeolles fut tenté de déchirer le manuscrit en mille pièces; et pourtant, comme fasciné par la puissance d'une volonté inflexible, il acheva de lire:

« A bord du vaisseau l'*Aquilon*, J'APPRIS L'HONNEUR! et j'eus honte de moi, de mes épaulettes, de ma décoration, de ma vie!

» Je tentai de mourir devant l'ennemi...

» Les balles, les boulets m'épargnèrent...

» Un autre châtiment m'était réservé...

» Ce châtiment, c'est vous!...

» Madame Labranche mourut; ses enfans moururent, j'héritai de leur fortune; mais j'eus horreur d'ajouter un vol d'argent à tant d'autres vols honteux; je rendis tout aux collatéraux. Ce fut pour usurper la réputation d'homme honnête et désintéressé.

» Je n'étais pas Labranche, moi!... je n'avais aucun droit de servir sur les vaisseaux de l'Etat; je renonçai à tout avancement. Je me fis placer dans une position exceptionnelle; je ne voulais plus faire tort à personne. On me loua à outrance. Le bien qu'on disait de moi me brûlait la conscience et me lacérait le cœur. Je me séquestrai à bord. Depuis, je ne suis descendu à terre que par nécessité absolue.

» Je m'informai de votre mère; elle vivait encore. Aussitôt je lui fis parvenir des secours sans qu'elle en connût l'origine, et à titre de restitution. Je l'invitai par une lettre anonyme à vous placer dans la marine de l'Etat. Vous y êtes... J'ai fourni sur mes épargnes à votre instruction, à votre pension, à votre trousseau. J'ai constamment veillé sur vous. J'ai rempli envers vous, Emile, tous mes devoirs de père!...

» Votre mère, la pieuse femme, vous a prodigué les meilleurs conseils; elle vous a donné de bonne heure l'exemple de toutes les vertus.

» Vous, dès que vous pu l'abandonner, vous l'avez abandonnée!... Votre ingratitude l'a réduite au désespoir; elle est morte de douleur en priant pour vous... pour vous, matricide et parricide!...

» Comprenez-vous maintenant quelle différence il existe entre nous, quelque coupable que je sois?

» Moi, j'avais pour excuse ma naissance misérable, l'abandon, les mauvais enseignemens, les temps à travers lesquels j'ai passé ma première jeunesse. Mais vous, votre mère vous gardait, votre mère Marguerite, un ange!...

» Si j'ai été criminel, je suis bien puni!...

» Les lois de l'honneur étaient impuissantes à apaiser ma conscience bourrelée, j'allai me prosterner au pied des autels... J'ai fait une longue pénitence!... Imitez-moi en ceci, mon fils!... croyez et repentez-vous!... »

Emile Fargeolles suspendit encore sa lecture:

— C'était donc là qu'il voulait en venir!... murmura-t-il... à l'invitation de porter ceci!...

Et après un quart d'heure de réflexions bien diverses, l'enseigne ajouta sourdement:

— Monomane, cagot, fanatique !...

Le manuscrit se terminait par les conseils les plus paternels et les plus tendres.

A l'heure de sa mort, le vieux corsaire converti était moins sévère. Il parlait de la miséricorde infinie de Dieu. Souvent son papier était baigné de larmes.

« Dans l'espoir de vous ramener à des sentiments meilleurs, disait-il en finissant, j'écrivis à mes amis du ministère , et j'en comptais beaucoup parmi mes anciens chefs... je leur demandai, comme unique faveur, de vous faire placer sur le même navire que moi ... »

— S'il l'avait voulu, pensa Fargeolles, je serais lieutenant de vaisseau.

« Monsieur de Kergal se prêta de bonne grâce à mes désirs. Telle fut la cause du débarquement de votre prédécesseur et de votre embarquement précipité à bord de la *Sévère*. Je songeais à racheter toutes mes fautes en faisant de vous un autre homme. Je comptais sur le temps, mais la traversée de France n'était pas favorable; nous étions encombrés de passagers. Votre duel est venu entraver tous mes projets; notre dernier entretien les a détruits. Il m'a désespéré, je n'ai plus d'énergie, c'en est fait !..... Adieu !...

» Vous allez me succéder au poste de second. Soyez juste comme je me suis efforcé de l'être. N'ayez point la bassesse d'abuser de votre position à l'égard de monsieur Renaud, que je vous cite comme un modèle à imiter.

» Il m'a fait bien du mal en vous punissant de votre indignité à son égard; je l'absous.

» Vivez en paix avec lui... Devenez son ami , s'il le peut.

» Faites-vous pardonner la mort de Pierremont et le martyre de sœur Aglaé...

» Bénissez le nom de cette sainte victime, qui adoucit l'amertume de mes derniers instans...

» Vénérez le commandant de Kergal, c'est l'honneur incarné. Je vous ménagerai jusqu'à ma mort; je vous recommanderai à lui en lui apprenant que vous êtes mon fils, mais sans lui révéler nos secrets. Rendez-vous digne de l'intérêt qu'il vous porte.

» Enfin, recevez ma triste bénédiction.

» Votre père qui meurt en vous pardonnant,

» René Fargeolles, dit Labranche. »

Huit heures du soir sonnaient lorsque l'enseigne acheva cette lecture. Il replia le manuscrit, l'enferma sous clef dans un des tiroirs de son bureau, et monta sur le pont, haletant, altéré, suffoqué, en proie à une agitation fébrile.

La conséquence de sa terrible lecture ne pouvait être qu'une conversion complète ou un redoublement de fureur.

Le commissaire s'approcha de lui, et, toujours conciliateur, car c'était au meilleur le meilleur des hommes, il essaya de donner à l'enseigne quelques consolations qui furent brutalement accueillies. Il ne se rebuta pas cependant, et resta à côté de lui jusqu'à ce que Fargeolles lui eût dit grossièrement :

— Vous m'ennuyez! je veux être seul !... Allez vous-en, mille tonnerres !... et fichez-moi la paix !...

En ce moment, Jules donnait des ordres de service à Desbagues, qui prenait le quart; Fargeolles se leva et passa près d'eux. Il entendit l'élève dire au jeune officier :

— C'est bien! tous vos ordres seront exécutés, lieutenant.

— Lieutenant! répéta Fargeolles. Ce modèle de vertus est lieutenant !... l'équipage le fête... mon prétendu père le prône !... Le voici qui triomphe !... Demain il ira faire admirer ses épaulettes à l'habitation La Rizière !... Et l'on m'invite, moi... à la modération , à la douceur.... à la candeur !... Il faudrait se faire mouton... il faudrait demander grâce, et dire son *med culpâ!*... Non !... non !...

pas de faiblesses !... Heureusement le commandant est pour moi !

Le choix de Fargeolles était fait. Les derniers efforts de l'infortuné Labranche avaient échoué.

Jules Renaud descendit dans sa chambre pour rêver librement à Antonine et au plaisir qu'il aurait la revoir le lendemain avec les insignes de son nouveau grade.

Fargeolles resta plongé dans ses méditations jusque bien avant dans la nuit.

VIII

L'ORDRE DE DÉBARQUEMENT.

— Quoi ! pensait Antonine avec tristesse, voici près de deux fois vingt-quatre heures que la *Sévère* est arrivée, et il n'est pas encore venu nous voir !

Si la veille Papillon n'avait pas été envoyé en ambassade avec une mission dont la jeune fille appréciait toute la valeur, un peu d'humeur et de jalousie peut-être se serait mêlé à son exclamation tacite, mais elle ne pouvait douter du cœur de Jules. Elle croyait Fargeolles lieutenant de la corvette; elle tremblait qu'il ne créât chaque jour de perfides obstacles pour empêcher Jules de descendre à terre. Aussi ses regards se dirigeaient-ils sans cesse vers l'avenue, tandis qu'elle faisait avec son père sa promenade habituelle du soir.

Madame de La Rizière, assise sous le berceau de verdure, se faisait éventer par sa négresse favorite, les esclaves revenaient des travaux et regagnaient leurs cases, le crépuscule commençait ; les teintes vigoureuses du soleil tropical qui se couchait doraient les cimes des mornes et les toits de la ville ;

Tout à coup Antonine s'écria :

— Le voici! quel bonheur!

L'administrateur parut étonné de cette exclamation.

— Comment, mon père, reprit la jeune fille, vous ne remarquez donc pas qu'il porte deux épaulettes ; il est lieutenant de vaisseau !

— Je vous en fais mon compliment, dit le sous-commissaire en s'adressant à Jules. Vous avez donc reçu depuis hier l'avis de votre nomination?

— Comme vous voyez, répondit le jeune officier en saluant; le *Voltigeur* m'a apporté cette heureuse nouvelle.

— J'en suis enchanté, ravi ; laissez-moi vous embrasser, s'écria monsieur de La Rizière avec vivacité ; mais venez nous conter tout cela devant ma femme. Allons, j'espère que vous passerez la soirée à la maison, et sachez bien qu'elle vous est ouverte en toutes circonstances...

— Vous êtes trop bon, dit Jules, mais...

Antonine avait eu le temps de faire quelques réflexions :

— Et monsieur Fargeolles ? demanda-t-elle en interrompant.

— Il se porte très bien, mademoiselle, répondit froidement l'officier.

— Est-il aussi lieutenant de vaisseau? voilà ce que je tiens à savoir, reprit la jeune fille avec un léger mouvement d'impatience.

— Non, mademoiselle.

La figure d'Antonine exprima le contentement le plus parfait.

— Vous voici donc second de la corvette et chef direct de votre ancien collègue ?

On se dirigea du côté où la nonchalante maîtresse de l'habitation était à demi couchée.

Une conversation générale s'engagea.

Les divers événemens qui avaient révolutionné la corvette dans le cours de la journée précédente, la courte lieutenance de Fargeolles, l'arrivée du *Voltigeur*, les nouvelles de France, la dernière campagne à Sainte-Marie de Madagascar, la mort du lieutenant Labranche, fournirent le texte d'une causerie à laquelle madame de La Rizière prit une part active. Le nom de Fargeolles se trouvait fréquemment mêlé à ses questions. La vieille créole aborda même l'histoire du duel, et eut la faiblesse de recommander en quelque sorte à la bienveillance de Jules l'officier dont il avait tant à se plaindre.

— Il est inutile, madame, dit le jeune lieutenant avec dignité, de m'inviter à n'être point injuste. D'ailleurs, nous nous sommes réconciliés devant monsieur de Kergal, je ne manquerai point à cet engagement : ou du moins, ajouta-t-il en baissant la voix, ce ne sera pas de mon côté que viendront les premiers torts... Mais, reprit-il plus haut, l'heure m'oblige à prendre congé de vous...

— Non, non, vous ne partirez pas, interrompit le sous-commissaire, vous allez nous rester jusqu'à demain.

— Impossible, monsieur. Un lieutenant ne doit jamais passer la nuit hors du bord ; ses devoirs l'y enchaînent. Il faudra même, et je saurai m'y résigner, que mes visites soient bien moins fréquentes qu'à Brest. Monsieur de Kergal ne m'a vu m'absenter ce soir qu'avec un certain déplaisir.

— C'est donc un esclavage que la lieutenance ! s'écria Antonine.

— Vous l'avez dit, mademoiselle. Mais, avant de m'éloigner, j'ai une grâce à demander à madame : c'est la permission de vous offrir cet album.

La vieille créole était merveilleusement disposée à être aimable pour le lieutenant. La rareté présumée de ses visites, qui rendaient celles de Fargeolles plus fréquentes, les difficultés matérielles qui l'empêcheraient désormais de revenir à l'habitation où monsieur de La Rizière l'accueillait si bien, son nouveau grade peut-être, tant il y a de contradictions dans l'esprit féminin, furent des causes déterminantes ; elle accorda son assentiment de la meilleure grâce du monde.

— Eh, mon Dieu ! à quoi bon tant de façons ? dit naïvement l'administrateur dès que sa femme eut consenti. Il n'y avait pas besoin de permission pour cela.

A la lueur de la lune qui argentait les palmiers de l'avenue, Jules et Antonine échangèrent un léger sourire.

La jeune fille ajouta à demi-voix :

— Echappez-vous souvent, pauvre prisonnier.

— Souvent, répéta l'officier avec tristesse, c'est impossible ; mais j'enverrai Papillon à terre pour savoir de vos nouvelles.

Antonine rougit au nom du petit mousse qui, la veille, lui avait si nettement déclaré l'amour de son maître pour elle ; l'officier ne put s'en apercevoir, car on passait dans la partie la plus sombre de l'allée.

Bientôt après, il se perdait dans l'ombre, tandis que la famille de La Rizière rentrait à l'habitation.

Antonine, retirée dans sa chambre, examina l'album avec une douce émotion. Il était rempli d'allusions délicates qu'elle seule pouvait comprendre et sentir.

Jules, de son côté, emportait la douce conviction que son amour était partagé.

Madame de La Rizière s'applaudissait de la circonstance qui empêchait Fargeolles d'être lieutenant ; depuis qu'elle connaissait les charges de cette position exceptionnelle, elle sentait qu'elle l'aurait reçu moins souvent si Jules n'eût point été élevé en grade.

Quant au petit sous-commissaire, son estime pour ce dernier avait grandi à vue d'œil, car il n'ignorait plus les causes de l'avancement mérité qu'il venait d'obtenir.

Chaque fois, du reste, que le jeune lieutenant pouvait passer quelques moments à terre, il ne manquait pas de prendre le bras de l'administrateur et de lui faire confidences sur confidences. Il lui parlait de ses espérances de fortune qui lui assuraient une jolie aisance, de sa perspective militaire que sa récente promotion rendrait très

belle, de ses protections, de sa famille. Tout cela était vrai et facile à démontrer tel. Il s'ensuivait que le père d'Antonine était amené à penser que l'union de sa fille avec Jules Renaud serait avantageuse sous tous les rapports.

D'ailleurs, quoiqu'il fût peu clairvoyant en ce qui concernait madame de La Rizière, il s'apercevait aisément que les deux jeunes gens s'aimaient. Il mit de la bonhomie à favoriser par sa présence leur penchant mutuel. Tantôt il se résignait à être le cavalier de sa femme, pendant que Jules Renaud était celui de la jeune fille ; tantôt il les accompagnait seul à la promenade, ce qui équivalait presque à un tête-à-tête.

Durant les deux mois que la *Sévère* passa au mouillage de Saint-Denis, malgré les contrariétés du service, Jules put voir Antonine de temps en temps ; mais Fargeolles jouissait de facilités bien plus grandes ; il pouvait se présenter fréquemment, et avait pour auxiliaire madame de La Rizière, qui le retenait à l'habitation. Charmée par son esprit caustique, ses manières obséquieuses et son langage empreint d'une banale galanterie, elle s'était insensiblement familiarisée avec la pensée de l'avoir pour gendre.

Le bruit de son prochain mariage avec Antonine courut bientôt dans la colonie.

Madame de La Rizière elle-même l'avait répandu.

Tel était l'état des choses à l'habitation, tandis qu'à bord les hostilités avaient pris un caractère nouveau. Jules, par ses fonctions, paraissait être le mieux placé ; Fargeolles l'emportait réellement.

Tandis qu'Antonine, ravie, se félicitait de l'heureux avancement de Jules Renaud, Fargeolles parvenait à persuader à monsieur de Kergal que son ancien collègue le vexait de propos délibéré.

Le commandant crut remplir un devoir sacré envers le capitaine Labranche en protégeant Fargeolles avec une partialité déplorable. Plusieurs fois, pensant être juste, il réprimanda fort à tort le malheureux Jules Renaud.

L'hypocrisie de l'enseigne le trompait ; il accusait intérieurement le jeune officier en second d'abuser de son autorité, de se venger de son rival par de petites vexations, et de se faire une arme de la popularité dont il jouissait dans l'équipage. Monsieur de Kergal détestait la popularité par système. Quoique loyal, chevaleresque, et même un peu misanthrope, il était dupe des flatteries de Fargeolles. Celui-ci feignait auprès de lui une sorte de franchise brutale, à l'aide de laquelle tantôt il faisait un compliment au vieux capitaine de frégate, tantôt il insinuait une calomnie contre le jeune officier en second.

Ainsi, à bord comme à terre, il creusait une mine sous les pas de Jules, et Jules était à peu près sans défiance, tant Fargeolles y mettait d'astuce ; tout mauvais procédé avait cessé en apparence. Jules commençait à croire à une paix véritable ; cette paix n'était qu'une ruse de plus.

La guerre ne tarda pas à éclater.

Un jour, Fargeolles se trouvait de garde et chargé de diriger les détails du service ; Jules remplaçait momentanément monsieur de Kergal, qui était descendu à terre. Les deux officiers se promenaient silencieusement sur les gaillards, l'un à tribord, l'autre à bâbord, quand l'arrivée d'une embarcation de la *Sévère* fut annoncée à Fargeolles. A l'aide d'une longue-vue, il examina la rade et s'absenta aussitôt du pont.

Le grand canot accosta. Gaussard, qui y remplissait les fonctions de patron, se dirigea vers le gaillard d'arrière pour prévenir l'officier de quart de son retour, ainsi que le prescrivent les ordonnances ; mais, n'apercevant pas Fargeolles, il s'approcha de Jules, et, portant la main à son chapeau de paille :

— Nous voici à bord, lieutenant, dit-il, rien de nouveau.

Jules chercha des yeux l'enseigne de garde, puis, ne le voyant pas :

— C'est bien ! répondit-il, désarmez et amarrez votre canot.

Gaussard s'empressa d'obéir à cet ordre.

Quelques minutes après, Fargeolles revint à son poste.

— Qu'on m'appelle le patron du grand canot! commanda-t-il.

Gaussard ne tarda pas à comparaître.

— Tu vas te rendre aux fers, dit l'officier.

— Pourquoi ? demanda le gabier, qu'ai-je donc fait ?

— Va-t-en aux fers, et pas tant de raisons !

— Il n'y avait pas besoin de me faire appeler pour ça, murmura le patron en se retirant, le capitaine d'armes me l'aurait bien dit tout seul.

Jules avait tout observé. Quand Gaussard fut parti, il s'approcha de Fargeolles.

— Vous venez d'envoyer un homme aux fers ?

— Oui, lieutenant.

— Pour quel motif, s'il vous plaît ?

— Pour n'avoir pas rendu compte de son retour à l'officier de service.

— Alors, monsieur, veuillez lever cette punition. En votre absence, Gaussard m'a prévenu, et je lui ai donné moi-même l'ordre de désarmer et d'amarrer son embarcation.

— Il aurait dû me prévenir, car je suis de garde ; il pouvait m'attendre.

— Non, monsieur, en service on n'attend pas ; chacun doit être à son poste, l'officier surtout.

— Ah, une leçon ! s'écria Fargeolles en ricanant.

— Un simple avis, monsieur, répondit gravement Jules, pour vous faire réparer une injustice.

— Je ne suis point injuste. J'ai puni, levez la punition si bon vous semble, vous en avez le droit.

— Il est plus convenable que vous la leviez vous-même.

— Je ne défais jamais ce que j'ai fait.

— Je vous en donne l'ordre formel.

— On obéira aux ordres de monsieur le lieutenant ! reprit Fargeolles d'un ton tellement ironique que Jules ne put maîtriser sa colère.

— Impertinent ! murmura-t-il.

— Vous m'insultez !

— Rendez-vous aux arrêts ! — Fargeolles haussa les épaules. — Rendez-vous aux arrêts, vous dis-je, ou je saurai vous y contraindre. — Fargeolles se croisa les bras.

— A la garde ! cria Jules.

L'équipage s'était ameuté ; les hommes de garde couraient aux armes ; l'attention était entièrement détournée des mouvemens extérieurs de la rade. Monsieur de Kergal, revenant de terre, accosta sans être reçu avec le cérémonial d'usage. En montant à bord, il fut témoin d'une scène de désordre extraordinaire. Le lieutenant ordonnait aux matelots de garde de croiser la baïonnette sur l'officier insubordonné, qu'il fallait forcer à se rendre aux arrêts.

— Que se passe-t-il donc ? demanda le commandant de cette voix claire et brève qui faisait tressaillir l'équipage lorsqu'il dirigeait la manœuvre. — Un silence profond suivit ce peu de mot : — Que se passe-t-il à bord, lieutenant ?

— Monsieur Fargeolles refuse de se rendre aux arrêts.

— Rendez-vous aux arrêts, monsieur Fargeolles ! dit l'officier supérieur, dont un coup d'œil sévère dispersa les groupes de curieux.

Fargeolles obéit aussitôt.

Il fallut que Jules rapportât en détail tout ce qui venait d'avoir lieu ; il le fit sans rien dissimuler ; mais les regards et les inflexions de voix se traduisent mal : le commandant lui donna tort.

— L'on ne traite pas un officier d'*impertinent*, lui dit-il, on ne le punit pas à la légère quand, indigné d'une pareille épithète, il laisse percer son mécontentement ; enfin on ne donne à tout un équipage le spectacle d'un scandale pareil à celui que ma présence vient de faire cesser. Mais, avant tout, on ne lève pas les punitions infligées, c'est du plus mauvais effet en discipline. Monsieur de Fargeolles passera vingt-quatre heures aux arrêts,

Gaussard ne sortira point des fers, et vous, lieutenant, vous serez consigné à bord jusqu'à nouvel ordre.

Jules resta atterré ; monsieur de Kergal descendit sans ajouter un mot.

Fargeolles avait atteint son but. Depuis qu'il cherchait à faire le mal, non plus seulement par instinct, mais par calcul, il avait résolu d'attendre une occasion de rupture telle qu'il n'eût que les derniers torts aux yeux du commandant.

La lecture du manuscrit du vieux lieutenant avait achevé de l'irriter contre Jules Renaud.

Pour la première fois, il voulait une vengeance complète, et méditait un moyen de l'assouvir. Son esprit était de ceux qui peuvent élaborer une perfidie pendant des mois entiers. On sait comment il avait su indisposer monsieur de Kergal contre le jeune officier.

L'heure venue, il profita de la plus simple circonstance pour faire naître la scène qu'on vient de lire. Il avait vu que le canot de l'officier supérieur suivait de près celui de Gaussard ; et il avait combiné son plan en conséquence. Le lendemain, il justifia sa conduite auprès du commandant de manière à lui inspirer de nouvelles préventions contre le lieutenant.

Alors commença pour celui-ci une existence vraiment affreuse. Tous ses actes furent contrôlés avec cette sévérité qui est si voisine de l'inquisition : sa justice était entravée, son zèle interprété en mauvaise part ; Fargeolles déployait une infernale adresse qui aveugla monsieur de Kergal.

Par l'effet de la haine vindicative qu'il avait jurée à son ancien collègue, l'enseigne était devenu traitable pour tous les membres de l'état-major, y compris les élèves et le vieux commissaire. Ce dernier fut plus son jouet ; l'équipage même eut un instant de trêve.

— Ne vous y fiez pas, disait Gaussard ; le tigre dort, gare à nous quand il s'éveillera il aura faim.

Jules trouvait la position intolérable. Quand ses quinze jours de consigne furent passés, quand il descendit à terre pour la première fois, il en parla non sans amertume devant Antonine et monsieur de La Rizière.

— C'est horrible ! disait la jeune fille.

— Je vous sauverai, monsieur Renaud ! s'écria l'administrateur ; le gouverneur vous estime, je lui ai parlé de vous ; vous n'aurez qu'à solliciter votre débarquement pour l'obtenir, car je ne manque pas de crédit, et j'appuierai votre demande avec chaleur.

— Je vous remercie, monsieur ; dit le lieutenant avec émotion ; c'est un enfer, en effet, il faut en sortir.

Le lendemain, Jules allait demander au commandant de Kergal l'autorisation de faire les démarches nécessaires pour débarquer.

— Je ne les favoriserai point, monsieur, mais je n'y mettrai point d'obstacles, répliqua sentencieusement l'officier supérieur ; sachez seulement que nous ne tarderons pas à mettre sous voiles.

Jules se hâta de déposer une demande officielle entre les mains du commandant.

Fargeolles l'apprit ; Fargeolles, dont la haine avait pris des proportions monstrueuses, ne voulut point être séparé de son ennemi intime.

— C'est trop tard ! pensa-t-il. Il y a deux mois, je me serais réjoui de son départ, car la lieutenance me serait revenue de droit ; mais aujourd'hui il ne s'agit plus de lieutenance entre nous : je le hais, il restera !

Fargeolles fit répandre dans l'équipage le bruit du débarquement de Jules Renaud. Une heure après, Gaussard se présenta devant celui-ci. L'honnête gabier ôta d'abord son chapeau, puis le replaça sur sa tête, et enfin se croisa les bras sur la poitrine avec une sorte de stupéfaction :

— Çà lieutenant, dit-il d'une voix lente et saccadée, il n'y a donc plus de bon Dieu ! non, il n'y en a plus si ce qu'on dit est vrai ! On dit que vous nous abandonnez. Voilà que monsieur Labranche s'en est allé dans l'autre monde, et vous nous quitteriez aussi ! Tout ce qu'il y a de bon à bord nous plante là. On nous largue en grand, comme un *corps-mort*. Nous ne sommes donc rien, nous autres qui nous serions fait hacher pour vous jusqu'au dernier ! Si vous désertez, nous désertons tous. J'aime mieux ça ! autant être fusillé une bonne fois et qu'il n'en soit plus question. Vous ne dites rien, lieutenant ? Je le vois, Papillon n'a pas menti. Eh bien ! vous pourrez compter que vous serez l'auteur de notre *misère*. L'équipage m'a chargé de vous le dire : le jour où votre sac sortira du bord, le diable mettra son grappin sur nous ; car, voyez-vous, le diable ou monsieur Fargeolles, c'est la même chose, pour dire la vérité.

Papillon, à quelques pas de là, pleurait à chaudes larmes.

Les matelots regardaient de loin l'effet que produisait sur Jules l'éloquence de leur ambassadeur ; le jeune lieutenant voyait avec une vive émotion l'anxiété peinte sur ces mâles visages.

— Il n'y a encore rien de fait, répondit-il ; laissez-moi, Gaussard.

— Je vous laisse, lieutenant, dit le gabier ; mais si vous aimez votre mère ou votre future, pensez que nous sommes ici deux cents que vous sacrifiez si vous les quittez.

— Je me sacrifierai moi-même, murmura l'officier.

Quand le vieux gabier de beaupré s'éloigna, une larme de reconnaissance roulait dans ses yeux. Deux minutes après, un murmure de joie faisait frémir les passavans de la *Sévère*.

— Papillon ! dit Jules.

Le mousse s'approcha en souriant et en essuyant sa dernière larme avec la manche de sa chemise.

— Tu as tout entendu ?

— Tout, mon capitaine.

— Tu vas aller chez monsieur de La Rizière.

— Oui, capitaine.

— Tu lui diras d'arrêter l'effet de ma demande chez le gouverneur ; il te demandera pourquoi. Sais-tu ce qu'il faut lui répondre ?

— Oui, certainement. Je dirai que c'est Gaussard, l'équipage, nous tous....

— C'est bien ! Le canot pousse, pars avec et reviens vite. Tout est consommé, pensa Jules en soupirant. Pauvres gens, s'ils savaient ce que je souffre, ils se dévoueraient peut-être ! Mais prenons courage.

La journée ne se passa point sans que Fargeolles eût encore trouvé le moyen de blesser au vif son ancien collègue.

Papillon revint à six heures du soir ; il était joyeux et fier du message qu'il rapportait ; en remettant à son maître une lettre d'Antonine, il se pencha à son oreille :

— On m'a bien fait promettre de n'en jamais parler, je serai discret, capitaine, ne craignez rien.

— Bien, mon enfant, répondit l'officier, qui décacheta le billet avec émotion et lut ce qui suit :

« Il est des circonstances où l'intention justifie les dé-
« marches les plus inconvenantes. Je suis coupable, je le
« sens. J'ai tort de vous écrire, monsieur, mais je veux
« vous sauver de l'abîme où vous vous précipitez aveuglé-
« ment. Au nom des sentimens que vous dites avoir pour
« moi, je vous en conjure, débarquez ! Je frémis en pen-
« sant qu'une magnanimité exagérée peut vous retenir en-
« core. Votre sacrifice d'ailleurs serait inutile. Loin d'ar-
« rêter votre demande, mon père en pressera l'effet ; je
« l'y ai déterminé. Moi-même je vais parler à la fille du
« gouverneur, qui est mon amie. Nous réussirons. Je sais
« que la corvette doit partir demain, tenez-vous prêt à la
« quitter. Mon père lui-même en portera l'ordre au der-
« nier moment. Obéissez ! Jules, je le répète, au nom de
« notre.... (ici le mot était effacé), au nom de Dieu que je
« prie pour vous ! »

                              « ANTONINE. »

Ce billet, écrit à la hâte et d'une main tremblante, ébranla Jules dans sa résolution ; il n'osa cependant donner à Pa-

pillon l'ordre de faire ses malles, mais il alla s'enfermer dans sa chambre et les fit lui-même.

Quand il remonta sur le pont, encore indécis, mais prêt à tout événement, dix heures du soir sonnaient. Fargeolles arriva de terre et remit au commandant une dépêche du gouverneur. C'était l'ordre d'appareiller au point du jour. Jules reçut immédiatement celui de prendre les dispositions nécessaires.

Quoique Fargeolles eût vivement regretté la lieutenance, il avait pris à tâche de se réjouir devant madame de La Rizière de n'être plus second :

— Si Renaud venait à débarquer, disait-il, j'en serais au désespoir, car toutes les corvées retomberaient sur moi.

L'agent comptable confirmait son dire ; Fargeolles par quelques bons mots avait replacé le vieil écrivain dans sa dépendance absolue, il avait fait son compagnon, et descendait souvent à terre avec lui.

— Voyez-vous, madame, disait naïvement le commissaire, un lieutenant étant l'âme du navire, il n'en peut sortir sans que tout le monde s'endorme. Il faut donc qu'il reste toujours à bord, c'est le chien d'attache.

Madame de La Rizière redoutait tellement le débarquement de Jules, qu'elle s'était hâtée d'instruire Fargeolles de tout, dès qu'elle eut découvert le projet du jeune lieutenant et appris son désistement, que l'administrateur colonial désapprouva comme on pense, et désapprouva si fort qu'il se mit en grande tenue pour aller chez le gouverneur.

Aussi, le soir même, madame de La Rizière conjurait l'enseigne de faire tout son possible pour retenir Jules à bord.

— Soyez tranquille, madame, répondit-il, depuis la mort de monsieur Labranche, nous ne sommes plus que deux officiers ; le commandant, pour le bien du service, ne consentira jamais au débarquement de Renaud.

Dès qu'il fut sorti de chez monsieur de Kergal, Fargeolles aborda Jules :

— Un mot, s'il vous plaît, monsieur, dit-il en affectant de ne point se servir du titre de lieutenant.

— Parlez, monsieur, dit Jules.

— On part demain ; vous voulez débarquer, je le sais. Madame de La Rizière m'a dit que son mari appuie votre demande, et que l'ordre arrivera sans doute au dernier moment. Vous voyez que je suis bien informé.

— Où voulez-vous en venir, monsieur ? Les démarches que je puis faire ne vous touchent en rien, ce me semble.

— Mille pardons, monsieur ; il faut vous rafraîchir la mémoire, je l'essayerai. Nous nous sommes battus, vous m'avez blessé ; j'étais second, vous avez pris ma place.

— Nous sommes réconciliés devant le commandant, et la place que vous appelez vôtre vous serait rendue si je débarquais.

— Vous m'avez injurié depuis, il m'en souvient ; vous m'avez vexé en service et hors du service. J'ai toujours compté avec vous en demander raison. — Fargeolles s'arrêta, mais Jules sans daigner le démentir continuait à écouter.

— Vous ne comprenez pas encore ! ajouta Fargeolles. Pour des motifs que vous êtes incapable d'apprécier, je n'ai pas voulu que Saint-Denis fût de nouveau ensanglanté par nos querelles. J'attendais notre première relâche afin de ne vous proposer une affaire réellement sérieuse. Votre débarquement, d'ailleurs, serait une trahison nouvelle. Vous savez que j'ai des projets de mariage : vous voulez les faire manquer en restant à terre. Vous ne débarquerez pas, vous dis-je, ou je vous tiens pour un lâche !

Une haine profonde ne s'exprime point comme la méchancété seule ; depuis qu'il nourrissait des projets de vengeance, sa verve ne lui fournissait plus que des paroles offensantes par leur brutalité, que des termes de rage : il ne raillait pas, sa voix était altérée. Le manuscrit du vieux lieutenant, dont le souvenir le poursuivait et l'oppressait comme un cauchemar perpétuel, avait du moins produit en lui cette révolution.

— Monsieur, répondit Jules, je méprise souverainement vos accusations d'injustice et de lâcheté, car, à moi du moins, vous n'en imposerez pas. Quand nous nous trouverons sur un terrain convenable, je serai toujours prêt à me mesurer contre vous. En attendant, je tiens à conserver mon libre arbitre et mon indépendance. Dans le cas où la corvette appareillerait sans moi, vous me retrouveriez à Bourbon au retour.

— Qui sait ? interrompit Fargeolles.

— Mais ne disiez-vous point tout à l'heure que je voulais épouser la femme que vous avez l'audace de convoiter ?

— Moi ! Non, monsieur. J'ai dit que vous voudriez entraver mon mariage. C'est par des calomnies, monsieur, par des manœuvres basses et tortueuses que vous tenteriez de l'empêcher, quoique j'aie la promesse de madame de La Rizière, apprenez-le. Vous épouser sa fille ! Elle sait trop bien que vous êtes un misérable. Et Antonine voudrait-elle d'un homme qui déserte son navire et sa position de lieutenant pour fuir un duel ?

— Assez d'outrages, malheureux ! vos injures sont ignobles comme vous-même. Il n'y a ici de traître et d'homme méprisé par Antonine que vous !

— Vous êtes mon chef ; nous avons autour de nous des témoins ; une réponse telle que vous la méritez s'entendrait ; vous me traduiriez devant un conseil de guerre ; mais il fait nuit heureusement, et je vous crache au visage ! dit Fargeolles en exécutant sa menace.

Jules bondit de rage à se poursuivre : il ne put l'atteindre : l'enseigne avait disparu par le panneau de l'arrière.

Le jeune lieutenant ne dormit point de la nuit.

Au point du jour, le cabestan grondait, la chaîne de la *Sévère* s'y enroulait anneau par anneau ; les voiles, déjà larguées, pendaient en festons sous les vergues, quand un grand canot du port, armé de nègres vigoureux, poussa de terre en se dirigeant vers la corvette.

Il conduisait à bord monsieur de La Rizière, qui courut à Jules dès qu'il fut monté sur le pont.

— Voici votre ordre de débarquement, lui dit-il ; mon canot vous attend au bas de l'échelle.

IX

LA TRÊVE DE MORT.

Chacun était à son poste d'appareillage : le capitaine de la *Sévère* sur la dunette et commandant lui-même, quoique Desbagues fût placé à côté de lui en qualité d'officier de manœuvres ; les matelots, répandus sur les passavans et dans la mâture ou rangés aux barres du cabestan, dont Fargeolles dirigeait l'action ; les élèves et les officiers-mariniers répartis aux divers centres de mouvement.

Gaussard, comme gabier de beaupré, s'occupait de l'ancre, qui ne pouvait tarder à être dérapée et à se montrer hors de l'eau.

Le lieutenant Renaud se trouvait nécessairement tout près de Gaussard, car, dans les grandes circonstances telles que l'appareillage, le second prend toujours le commandement du gaillard d'avant.

Le vieux matelot fut le seul qui entendit les communications de l'administrateur colonial quand celui-ci aborda Jules.

— Mon ordre de débarquement ! murmura l'officier en prenant la pièce officielle des mains du sous-commissaire ; je vous remercie de votre zèle, monsieur de La Rizière, et vous en garderai une éternelle reconnaissance.

Gaussard écoutait avec un étonnement mêlé de douleur.

— Eh bien ! que faites-vous ? s'écria l'administrateur,

le temps presse, hâtez-vous d'aller prévenir le commandant ; faites mettre vos effets dans le canot, et partons !

Jules restait immobile, les sentiments les plus opposés l'agitaient violemment.

— Antonine vous attend, dit monsieur de La Rizière.

L'officier fit quelques pas pour descendre du gaillard d'avant et se rendre auprès de monsieur de Kergal. Il fut arrêté au passage par Gaussard.

— Comment, vous partez ! dit ce dernier d'un ton de reproche ; vous nous trompiez donc hier, soir, monsieur Renaud ?

— Je ne vous trompais pas ! répondit vivement Jules, qui ne jugea pas au-dessous de sa dignité de se justifier aux yeux du vieux matelot ; de nouvelles circonstances m'ont encore fait changer d'avis.

— Ce n'est pas bien, répliqua le gabier ; mais c'est égal, que ça ne vous porte pas malheur ! Je ne vous dis point au revoir, car le vieux Gaussard ne reviendra pas de cette campagne.

— Il m'est impossible, te dis-je, de faire autrement. Il le faut, mon brave.

— Que le bon Dieu vous garde ! Pour ce qui est de nous, notre décompte est réglé.

— Voulais-tu donc me voir mourir à la peine ?

— Au fait, reprit le gabier, si c'est la pure vérité ce que vous dites, il vaut mieux que ce soit nous autres qui *avalions notre gaffe.* Adieu donc, monsieur Renaud, sauvez-vous, et prenez soin de nos frères que vous commanderez plus tard ; ils seront heureux, ceux-là !

La nouvelle du débarquement immédiat de Jules parcourut sourdement les rangs de l'équipage. Toutes les figures étaient consternées, et le lieutenant croyait lire des reproches dans tous les yeux.

Monsieur de La Rizière le suivit avec anxiété.

Comme ils passaient auprès du panneau de l'arrière, Fargeolles, qui était dans la batterie, les aperçut, et Jules tenant à la main son ordre de débarquement, monta rapidement, et, se penchant à son oreille :

— Vous avez donc oublié que je vous ai craché au visage ! Notre expédition peut durer longtemps, et dans quelques semaines un homme de cœur eût trouvé l'occasion de laver cet affront dans le sang ; mais si vous débarquez, madame de La Rizière saura tout ; j'ai préparé une lettre qui l'en instruira. Débarquez maintenant, débarquez donc !

Jules lança un regard de défi mortel à son ennemi, et, pour toute réponse, déchira avec dédain l'ordre de débarquement.

L'administrateur demeura stupéfait.

— Monsieur de La Rizière, lui dit Jules, je ne sais si jamais je vous reverrai, mais croyez que je n'oublierai jamais ce que vous avez fait pour moi. J'ai une dernière grâce à vous demander, c'est de vous charger de mes adieux pour mademoiselle Antonine, et de lui dire que son souvenir ne me quittera qu'à ma dernière heure.

Le jeune lieutenant pressa une dernière fois avec effusion la main de monsieur de La Rizière, et courut à son poste de manœuvre.

— L'ancre est haute ! dit Gaussard.

— L'ancre est haute ! répéta l'officier d'une voix qui vibrait de colère.

— Hisse le grand foc ! commanda monsieur de Kergal.

L'officier supérieur était le seul peut-être qui ignorât ce qui venait de se passer.

Le canot de monsieur de La Rizière s'éloigna sans emmener Jules Renaud.

Gaussard tressaillit et jura solennellement de veiller sur l'officier.

— Qu'on me fusille, comme il n'y a qu'un Dieu, s'écria-t-il, s'il lui arrive malheur !... Ah... tonnerre !... la souvenance de ce pauvre petit monsieur de Pierremont !...

Monsieur de La Rizière, en rentrant à l'habitation, y fut reçu par sa femme et sa fille qui l'attendaient impatiemment toutes deux.

— D'où venez-vous si matin ? demanda la première. Vous alliez porter à monsieur Renaud son ordre de débarquement ?

— Si tu le sais, pourquoi me le demander ?

— Eh bien ! est-il débarqué ?

— Hélas ! non ! répondit l'administrateur.

Antonine poussa un cri déchirant et s'évanouit ; les mulâtresses de la maison accoururent et la transportèrent dans sa chambre. Quand elle revint à elle, d'amères réflexions assaillirent son esprit.

— Quoi ! Jules Renaud n'avait tenu aucun compte de ses prières, de sa lettre !... Quoi !... malgré la démarche de son père, il s'était obstiné à rester à bord !... Il avait pris le large avec la corvette.

La jeune fille éprouva une vive douleur mêlée de dépit ; elle s'effrayait, elle avait peur de Fargeolles. Bientôt après, elle alla rendre visite à sœur Aglaé.

Elles s'aimaient. Elles avaient fait ensemble la traversée de France à l'île Bourbon ; et bien souvent la jeune créole avait pris part alors aux exercices pieux des sœurs passagères.

Souvent, depuis, elle avait entretenu sœur Aglaé de ses craintes, de ses espérances, de son amour.

Celle qui avait été la sœur et la fiancée de Charles de Pierremont ne prononça jamais une parole amère contre Émile Fargeolles ; mais que de fois elle loua le cœur généreux de Jules !...

Et, de toutes parts, des éloges semblables arrivaient aux oreilles de la jeune fille.

Cependant elle se plaignait amèrement du départ de Jules Renaud.

— Il ne tenait qu'à lui de ne point partir, dit-elle. Monsieur le comte de Bellegrave, qui l'aime et l'estime tant, comptait le prendre pour second. Si Jules avait accepté, il serait ici maintenant ; chaque soir il pourrait venir à La Rizière, où mon père l'accueillerait comme un fils.

— De puissants motifs, sans doute, l'auront fait renoncer à un tel bonheur, dit sœur Aglaé en frémissant.

Le seul motif qui retenait Jules désormais était sa haine pour Fargeolles.

— Mon Dieu !... reprit Antonine, j'éprouve les plus horribles pressentimens... Je tremble de le savoir à bord !... Il y a là un si méchant homme !...

Sœur Aglaé ne répondit point et soupira.

— Vous ne connaissez point monsieur Fargeolles comme moi, poursuivit Antonine. Tu ne l'avez qu'entrevu à bord ; mais il a passé deux mois entiers à la maison, pendant votre dernier voyage à Sainte-Marie. Vous ne vous figurez pas de quelle façon il parlait de monsieur Renaud. Il ne disait de lui que du mal, se moquait sans cesse, débitait mille calomnies odieuses, tout en faisant de l'esprit, et ricanait constamment. Je ne l'ai jamais cru, moi !... mais ma pauvre mère se laissait prendre à ses exécrables plaisanteries.

— Antonine... mon enfant... dit sœur Aglaé maîtrisant ses émotions, je prierai... nous prierons ensemble pour votre noble ami. Que Dieu vous le garde !...

L'hospitalière se rappelait hélas ! que Dieu ne lui avait point gardé, à elle, son fiancé Charles de Pierremont.

Antonine ne comprit que plus tard le sens douloureux de ses paroles, un soir, à l'habitation, quand le comte de Bellegrave raconta la tragique histoire de l'aiguillette d'or.

— Quoi ! murmura-t-elle, sœur Aglaé est Églé de Pierremont !...

Antonine, défaillante, se souvint alors de cette réponse de la religieuse : « Que Dieu vous le garde ! »

— C'est qu'elle connaissait Fargeolles mieux que nous !... pensait-elle, Fargeolles qui lui a tué son fiancé, l'ami de Jules... Oh ! mon Dieu ! s'ils allaient se battre encore !...

Les craintes d'Antonine redoublèrent ; elle baissa le front pour qu'on ne vît point sa pâleur.

Il faisait déjà nuit, et monsieur et madame de La Rizière écoutaient avec émotion le comte de Bellegrave qui continua :

— Ma femme recueillit Églé chez elle et lui tint lieu de mère. Nous voulions lui rendre la vie supportable ; nous avons essayé de tout, mais elle n'a jamais voulu être consolée qu'en se consacrant à Dieu...

— Aglaé !... sœur Aglaé ! pensait Antonine, il me semble que je l'aime encore davantage.

Il ne s'écoulait guère de jours sans qu'Antonine allât rendre visite à l'angélique sœur Aglaé.

Ici commence la dernière phase d'une lutte impitoyable. L'envie, la jalousie et la haine avaient achevé de rendre Fargeolles tellement odieux, que Jules Renaud, à son tour, était sorti de son naturel.

A terre, comme à bord, la perfidie était l'arme de l'enseigne.

Une sévérité militaire fut celle du jeune lieutenant.

Quand la corvette se trouva en pleine mer, il mesura les conséquences du mouvement de colère qui l'enchaînait décidément à bord.

— Je me suis laissé prendre au piège, pensa-t-il ; le misérable a compté sur tout ce qu'il peut y avoir d'indignation dans un homme de cœur outragé. Il faut en finir cette fois.

Il écrivit à son ennemi la lettre suivante :

« Jusqu'ici, monsieur, je vous méprisais, mais je ne » vous haïssais pas. Il n'en est plus de même aujourd'hui : » *guerre à mort*, entendez-vous ! pas de quartier ! Vous » où moi ne rentrerons pas à bord la première fois que » nous en serons descendus. »

Papillon remit ce cartel à son adresse. Fargeolles répondit :

« C'est le contraire de moi, monsieur. Je vous haïssais, » et maintenant je vous méprise. Nous ne sommes d'ac- » cord que sur le dernier point : *guerre à mort !* Toute » proposition que vous me ferez dans ce but est acceptée » d'avance. »

Le mousse apprit à Gaussard que les deux officiers avaient échangé des billets.

— Ouvrons l'œil, enfant, dit le gabier, ouvrons l'œil, et tiens-moi au courant de tout.

— Mon maître m'avait bien défendu d'en parler, répondit le mousse, mais je vois qu'ils veulent encore se battre et que ça deviendra pire que l'autre fois. C'est pourquoi je viens vous consulter, père Gaussard, sachant combien vous aimez monsieur Renaud.

— Tu as bien fait, mon garçon ; veille donc maintenant sans faire semblant de rien, et quand nous approcherons de terre, veille encore mieux.

— Soyez tranquille, dit le mousse.

Le caractère de Jules s'était assombri ; nul n'aurait reconnu en lui le jeune et brillant officier des premiers temps de la campagne ; à présent, il était pâle et sujet à de fréquens accès de fièvre ; sa constitution s'affaiblissait visiblement, il ne dormait plus, tant la haine agitait cette âme que la nature avait faite cependant si bonne et si aimante.

Une surexcitation violente avait opéré des effets analogues chez Fargeolles, malgré la cruauté froide et calme qui constituait son caractère.

Les gens vraiment susceptibles de haine tiennent le milieu entre ces deux naturels ; ils peuvent être, à la vérité, sensibles, aimans, impressionnables, comme Jules, mais ils n'ont point comme lui un fond de générosité complète ; ils ont même, pour ainsi dire, une certaine dose de méchanceté qui agit en raison des circonstances, mais ne prédomine jamais, comme chez Fargeolles, dans les actes ordinaires de la vie. Cependant, quoique ce fût pour eux un supplice continuel, les deux officiers en étaient venus à se haïr dans tout l'étendue du terme.

Il avait fallu la vie du bord pour les jeter ainsi en dehors de leurs instincts, pour les rendre implacables. C'est qu'une haine à bord, sur cet espace étroit où l'on est incessamment forcé de vivre côte à côte avec son ennemi, ne ressemble à rien de ce que le cœur humain peut éprouver ailleurs.

A table, par exemple, ces deux hommes se trouvaient en face l'un de l'autre; parfois leurs yeux se rencontraient, ils grinçaient des dents, serraient convulsivement les manches de leurs couteaux, et se fixaient pendant des minutes entières. Souvent Jules sentait un accès de fièvre qui le prenait à l'instant même; il sortait de table bouleversé, exaspéré, presque fou.

De son côté, Fargeolles eut plusieurs coups de sang à la suite de scènes de ce genre; il fallait le saigner.

Le lieutenant était devenu plus sévère en service, quoiqu'il fût resté d'une justice extrême pour l'équipage; mais le souvenir de son bonheur détruit, la présence incessante de son ennemi exécré, l'attente de ce duel à mort dont il combinait sans cesse les moyens d'exécution, avaient aigri son cœur.

Sœur Aglaé, Antonine elle-même étaient presque oubliées; il ne pensait à son amour qu'avec une sorte d'horreur; la jeune fille lui apparaissait irritée de sa conduite et jalouse du sentiment farouche qui le dominait. La haine seule emplissait ce cœur naguère si tendre, si expansif, si généreux. Mais il se souvenait de Pierremont; il se souvenait du vaisseau école, de la *Thétis*, de la *Victorieuse*; il avait constamment présens à la pensée tous les sarcasmes, tous les outrages, toutes les infamies de Fargeolles.

Comme on le comprend, c'était surtout à l'égard de l'enseigne qu'il était intraitable dans ses fonctions. Il l'interpellait en plein pont, en face de l'équipage, pour la moindre négligence; il lui ordonnait de se taire comme à un mousse; il le harassait, l'humiliait, le poussait à bout, comme s'il eût craint de ne pas être haï autant qu'il haïssait lui-même.

Monsieur de Kergal voulut s'interposer:

— De deux choses l'une, commandant, lui dit Jules, ou je suis votre second et l'on m'obéira, ou vous m'enlèverez la lieutenance. Vous m'avez reproché d'être faible, je suis devenu ferme. Monsieur Fargeolles sert mal, je ne fais autre chose que le forcer à bien servir.

Dans une autre circonstance, l'enseigne répondit grossièrement; le jeune lieutenant dressa contre lui une plainte par écrit, et demanda sa mise aux arrêts forcés.

L'officier supérieur était trop jaloux de la discipline et de la bonne tenue du navire pour refuser : il se contenta, lorsque Fargeolles sortit des arrêts, de lui donner quelques conseils paternels, trop doux peut-être, en tout cas fort inutiles.

La corvette allait à Pondichéry; elle avait une mission qui devait l'y retenir quelques jours, et il lui était enjoint de revenir aussitôt après à Bourbon.

Quand on approcha de terre, Jules écrivit à Fargeolles :

« J'ai reçu la dernière et la plus grave des insultes; le
» choix des armes, de l'heure et du lieu m'appartient.
» Votre dernière lettre en fait foi. Le lendemain de l'ar-
» rivée (car, le premier jour, mes devoirs de lieutenant
» me retiendront à bord), nous descendrons ensemble à
» terre à dix heures du matin, sans témoins, avec deux
» pistolets non chargés et une seule charge de poudre.
» Nous prendrons à gages trois hommes du pays, et
» nous conduiront dans un lieu convenable. Là, hors de
» notre présence, l'un des pistolets seulement sera chargé,
» l'autre amorcé. On mêlera les armes, vous choisirez, je
» prendrai la seconde. A un signal convenu, nous tirerons
» en même temps, à bout portant, à la hauteur du cœur.

» L'officier au visage duquel vous avez craché. »

Papillon rapporta pour toute réponse ces mots écrits au crayon :

« Je suis content; c'est convenu; pas de chirurgien surtout !

» Votre ennemi mortel. »

Au dîner, Jules mangea de meilleur appétit; Fargeolles plaisanta le vieux commissaire pour la première fois depuis plus de six semaines; les deux adversaires étaient heureux de sentir approcher enfin le moment de la vengeance.

Il ne leur suffit pas de s'être écrit, ils échangèrent avec une joie sinistre ces quelques mots :

— Je suis resté à bord, j'ai déchiré mon ordre de débarquement pour avoir le bonheur de me battre avec vous! dit Jules Renaud.

— Je me suis opposé à votre fuite, j'ai renoncé à reprendre la lieutenance, pour me battre à mort !... à mort !... répondit Fargeolles.

— Au pistolet et à bout portant !...

— C'est bien cela !...

— Trêve donc jusqu'à ce que nous y soyons, dit Jules.

— Trêve, je le veux, mais, dès la première relâche, à mort !... à mort !...

— Je le jure par la mémoire de Charles de Pierremont !...

La corvette ne tarda point à être en vue de Pondichéry.

Le mouillage de Pondichéry est en pleine côte, et le rivage toujours battu par la longue houle du large, ce qui ne permet point aux canots ordinaires d'y accoster sans être chavirés. Il faut donc faire usage d'embarcations particulières appelées chelingues, barques légères à fond plat, qui sont montées par des lascars, dont le métier est de traverser la barre sans cesse, d'aller au-devant des canots, de recueillir et déposer sur la grève les personnes et les marchandises.

Le jour de l'arrivée, le lieutenant Jules Renaud était retenu à bord par les exigences de ses fonctions; le commandant de Kergal, Fargeolles et tous les autres membres de l'état-major descendirent à terre, le premier pour aller rendre ses devoirs au gouverneur et lui remettre ses dépêches, les autres afin de donner un coup d'œil à la ville, qu'aucun d'eux ne connaissait encore.

Fargeolles revint tard, Jules l'attendait; les deux ennemis, se rencontrant sur le pont, se dirent tout bas :

— La trêve est finie, monsieur !... à demain !...

— A demain la mort de l'un de nous !...

— Enfin !...

Oh !... combien la nécessité de vivre incessamment en contact avec Fargeolles avait changé Jules Renaud ! Son accent de haine n'était pas moins farouche que celui de son adversaire, une égale fureur brillait dans ses yeux.

— A demain, dit-il, en grinçant des dents, à demain notre duel à mort !...

X

UN DUEL A MORT.

Nul dans le carré ne soupçonnait les sinistres projets des antagonistes, quoique leur inimitié fût évidente et qu'on s'attendît à quelque catastrophe; mais Papillon avait parlé à Gaussard, et le vieux gabier faisait faction lui-même.

A dix heures du matin, le second jour, quand il vit Jules et Fargeolles descendre dans le canot et y faire déposer un petit paquet dont il devina le contenu, il n'hésita pas un instant, courut à la porte de la grande chambre, força la consigne du factionnaire, et entra chez monsieur de Kergal sans avoir été annoncé.

— Commandant ! dit-il, monsieur le lieutenant et monsieur Fargeolles descendent ensemble à terre pour se battre.

L'officier supérieur n'en demanda pas davantage et se précipita sur le pont. Le canot était déjà à quelque distance.

— A bord ! à bord ! cria le capitaine de frégate.

L'embarcation poursuivit sa route.

Le maître donna un coup de sifflet aigu, qui dut s'entendre jusqu'à terre ; Jules tourna la tête et vit le commandant qui lui ordonnait du geste de revenir.

Il tira sur le cordon du gouvernail de manière à faire virer le canot, et, se penchant en même temps vers Fargeolles :

— Nous sommes trahis, dit-il à voix basse.

— Ce qui est différé n'est pas perdu.

Il n'était pas possible de désobéir.

Quand le canot accosta, le capitaine d'armes, par ordre du commandant, le fouilla minutieusement et trouva les deux pistolets.

— Venez dans ma chambre, messieurs, dit l'officier supérieur dès qu'on lui eut remis les pièces de conviction.

Lorsque Jules et Fargeolles se retrouvèrent en présence de leur capitaine, ils eurent à essuyer les remontrances les plus sévères.

Aucun d'eux ne répondit.

— Il y va de votre carrière, messieurs ; je vous ordonne positivement de ne plus vous battre tant que l'un de vous servira à mon bord. Si vous enfreignez cet ordre, je ne balancerai pas à vous traduire devant un conseil de guerre, sous l'accusation de désobéissance formelle. Vous, monsieur Fargeolles, songez que vous vous attaquez à votre supérieur. Vous, monsieur Renaud, rappelez-vous que vous êtes second, et que votre premier devoir est de sacrifier vos vengeances particulières au bien du service. Vous gardez le silence, messieurs ; je veux bien, malgré votre obstination insensée, user encore d'indulgence et ne point vous consigner indéfiniment tous les deux ; mais je vous défends d'aller désormais à terre sans mon autorisation expresse. Jamais vous ne descendrez ensemble. Quant à un duel à bord, vous connaissez les lois relativement à ce crime. Allez, messieurs, et n'oubliez pas que j'ai l'œil ouvert sur vous.

Les deux officiers sortirent ; Fargeolles, en refermant la porte, se trouva en face de Jules, qui lui dit :

— Je ne suis pas ébranlé, et vous ?

— A demain ! répliqua l'autre.

— A demain, soit !

— Toujours mêmes conventions ?

— Bien entendu !

Le gaillard d'avant ne parlait que de ce duel manqué. Gaussard et Papillon continuaient de veiller avec zèle.

A onze heures du soir, le mousse vit Fargeolles entrer chez Jules ; il écouta à la porte ; mais les deux ennemis parlaient si bas qu'il ne put rien entendre. Quand l'enseigne sortit, Papillon feignit de dormir et courut bientôt après relancer le gabier de beaupré.

— Bien ! bien ! mon garçon. Je serai à mon poste ; tous les camarades vont être prévenus, ils monteront la garde, et moi, cette nuit, je ne coucherai pas dans mon hamac.

A quatre heures du matin, Jules monta sur le pont, comme à l'ordinaire, pour prendre son service. D'après l'ordonnance, le second du navire, lorsqu'il n'est que lieutenant de vaisseau, fait tous les matins le quart appelé quart du jour parce que le soleil se lève pendant sa durée.

Le vieux gabier s'était endormi sur le pont ; un de ses camarades l'éveilla en disant :

— En voici un, père Gaussard ; vous m'avez chargé de vous prévenir quand il paraîtrait ; à vous le soin, maintenant.

— L'autre ne tardera pas à venir, je pense ; attendons. En effet, peu d'instants avant le branle-bas, tandis que l'équipage dormait encore et qu'une pâle lueur crépusculaire blanchissait à peine le ciel, Fargeolles monta ; il se dirigea vers le lieutenant.

Gaussard se retourna du côté de ses amis et leur dit à voix basse :

— Attention, les enfants, je commande la manœuvre ; obéissez-moi bien !

— On t'obéira ! répondirent les matelots.

Papillon se trouvait debout auprès du gabier, qui lui dit :

— Il me faudra peut-être une épée tout à l'heure ; va m'en chercher une et reviens vite.

En ce moment Fargeolles abordait Jules sur la dunette, et, montrant la terre du geste, ajoutait d'une voix sourde :

— Il est temps !

Le jeune lieutenant hésita, car s'éloigner en un pareil moment, c'était non-seulement désobéir au commandant, c'était pour ainsi dire déserter ; le navire étant de quart ; mais cette hésitation fut courte.

— Partons ! dit-il.

Puis, il se laissa glisser par une corde dans un petit canot attaché au couronnement ; Fargeolles l'y suivit. Les deux officiers démarrèrent alors l'embarcation, la poussèrent au large, saisirent chacun un aviron et se mirent à ramer vigoureusement.

La fuite des deux adversaires était le résultat de leur conférence nocturne ; Fargeolles avait décidé Jules non-seulement à abandonner le navire sans permission, mais encore à partir quoique de garde. Il est vrai qu'avant de descendre dans le youyou, le lieutenant avait remis ses ordres de service par écrit à un timonier pour les porter à Desbagues. Celui-ci fut réveillé peu de minutes après, mais il arriva trop tard sur le pont. Déjà monsieur de Kergal, prévenu par Gaussard, s'y était précipité ; déjà, comme la veille, il avait fait donner un coup de sifflet pour rappeler les fugitifs. Mais ceux-ci, se voyant découverts, ramaient avec plus de vitesse encore et se dirigeaient sur le point de la grève où stationnaient les chelingues.

— Commandant ! dit le maître de quart, il n'y a pas meilleur sourd que celui qui ne veut pas entendre.

— Un canot ! s'écria l'officier supérieur.

— Le mien est à l'échelle, tout armé, dit Gaussard.

— Mon épée ! dit le vieux capitaine.

Papillon, qui le prévoyant Gaussard avait fait la leçon, en tendit une à monsieur de Kergal, qui se précipita dans le grand canot.

— Poussez, commanda-t-il, droit sur ce canot, de toutes vos forces !

— Soyez tranquille, commandant, dit Gaussard, ils souqueront !

Le youyou avait une avance considérable et glissait rapidement sur une mer calme comme de l'huile ; les deux ennemis unissaient leurs efforts et s'encourageaient mutuellement comme l'eussent fait deux frères.

— Hardi ! ferme ! Avant ! disait Jules.

— Nous gagnerons ! dans deux minutes nous serons à la chelingue, répondait Fargeolles.

— Si nous courions droit à terre ?

— Impossible ! nous chavirerions ; la poudre se mouillerait !

— Quel malheur que le pistolet ne soit pas chargé ; nous nous battrions ici !

— J'y avais bien pensé, mais il fallait un tiers pour prévenir toute trahison.

— C'est juste ! vous aviez très sagement combiné l'affaire.

Rien de plus horrible que le sang-froid de ces deux hommes, que leur accord apparent, l'ardente réunion de leurs volontés, toujours si contraires et maintenant si bien unies, car leur querelle allait enfin se vider.

Ils atteignirent une chelingue qui venait au-devant d'eux.

Les lascars voulaient naturellement attendre l'autre canot afin de prendre double chargement :

— A terre ! à terre ! malheureux ! s'écrièrent à la fois Jules et Fargeolles.

Les Indiens obéirent, les deux ennemis touchèrent le sol, et, jetant leur argent aux mariniers de la chelingue :

— Suivez-nous, dirent-ils.

— Voici deux pistolets.
— Voici une cartouche.
— Amorcez les deux pistolets.
— Chargez-en un à l'écart, vite !
— Vite !

Les lascars comprenaient à peine.

— Faites, misérables ! Vous êtes payés, dépêchez-vous !

— Monsieur, dit Jules à Fargeolles, reculons-nous et ne regardons pas.

Les deux officiers firent une quinzaine de pas sur la grève.

Cependant, le grand canot était arrivé à la barre, et les rayons obliques du soleil levant éclairaient pour ceux qui le montaient la scène qui se passait à la côte. Monsieur de Kergal voyait un des lascars, le dos tourné aux adversaires et faisant face au large, charger une des armes après avoir amorcé l'autre. Il voyait Jules et Fargeolles donner leurs instructions aux deux autres Indiens qui leur servaient de témoins. La chelingue qui se disposait à aller au-devant du grand canot n'était pas encore à la mer, on la mettait à flot, mais une seconde de retard pouvait tout perdre.

Le vieux capitaine tira son épée, se dressa sur le banc du canot et cria de loin :

— Au nom du roi, arrêtez !

Ni l'un ni l'autre des deux officiers ne tourna la tête. Le bruit que faisaient les lames de la barre en déferlant couvrait la voix de monsieur de Kergal.

— Nous aurons le temps, monsieur, dit froidement Jules à son adversaire.

— Fort heureusement ! répliqua Fargeolles.

— Allons, maraud, ces pistolets !

— Voici, voici, dit le lascar en les mêlant avant de se retourner.

— Droit à terre ! criait de son côté le commandant aux rameurs.

Le patron obéit et s'enfonça hardiment dans la barre ; le canot franchit parfaitement la première lame, vint en travers à la seconde, et fut chaviré par la troisième. Les douze matelots qui le montaient et l'officier supérieur se trouvèrent alors roulés pêle-mêle sur le rivage, où l'embarcation se brisa.

Le vieux commandant tenait encore son épée nue à la main quand on le vit reparaître. Gaussard et ses canotiers le suivaient de près.

Tant que les deux adversaires avaient espéré que les gens du grand canot attendraient une chelingue pour débarquer, ils s'étaient crus maîtres du temps et avaient continué à suivre leur plan avec un calme farouche. Chacun des témoins indiens devait recevoir un pistolet du troisième lascar, qui, d'après ses instructions, n'en avait chargé qu'un seul. Mais quand Jules et Fargeolles virent l'embarcation se hasarder dans la barre, et surtout quand ils reconnurent monsieur de Kergal, leur sang-froid les abandonna.

— Les armes ! les armes ! crièrent-ils à leurs témoins.

Les témoins obéirent.

Jules et Fargeolles saisirent et armèrent chacun un pistolet.

Alors ils s'avancèrent à grands pas l'un vers l'autre, pour se placer réciproquement leur canon sur la poitrine.

Le signal de faire feu se faisait attendre : l'Indien qui était chargé de le donner restait muet, car il entendait monsieur de Kergal qui courait de toutes ses forces en disant :

— Arrêtez ! arrêtez ! Au nom du roi, désarmez-les !

— Compte donc, misérable ! s'écria Jules.

— Je vais compter moi-même, dit Fargeolles.

— Allez, monsieur, répondit son adversaire.

Fargeolles compta :

— Une ! deux !...

— Tu ne diras pas trois ! hurla Gaussard en le poussant rudement.

L'enseigne tomba sur le côté et pressa la gachette involontairement. On entendit siffler une balle.

— Malédiction ! s'écria-t-il avec rage, je l'aurais tué ! J'ai droit à sa vie ! je la veux !

— Monsieur Fargeolles, silence ! dit le vieux capitaine de frégate, dont l'épée était étendue entre les deux officiers.

Jules, anéanti, les yeux hagards, la bouche béante, paraissait ne point comprendre ce qui se passait autour de lui.

La populace indienne, les mariniers des chelingues, s'étaient ameutés. Les matelots du canot restaient stupéfaits.

— C'est égal, je l'ai sauvé, murmura Gaussard, mais il ne s'en est pas fallu de l'épaisseur d'un fil à voile !

— Une chelingue, et qu'on me suive ! reprit le commandant. Monsieur Renaud, marchez devant. Monsieur Fargeolles, suivez-moi. Allons, Gaussard, une chelingue !

Deux minutes après, une barque du pays, chargée des officiers et des matelots de la corvette, prenait à sa remorque le youyou abandonné jusque-là en dehors de la barre, et que les lames n'avaient pas encore roulé à la côte.

Quand on accosta à bord, l'équipage, occupé à laver le pont, suspendit curieusement le travail. Desbagues reçut à l'échelle le commandant, dont les vêtemens ruisselaient encore d'eau de mer.

— Appelez le capitaine d'armes ! dit l'officier supérieur, dont les regards se portaient alternativement de Jules à Fargeolles.

Le premier était pâle et tremblait de tous ses membres ; la fièvre le glaçait. Gaussard et Papillon le soutenaient ; sans leurs secours il serait tombé sur le pont.

Fargeolles était livide, ses yeux tournaient dans leurs orbites et s'injectaient de sang. Une abondante sueur coulait de tous ses membres ; sa face se contractait parfois comme celle d'un homme atteint d'hydrophobie. Il s'était appuyé contre un canon et s'y cramponnait convulsivement.

Le capitaine d'armes parut.

— Vous allez, lui dit le commandant, conduire l'un après l'autre ces deux messieurs dans leurs chambres, vous placerez un factionnaire à chaque porte avec défense expresse de les laisser sortir, sous aucun prétexte. Vous me remettrez les épées de ces messieurs, car ils doivent garder les arrêts jusqu'à nouvel ordre.

Il fallut porter Jules qui s'était évanoui.

Le capitaine d'armes et l'infirmier donnèrent le bras à Fargeolles.

— Monsieur Desbagues, poursuivit le commandant, faites essuyer le pont et battre l'assemblée.

XI

FUREURS.

Un quart d'heure ne s'était pas écoulé depuis le retour du commandant, de Jules Renaud et de Fargeolles, qu'il était ordonné à l'équipage de reconnaître l'élève de marine Desbagues pour officier en second, et de lui obéir en tout ce qui concernerait le service.

Les autres élèves du bord furent répartis aux divers postes d'officiers, et le service reprit sa marche accoutumée.

Alors, seulement alors, le commandant descendit dans sa chambre. Lorsqu'il s'y vit seul, il ne fut plus forcé par le décorum, à rester impassible et froid comme la justice. Le moment de pénibles réflexions était venu pour lui.

« Que faire maintenant ? se demandait-il. Quel était son devoir ? Son devoir d'officier d'abord, son devoir d'homme ensuite. Devait-il exécuter sa menace et traduire les deux adversaires devant une cour martiale, celui-ci sous la prévention d'avoir abandonné son quart, d'avoir violé un ordre formel, et d'avoir donné à l'équipage l'exemple de la désobéissance ; celui-là sous l'accusation d'avoir désobéi de même, et de s'être mis dans le cas d'attenter à la vie de son supérieur ? »

D'un autre côté, quoique Fargeolles eût pu faire et dire, il y avait dans Jules quelque chose de loyal que le vieux capitaine de la *Sévère* ne pouvait s'empêcher de reconnaître. Dans le cas présent, la désertion même portait avec elle son excuse. Ce n'était pas la conduite d'un homme méprisable que celle d'un officier qui oubliait ses épaulettes, son rang, sa position à bord pour se mesurer d'individu à individu avec un subalterne.

» Il y a eu telle époque dans ma vie, s'avouait tout bas l'officier supérieur, où, moi aussi, j'aurais foulé aux pieds la discipline, pour ne point répondre à des insultes par un texte d'ordonnance. Qui a les torts les plus graves ? M'en suis-je informé ? Non, je l'ignore. Et, si j'avais appuyé le débarquement du lieutenant lorsqu'il l'a sollicité, il serait à terre à cette heure, loin d'un ennemi qui pourrait bien être le vrai coupable dans tout ceci, je le crains à présent. »

Le capitaine de frégate se rappelait alors mille insinuations de Fargeolles contre son adversaire, et le voyait sous un jour tout nouveau, fort peu honorable pour l'enseigne.

» Renaud, au contraire, poursuivait-il, s'est toujours renfermé dans une généreuse réserve. Ce n'est que vers ces derniers temps (l'autre à bout sans doute), ce n'est que depuis un mois ou deux qu'il a usé de son autorité avec rigueur, et leur cartel était déjà échangé peut-être. »

Comme contre-poids à ces considérations favorables au jeune second, se plaçait le souvenir des derniers momens de monsieur Labranche :

« Ne dois-je pas protection à Fargeolles ? reprenait le commandant de la *Sévère*. Comment ! un brave et digne serviteur qui refusait tout avancement, car sans cela il eût été non-seulement mon collègue, mais mon ancien ou même mon chef ; un homme probe qui perdant ses enfans a voulu rendre leur fortune aux collatéraux ; un officier dévoué qui m'a donné mille preuves de zèle, meurt, en me demandant pour toute récompense, pour toute grâce, de veiller sur Emile Fargeolles, son seul parent au monde, me dit-il, le seul pour lequel il eût voulu vivre... un véritable fils pour lui... son fils !... son fils !... A trois reprises différentes, il s'est servi de cette expression avec une énergie singulière. Malgré l'étonnement que me causait une semblable révélation, je jurai sur l'honneur de remplir ses dernières et sacrées volontés ; ce serment parut adoucir l'heure de sa mort !... Et maintenant je sévirais !... mais je suis coupable, moi aussi, car j'ai manqué de prudence. Après une foule de symptômes évidens, je ne me suis pas aperçu qu'une haine mortelle existait entre mon lieutenant et le fils de René Fargeolles !... Je laisse grandir l'orage, il éclate, alors j'essaye de mettre une digue impuissante à une fureur qui m'débordait déjà. On me désobéit : c'est dans la nature humaine en pareille occurrence ; quand on est décidé à jouer sa vie à rouge ou noire, un ordre suffit-il pour l'empêcher ? Je néglige de prendre des mesures efficaces ; sans la vigilance d'un simple matelot, sans une multitude de circonstances accessoires, mon protégé aurait commis un meurtre. Quand je pouvais tout, je n'ai su faire que de vaines et irritantes menaces ; faudrait-il donc traduire froidement devant un conseil de guerre deux jeunes officiers qui tomberaient nécessairement sous mon accusation ! »

Telles étaient les pensées de monsieur de Kergal quand le capitaine d'armes entra pour lui remettre les épées de Jules et de Fargeolles.

— Il faut vous informer des causes de ce duel et du précédent. Interrogez l'équipage, Gaussard et les domestiques du carré. Faites preuve de zèle et d'intelligence. Je pourrais même vous adresser des reproches d'avoir très mal exercé la police jusqu'ici ; j'aurais dû tout connaître par votre organe.

— Commandant, je n'y vois pas sur le gaillard d'arrière, je n'ai point mes entrées au carré de l'état-major, je surveille et fais marcher l'équipage, c'est mon métier, mais...

— Assez ! interrompit le capitaine ; vous avez entendu mes ordres.

— Je m'y conformerai, répondit le sous-officier en se retirant.

Peu d'instans après, le chirurgien de la *Sévère* se fit annoncer ; monsieur de Kergal l'invita à s'asseoir et lui demanda le but de sa visite.

— Messieurs Renaud et Fargeolles, dit le docteur, sont dans un état alarmant ; le lieutenant a une fièvre chaude, il délire et pleure, sa tête est brûlante, son pouls immodéré ; je viens de le confier à un matelot qui m'a demandé à remplacer l'infirmier. L'infirmier veille monsieur Fargeolles, à qui je viens de faire une saignée abondante ; on lui applique les sinapismes en ce moment, il a failli étouffer ; il était dans un accès de rage qui m'a forcé à le faire tenir par quatre hommes pendant que je l'opérais. Il est un peu plus calme à présent, quoiqu'il ait voulu deux fois s'élancer hors de sa couchette.

Monsieur de Kergal descendit avec l'officier de santé dans le carré de l'état-major. Aux portes de Jules et de Fargeolles se tenaient deux factionnaires armés de demi-piques. Deshagues et le pacifique commissaire, effrayés par ce drame dans lequel ils se rappelaient avoir joué un rôle involontaire, étaient assis avec les élèves autour de la table des officiers, et entendaient avec horreur les vociférations des malades.

— Renaud, tu m'appartiens ! hurlait Fargeolles, ta vie est à moi, je veux boire ton sang, j'ai soif ! lâchez-moi ! mon poignard ! qui m'a volé mon poignard ? A mort le lieutenant ! mort l'infâme ! Il s'est entendu avec Gaussard et Papillon !

Jules poussait de son côté des cris étouffés, rauques, inintelligibles.

Puis tous deux, accablés, haletans, retombaient sur leurs lits ; un silence affreux succédait à leurs imprécations.

Quand l'officier supérieur entra, tous les assistans se levèrent respectueusement et les deux sentinelles présentèrent les armes. Précédé par le chirurgien-major, il pénétra d'abord dans la cabine de Jules. Gaussard et Papillon étaient auprès du jeune lieutenant et lui présentaient une potion calmante, qu'il repoussait dans son délire.

— Papillon, disait-il, ne vas pas apprendre à Antonine qu'il m'a tué. Elle est si bonne ! et je l'aimais tant ! tu lui raconteras que je suis resté à Pondichéry : je lui écrirai. Tiens ! voici la noce qui passe, c'est mon enterrement ! les prêtres chantent :

> Mon père a fait bâtir maison,
> La faridondain' la faridondon !
> Par trente gabiers d'artimon !

Fargeolles entendit fredonner.

— Silence ! hurla-t-il, je vais compter ; c'est convenu : Une ! deux ! trois !... Ah ! ah ! ah ! ah !

Cet éclat de rire sauvage interrompit Jules qui s'écria :

— Il rit de m'avoir tué ! Mais il ne sera jamais lieutenant de vaisseau ! Tu seras jugé, misérable ! je viens de voir le conseil de guerre. Tu seras fusillé à ton tour.

— Qui parle de conseil ! reprit Fargeolles ; qui parle de me fusiller !

9

— Les morts reviennent, meurtrier de Pierremont... et de Jules Renaud !... ah ! ah !... le lieutenant Labranche est entré dans mon cercueil, il m'a parlé de toi !

— Mon père ! ! il a nommé mon père ! reprit Fargeolles avec un râlement féroce.

Et, par un effort désespéré, il s'arracha de son lit, s'échappa des bras de l'infirmier, repoussa les deux factionnaires, et entra comme un forcené dans la cellule de Jules, qu'il voulut saisir à la gorge.

— Mon assassin ! cria-t-il.

Alors une lutte s'établit entre les deux insensés.

Presque aussitôt dix personnes se saisirent de Fargeolles, qu'on remporta dans sa chambre, où il resta sans connaissance pendant quelques instans :

— Sur les trente, il n'en est qu'un bon,
La faridondain' la faridondon !

continuait Jules à tue-tête.

Monsieur de Kergal était consterné.

— Commandant, dit le docteur, il faut absolument les isoler. Si vous voulez le permettre, nous allons faire construire un poste en toile à voiles dans la batterie pour l'un d'eux. Ces chambres d'ailleurs sont trop étouffantes dans ce climat, on y manque d'air. Aussi désirerais-je que l'autre malade fût placé sous la dunette.

— Je vous autorise à tout, répondit l'officier su érieur.

Peu de jours après on appareilla pour retourner à Bourbon.

La traversée fut remplie de scènes du même genre. Bien que séparés par un étage, les deux ennemis se sentaient à bord du même navire. Tous les soins du médecin devenaient inutiles. A peine avait-il calmé la souffrance physique de ses malades, que le mal moral les rejetait dans leur état de démence ou de fureur ; à peine les hallucinations de leurs esprits étaient-elles dissipées que la réalité rouvrait leurs plaies, la haine et la vengeance reprenait leur empire, les plus sombres pensées les oppressaient, et bientôt la fièvre se déclarait de nouveau. Plus on approchait du terme du voyage, plus les attaques étaient terribles et fréquentes.

On essaya de faire croire à chacun des deux que son adversaire avait succombé ; mais il ne furent point dupes de ce stratagème : ils auraient entendu, disaient-ils, le coup de canon d'honneur qui revient à un officier mort à la mer. Pourquoi d'ailleurs les empêcher d'aller s'assurer du fait ?

Après bien des combats intérieurs, monsieur de Kergal s'était décidé à ne point dresser de plainte ; il profita d'un instant lucide de Jules pour lui annoncer cette détermination :

— Merci, commandant, dit l'officier, je vous rends grâce ; je mourrai plus tranquille, ne me sachant plus sous le coup de la loi. Ne vous récriez pas, je mourrai, il le faut ; je meurs de n'avoir pu me venger et de ne plus le pouvoir. Car m'est-il permis désormais de croiser le fer contre un homme qui a droit à ma vie ? Elle lui appartient, commandant, il a raison de le dire.

— Ne vous exaltez pas ainsi, mon enfant, répondit le vieux capitaine, notre existence n'appartient qu'à Dieu et à la patrie. Calmez-vous, guérissez-vous, nous vous réconcilierons.

— Impossible ! s'écria Jules.

Le délire le reprit à la seule pensée d'un accommodement.

— On m'a calomnié, on m'a insulté, on m'a craché au visage ! ajouta-t-il en pleurant comme un enfant.

S'il y avait quelque chose de plus triste que le désespoir raisonné du jeune lieutenant dans ses heures de bon sens, c'était sa faiblesse lorsque la raison l'abandonnait.

Quand le commandant annonça de même à Fargeolles qu'il ne le traduirait point devant une cour martiale :

— Et monsieur Renaud ? demanda l'enseigne.

— Pas davantage.

— J'aimerais mieux qu'il fût jugé, répliqua l'officier, car au moins il mourrait dégradé, déshonoré, flétri !

— Mais vous aussi, Fargeolles, vous le seriez en même temps, reprit monsieur de Kergal.

— Qu'importe ! répondit l'autre sourdement.

Les accès de Fargeolles ne ressemblaient pas à ceux de Jules. Sa folie était toujours frénétique ; il voyait des taches de sang partout, puis il riait aux éclats.

Plusieurs fois le docteur sortit de sa chambre, terrifié par les blasphèmes inouïs qu'il vomissait.

XII

L'HOPITAL.

L'absence de la *Sévère* se prolongeait ; on n'avait reçu aucune nouvelle de la corvette de charge. L'imagination d'Antonine travaillait sans cesse. Elle se représentait Jules Renaud et Fargeolles mortellement irrités l'un contre l'autre, vivant toujours ensemble, se voyant à toute heure, mangeant à la même table, ayant des relations de service

se déroulait sans doute un drame sinistre !

Encore que la jeune fille eût été passagère et fût initiée aux détails de l'existence maritime, encore qu'elle connût à fond et l'esprit caustique de Fargeolles et ses déplorables antécédens, elle ne parvenait pas à se rendre compte des tortures de Jules Renaud, elle ne concevait qu'à demi les conséquences de la haine à bord ; ses suppositions, ses craintes restaient de beaucoup au-dessous de la réalité.

— Monsieur de Kergal est juste, se disait-elle. Jules a du tact et une grande fermeté ; il jouit maintenant de toute l'autorité nécessaire pour l'emporter sur Fargeolles ; il finira par le démasquer, par triompher de ses calomnies à bord comme dans notre maison.

Antonine oubliait que le comte de Bellegrave, qui avait dessillé les yeux de sa mère, n'avait rien dit à monsieur de Kergal. Elle ignorait que la mort du lieutenant Labranche, et même l'avancement de Jules, avaient eu pour résultat d'accroître la partialité de l'officier supérieur en faveur de Fargeolles.

Elle ignorait comment Fargeolles s'était disculpé avec une infernale adresse, comment il aveuglait monsieur de Kergal, comment il mettait tout sous le jour à prouver que Jules lui voulait depuis leur entrée au service. L'enseigne, mêlant la vérité au mensonge, parlait même de son duel avec Pierremont comme d'une fatalité qui contribuait à lui rendre hostile le jeune lieutenant ; enfin, il était devenu supportable pour tous les membres de l'état-major, y compris les élèves et le vieux commissaire.

Il fallait que la haine fût bien puissante pour s'être emparée exclusivement de cette nature méchante à froid, jusque-là insensible à tout, même à la malédiction paternelle.

C'est que la haine, passion horrible, acquiert à bord des proportions incalculables.

La haine remplissait aussi l'âme de Jules Renaud ; elle parvenait à le rendre à son tour injuste envers Fargeolles, et Fargeolles s'en applaudissait, car les fautes du jeune lieutenant justifiaient toutes les préventions de monsieur de Kergal.

Antonine ne soupçonnait pas l'exaspération de Jules, dont elle connaissait le sens droit et l'honnêteté ; Antonine ne se doutait pas du degré d'atrocité de la guerre déclarée entre les deux ennemis ; et pourtant, vaincue par trop d'inquiétudes, elle ne put cacher plus longtemps à sœur Aglaé qu'elle savait toute l'histoire de sa vie.

— Chaque jour, dans mes prières, répondit la religieuse, deux noms s'unissent, celui de l'ami, celui du meurtrier de Charles de Pierremont. Chaque jour je prie pour Jules Renaud et pour monsieur Fargeolles, après avoir prié pour l'âme de mon frère ! — Sœur Aglaé ne donna plus à Charles le nom de fiancé; avec une résignation sublime, mais d'une voix tremblante, elle ajouta seulement : — Chaque jour, mademoiselle, je demande à Dieu de les réconcilier et d'inspirer à monsieur Fargeolles un repentir semblable à celui du pauvre lieutenant Labranche.

— Fargeolles ne croit pas en Dieu, murmura Antonine; il a le démon dans le corps.

— Prions donc pour lui; s'il est le plus coupable, il est aussi le plus aveugle.

Et sœur Aglaé, prenant la main de la jeune créole, se mit à genoux.

En ce moment, quelques marins de la *Sévère* pénétrèrent dans l'hôpital. Ils portaient sur un cadre un homme furieux qu'on y avait attaché avec des cordes.

Cet homme, écumant de rage, n'était autre que l'enseigne de vaisseau Fargeolles.

— Renaud !... Renaud !... lâche et traître !... hurlait-il. Sa vie est à moi !... sa vie m'appartient !... Je la veux !... qu'on me la rende !... Sa vie, ils me l'ont volée !...

Antonine reconnut la voix de l'enseigne; elle entendit ces lugubres imprécations, sans en pénétrer le sens horrible. Il aurait fallu connaître les péripéties de l'action qui s'était accomplie pendant l'absence de
ez pour sentir son cœur se glacer dans sa poitrine. Elle était défaillante.

Sœur Aglaé la soutint en disant :

— Reprenez courage, ma fille !... ne désespérez pas du ciel !...

Puis elle la confia aux soins d'une femme de couleur, sa nourrice, qui l'accompagnait ordinairement de l'habitation à la ville.

Sœur Aglaé, spécialement attachée au service de la salle des officiers, avait dû quitter Antonine pour aller au-devant de son nouveau malade.

Fargeolles répétait toujours en blasphémant;

— Il m'appartient comme Montaix, comme la Barbachu, comme Charles de Pierremont !...

Sœur Aglaé eut la force de dire aux matelots de corvée :

— Suivez-moi mes amis; transportons avec précaution ce malade dans la salle n° 1.

Elle envoya prévenir le médecin de garde, et ne quitta plus Fargeolles, dont chaque parole lui déchirait l'âme :

— Dans la ronde de ces spectres qui tourbillonnent en m'adorant, disait-il, je vois Montaix, Pierremont, sa mère, et la petite Mimi Pierremont !... Ah ! ah ! ah !... J'y vois mon père à moi, le vieux Labranche !... Mais je ne vois pas Jules Renaud ! Renaud le paladin !... Il vient, il va venir !... Il la dansera !... Ah !... ah !...

Un rire frénétique crispait les lèvres de l'enseigne.

La religieuse préparait les bandes de toiles destinées à lier la saignée qu'ordonnait le médecin.

Les matelots se retirèrent avec un sentiment de dégoût profond.

Sœur Aglaé puisait dans les trésors de sa charité chrétienne l'énergie de servir, comme un frère, l'exécrable insensé qu'on lui confiait.

Papillon avait trouvé Antonine. A l'aspect du mousse, la jeune fille s'arracha aux soins de sa vieille nourrice.

— Et monsieur Renaud, s'écria-t-elle, monsieur Renaud ?

— Monsieur Renaud, répondit le mousse en hochant la tête, il va bien mal !

— Blessé, mon Dieu ! dit Antonine avec effroi.

— Non ! grâce à Gaussard et au commandant, non ! mais bien malade ! Pas si furieux que Vent-de-Bout le damné, mais plus abattu, plus faible, ne valant guère mieux. Oh ! ça fait bien mal, voyez-vous, mademoiselle, c'est vilain ! vilain !...

— Que s'est-il donc passé, mon enfant ! tu me fais frémir.

Dans son style naïf, avec un accent de touchante tristesse, le mousse fit la relation du dernier voyage de la *Sévère*.

Il dit que Jules et Fargeolles étaient tous deux tombés malades de rage.

D'horribles scènes de fièvre brûlante, de vengeance, de délire s'étaient succédé à bord jusqu'à l'arrivée à Bourbon.

Jules Renaud se mourait. La haine avait empoisonné son noble cœur.

Lorsque la *Sévère* jeta l'ancre en rade; les deux officiers étaient semblables à deux spectres. La traversée avait été remplie par les actes sinistres d'un drame qui devait naturellement aboutir à l'hôpital de Saint-Denis.

L'enseigne, lié sur un cadre, fut accompagné par le chirurgien-major.

Tandis qu'il était encore suspendu au-dessus du bord par les cordes qui servaient à le descendre dans la chaloupe, il se tourna vers l'équipage en hurlant :

— Haine et misère sur vous tous ! que le navire sombre ! qu'aucun de vous ne revoie jamais le port !

Tels furent ses adieux, que les marins accueillirent avec indifférence et dégoût.

Mais quand Jules Renaud, pâle comme un cadavre, se trouva à son tour dans la même position, quand on le vit promener ses yeux éteints sur ses amis du gaillard d'avant :

— ous avons eu tort, murmurèrent les anciens; nous aurions dû le laisser débarquer. Pauvre Franc-Cœur ! brave officier ! c'était un matelot, celui-là; et un vrai !

On vit alors monter Gaussard, qui avait à peine paru sur le pont depuis le départ de Pondichéry. Il donna une poignée de main silencieuse à ses meilleurs camarades, et suivit avec Papillon le malheureux lieutenant, qui essaya d'agiter son bras en signe d'adieu.

Les matelots se découvrirent; de grosses larmes glissaient sur leurs joues basanées.

Nul ne prit garde à Papillon, car tout le monde avait les regards fixés sur son maître; et cependant le petit mousse était bien changé. A sa physionomie enjouée, à son air riant, à sa vivacité pétillante, à ses fraîches couleurs, avaient succédé une pâleur mortelle, une morne tristesse.

La chaloupe déborda pour la seconde fois, l'équipage la suivit des yeux jusqu'à terre.

Messieurs de Kergal et Desbagues, l'un à côté de l'autre sur la dunette, faisaient comme les matelots. Un silence lugubre régnait de l'arrière à l'avant de la corvette.

— C'était un digne jeune homme ! dit le commandant, à qui le capitaine d'armes avait fini par révéler tout ce qu'il était possible de savoir des relations passées, de la rivalité et de la haine réciproque des deux officiers.

A l'hôpital, Fargeolles fut placé dans une salle et Jules dans une chambre réservée. Chacun d'eux pouvait croire que son ennemi était resté à bord.

Un mieux sensible se manifesta presque aussitôt dans l'état de Fargeolles.

Quant à Jules, il ne délirait plus, mais ses forces étaient épuisées; il avait des palpitations de cœur et des élancemens dans le cerveau; le ressort de la vie semblait usé en lui.

XIII

VENGEANCE ET PARDON.

Le comte de Bellegrave et le commandant de Kergal, détrompés mais trop tard sur le compte de Fargeolles, vinrent visiter Jules Renaud.

Gaussard depuis près d'un mois ne le quittait plus; comme Papillon, il avait obtenu de continuer à lui servir d'infirmier.

— Monsieur, Renaud disait-il, sans nous vous auriez débarqué, vous seriez bien calme à bord du *Voltigeur*; monsieur Renaud, c'est nous autres qui sommes causes de votre maladie. Oubliez ce scélérat de Vent-de-Bout, dont le le diable reluque la défroque ! Restez avec nous... reprenez vos forces ... demeurez pour être notre lieutenant... demeurez tout de bon, monsieur Renaud !

Jules souriait faiblement, par reconnaissance, puis fronçait les sourcils et retombait sur son oreiller.

Monsieur de Kergal joignait ses encouragemens à ceux du gabier et aux vœux de tout l'équipgae ; mais Jules périssait étouffé par le cauchemar de la haine.

Le comte de Bellegrave se souvenait avec effroi d'un fait connu de toute la marine, qui s'était passé dans les mêmes parages, cinquante ou soixante ans auparavant.

Chose affreuse ! les deux adversaires, deux officiers aussi, étaient morts tous les deux de rage, faute d'avoir pu se tuer en duel (†).

Une sueur froide parcourut les membres du jeune lieutenant lorsque Antonine entra dans sa chambre.

— Pardon, mademoiselle, s'écria-t-il, vous venez me reprocher ma désobéissance de Bourbon !

— Je ne vous reproche rien, monsieur Jules, je viens vous voir et vous consoler.

— Bien , bien , mademoiselle! murmura Gaussard à l'oreille d'Antonine; continuez, vous seule pouvez le sauver.

— Vous voici à terre, monsieur Renaud, dit le comte de Bellegrave, ayez bon espoir. A votre âge on se rétablit vite.

L'officier sourit douloureusement.

Antonine comprit.

— Quoi! s'écria-t-elle, vous n'avez plus d'espérance ! Par amour pour moi, Jules, espérez, je vous en supplie ! Mon Dieu, prenez pitié de nous !

Papillon, par les ordres d'Antonine, venait de se rendre à l'habitation La Rizière. Déjà le bruit de la catastrophe s'était répandu dans l'île. Quand le mousse parut, l'administrateur et sa femme l'interrogèrent avec empressement.

— Venez vite le voir, monsieur et madame, répondit-il, venez essayer de le calmer ; mon pauvre maître, il est à l'hôpital, mourant !

Il ne put poursuivre, ses sanglots étouffaient sa voix.

Monsieur de La Rizière se tourna vers la vieille créole, comme pour dire :

— Voyez votre œuvre !

Ce reproche était sévère, et pourtant madame de La Rizière ne fit aucune observation; la pauvre femme éprouvait de sincères regrets de ce qui s'était passé. Elle prit Papillon à l'écart :

— Et monsieur Fargeolles ? demanda-t-elle timidement.

— Monsieur Fargeolles, répliqua le mousse avec dureté, il est dans la salle n° 1. Que le bon Dieu préserve l'équipage de sa guérison !

Papillon, le sous-commissaire et sa femme se dirigèrent vers l'hôpital.

Le comte de Bellegrave allait implorer le secours de sœur Aglaé.

Jules, répondant à Antonine, lui disait avec amour :

— Mes plus douces pensées seront pour vous jusqu'à mon dernier soupir.

— Donnez-lui toutes vos pensées, mon ami, dit monsieur de Kergal, abjurez votre haine.

— Fargeolles a droit à ma vie, commandant, répondit Jules; puisque nous ne pouvons plus nous battre, il faut que je meure... je meurs!...

— Par pitié pour moi !... vivez, mon ami; par pitié ! s'écria Antonine en baignant de ses larmes les mains du jeune lieutenant de vaisseau.

Le comte de Bellegrave trouva sœur Aglaé prodiguant à

(†) Historique.

Fargeolles des soins chrétiens; Fargeolles venait d'être saigné; son délire affreux se calmait.

— Ma sœur, dit le commandant du brig, l'autre réclame aussi votre sollicitude. Venez lui dire avec votre grande âme de pardonner et de vivre.

Fargeolles, au même instant, reconnut Églé de Pierremont.

— Elle !... Vous !... Ah !... La sœur du... Que me voulez-vous donc encore ? dit-il avec un accent d'horreur.

— Moi ! moi, je veux vous soigner comme un frère, au nom du Dieu de paix !... Il n'y a aucune amertume dans mon âme, monsieur ; daignez vous laisser apaiser par ma voix ; fiez-vous au zèle attentif de sœur Aglaé...

Fargeolles, stupéfait par tant d'abnégation et de générosité, fut ébranlé un instant peut-être ; mais ensuite un étrange sourire crispa ses lèvres ; il se laissa retomber sur son lit et ferma les yeux.

Sœur Aglaé ne se montra pas moins forte au chevet de Jules Renaud ; pour la première fois, depuis qu'elle avait pris le voile, elle fit clairement allusion à son existence passée :

— Pardonnez!... pardonnez! disait-elle au moribond ; si Charles était votre frère, n'était-il pas le mien aussi ?... Si Fargeolles, votre ennemi, a blessé votre âme et a voulu vous ravir la vie, n'a-t-il pas détruit le bonheur et brisé l'avenir d'Églé de Pierremont?... Dieu a rendu l'un et l'autre à sœur Aglaé, qui pardonne...

— Si je pardonne... ce ne sera point pour vivre!... si je pardonne, j'en mourrai! dit Jules avec égarement.

Depuis sa dernière rencontre, depuis le duel à mort, une haine ardente, implacable, toujours bouillante, était le violent topique qui faisait vivre Jules d'une vie fébrile et pour ainsi dire artificielle.

Le malheureux se croyait trop faible pour renaître par un sentiment limpide et pur comme son amour.

Mais la sœur hospitalière se penchait de temps en temps sur le moribond, car elle voyait que l'heure approchait; son pouls irrégulier se soulevait à peine. Enfin la sainte fille fit un effort, et, s'adressant à Antonine :

— Décidez-le, mademoiselle à renoncer à sa vengeance; si vous avez quelque empire sur lui, combattez son obstination. S'il acceptait la bénédiction de Dieu, le repos de l'âme pourrait amener la guérison du corps.

Le docteur présent confirma ces paroles. Alors eut lieu une de ces scènes touchantes qu'il faut renoncer à décrire. Antonine implorait Jules, elle l'adjurait en pleurant de rompre avec l'idée fixe qui l'obsédait, d'oublier ses cruelles pensées, d'ouvrir son cœur à des sentiments plus dignes de lui. Elle parlait avec une telle chaleur, une douceur si pénétrante, que tous les assistans étaient émus jusqu'aux larmes.

— Quand la haine me manquera, dit Jules Renaud avec quelque hésitation, mon cœur cessera de battre.

La religieuse reprit d'un ton énergique :

— Pardonnez, mon frère , pardonnez, dussiez-vous mourir !

— Je pardonne donc , et je meurs !... répondit le jeune officier.

— Si ce n'était pas pour lui faire parer sa coque, murmura Gaussard, je dirais qu'on lui a conseillé là une manœuvre de conscrit. Des pardons pour Vent-de-Bout! c'est moi qui lui en donnerais au bout d'une gaffe ! Heureusement il y a un grand diable dans l'enfer qui n'entend pas de cette oreille-là; laissons courir !

L'aumônier entra. On le laissa seul avec le lieutenant.

Cependant madame de La Rizière, introduite d'abord auprès de Fargeolles, l'entendit maudire Jules avec rage, car le caractère de sa maladie était une exaspération fébrile et bilieuse; elle fut révoltée de tout ce que les paroles de l'enseigne lui révélaient de méchant, do bas et de cruel; elle se leva indignée, et alla rejoindre sa fille dans la chambre de Jules.

Après le départ du prêtre, tout le monde s'était approché du lit.

— J'ai pardonné! c'est bien, je suis content, car je meurs, disait l'officier. Adieu, Papillon! adieu, Gaussard! adieu, monsieur de La Rizière! adieu, noble sœur Aglaé!... et vous, Antonine, adieu! J'aurai du moins tenu un de mes sermens, celui de vous aimer jusqu'à mon dernier soupir.

Alors il baissa la tête et resta sans mouvement.

On entraîna hors de la chambre la jeune fille éplorée.

— Mort! mort! se prit à crier Gaussard en courant dans l'hôpital comme un insensé. Il s'arrêta devant le lit de Fargeolles, et lui dit d'un ton de voix farouche et d'un air de menace : — Il est mort, entendez-vous!

— Mort!... s'écria l'enseigne; il est mort, et ce n'est pas de ma main!

A ces mots, il bondit et se dressa sur son lit.

Le vieux matelot recula effrayé.

Les infirmiers se précipitèrent sur l'enseigne et le retinrent; sœur Aglaé tenta de l'apaiser encore; mais il la maudissait en vomissant un torrent de blasphèmes.

Fargeolles, regardant fixement le gabier, hurla encore :

— Tu m'as volé sa vie! j'aurais dû le tuer!... Malédiction sur vous!...

A ces mots le sang l'étouffa, il tomba raide mort.

Gaussard resta pétrifié; il était depuis quelques minutes en face du cadavre violet, quand Papillon vint à lui en courant :

— Père Gaussard, dit-il, ne vous désespérez pas, monsieur Jules vit; ce n'était qu'un évanouissement. Mademoiselle Antonine est rentrée, je viens de le lui apprendre.

— Ah! s'écria le gabier en tremblant de joie, puisqu'il vit encore, je me dédis : il y a un bon Dieu!

Madame de La Rizière était agenouillée au pied du lit de Jules, dont elle réchauffait les mains froides.

— Vivez! lieutenant, vivez! dit Gaussard en ouvrant la porte : c'est l'autre qui est mort, archimort.

Jules entr'ouvrit les yeux. Il avait pardonné solennellement, croyant expirer bientôt; mais il avait consenti à mourir et non pas à vivre sans haine. Il le pouvait désormais; à cette nouvelle, sa poitrine sembla soulagée d'un poids énorme, et il respira plus librement.

Antonine était auprès de sa mère, qui prit sa main et la plaça dans celle de Jules, comme pour les unir. Une légère rougeur colora les joues du jeune homme, qui sembla revivre tout à fait. Des larmes de joie et d'attendrissement coulaient de tous les yeux.

Et sœur Aglaé priait encore pour le meurtrier de Charles de Pierremont.

CONCLUSION.

Dans les papiers d'Émile Fargeolles, on retrouva le manuscrit de monsieur Labranche, que monsieur de Kergal ne put lire sans pleurer.

— Malheureux père! murmura le capitaine de frégate; si grandes qu'aient été ses fautes, méritait-il d'avoir un tel fils?...

Émile Fargeolles fut enterré réglementairement.

Quelques mois après, le commandant de Kergal, le comte de Bellegrave et Bertaut, l'ex-chef du poste de la *Thétis*, présentement officier du brig le *Voltigeur*, assistèrent au mariage de Jules Renaud, dont Desbagues, alors enseigne, était le garçon d'honneur.

Gaussard et Papillon donnèrent l'exemple de la plus franche gaieté aux vieux et aux jeunes marins de la *Sévère;* tout l'équipage célébra par mille folies le bonheur de son cher lieutenant; et le vieil agent comptable, qui n'avait pas perdu le goût des calembours, ne crut pas pouvoir en commettre moins de vingt-quatre au repas de noce.

Mais, après ces pages dramatiques, le récit des fêtes qui suivirent l'union de Jules Renaud avec Antonine de La Rizière serait un hors-d'œuvre.

Nous dirons seulement que, dans la chapelle, durant la cérémonie nuptiale, on remarqua une sœur hospitalière qui pria Dieu de toute son âme pour le bonheur des deux époux.

C'était celle qui avait donné à Jules Renaud l'aiguillette d'or de Charles de Pierremont.

TABLE

DES MATIÈRES CONTENUES DANS UNE HAINE A BORD.

FIN DE LA TABLE DE UNE HAINE A BORD.

Paris. — Imprimerie J. Voisvenel, rue du Croissant, 16.

www.ingramcontent.com/pod-product-compliance
Lightning Source LLC
Chambersburg PA
CBHW060800180626
46818CB00002B/644